U0455178

# 乔碑

吕阳明  著

中国海关出版社有限公司

·北京·

**图书在版编目（CIP）数据**

界碑 / 吕阳明著. -- 北京：中国海关出版社有限
公司，2025. -- ISBN 978-7-5175-0864-9

Ⅰ. I247.5

中国国家版本馆 CIP 数据核字第 2025SA3788 号

# 界碑
JIEBEI

作　　者：吕阳明

责任编辑：景小卫　刘白雪

责任印制：王怡莎

出版发行：中国海关出版社有限公司

社　　址：北京市朝阳区东四环南路甲 1 号　　　　邮政编码：100023

编 辑 部：01065194242-7527（电话）

发 行 部：01065194221/4238/4246/5127（电话）

社办书店：01065195616（电话）

　　　　　https://weidian.com/? userid=319526934（网址）

印　　刷：东港股份有限公司　　　　　　　　经　　销：新华书店

开　　本：880mm×1230mm　1/32

印　　张：8.625　　　　　　　　　　　　　　字　　数：185 千字

版　　次：2025 年 7 月第 1 版

印　　次：2025 年 7 月第 1 次印刷

书　　号：ISBN 978-7-5175-0864-9

定　　价：60.00 元

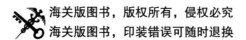

# 引 子

"从呼伦城出发，天气奇寒，两辆火车头烧着木柴和豆饼，又跑了一整天，才终于到达我们的目的地——边城……"整理爷爷的遗物，我将老人家遗留下来的三十多个记事本按年代排好，它们大大小小的，各式各样，有的已经破旧不堪，这些伴随了爷爷一生，一直被他宝贝般锁在箱子里的记事本，如今静静地铺在书桌上。我小心地拿起第一本，这是一个很普通的记事本，纸张粗糙发黄，装帧单薄松散，扉页上是爷爷工整的字迹：西满军区周振邦，1946年11月。翻开记事本，正文的第一句就是我刚刚引述的。

1946年，爷爷周振邦才二十多岁啊。半个多世纪的时光一晃就过去了。所谓的沧海桑田，不过是弹指一挥间。我感谢爷爷留下的这些记事本。来边城海关工作之前，他是西满军区对苏联联络官兼军区编译科负责人。工作的重要性让他养成了每天记录工作日记的习惯。爷爷说过，接到东北税务总局的命令来边城时，他的所有记事本都交给军区编译科了。于是，摆在我面前的这一本，就成了我能看到的第一本。但对我来说，这已经足够了。这些记事本上的文字，加上爷爷给我讲的那么多发生在边关的故事，让工作在边境海关的我，对新中国海关初建时期的那段峥嵘岁月有了深入的了解。或许我的叙述能力有限，但我保证，这是半个多世纪以前发生在边关的真实的故事。为了在形式上保持客观，还是让我以旁观者的身份来讲述吧。

**界碑**

# 目　录

| | |
|---|---|
| 第 一 章 | 001 |
| 第 二 章 | 014 |
| 第 三 章 | 035 |
| 第 四 章 | 056 |
| 第 五 章 | 078 |
| 第 六 章 | 090 |
| 第 七 章 | 109 |
| 第 八 章 | 128 |
| 第 九 章 | 138 |
| 第 十 章 | 143 |
| 第十一章 | 166 |
| 第十二章 | 218 |
| 第十三章 | 242 |
| 尾　声 | 269 |

# 第一章

1

1946年11月那个寒冷的早晨，周振邦早早起床，一切如常，没有感觉到这一天对于自己有什么特殊意义。他刚刚用冰凉的毛巾擦完脸，通讯员小王就急匆匆地跑来："周主任，西满军区首长打来电话，让你马上去一趟。"

"什么时候？"周振邦禁不住内心一阵激动：解放战争正在关键阶段，前方战场如火如荼，莫不是让自己上前线？

"现在。"小王的脸被冻得红通通的，喘着气说。

周振邦赶紧穿好军装，和通讯员一起赶往军分区司令部。

军分区首长见到匆匆赶来的周振邦，咧着嘴笑了，笑得周振邦丈二和尚摸不着头脑，这位严厉的老首长可是很少笑的。

"来，来，来，小周，快进来，我们的秀才。"老首长说。

"首长，是不是有战斗任务？"周振邦一脸兴奋，敬了个军礼。

"是比战斗任务更重要的任务!"老首长坐在吱呀作响的破书桌后面,手里举着一页盖着方形大红印章的稿纸,笑眯眯地说:"你抓紧时间,把编译科的工作交接一下,明天就去东北税务总局报到,上级选中了你,去呼伦贝尔地区接管边城海关。"

"东北税务总局? 海关? 海关是干什么的?"周振邦迷惑不解。

"你问我啊? 我还想问你哩!"老首长瞪着眼睛说。

周振邦想到自己的战友们在前线轰轰烈烈地拼杀,自己却从延安跑到东北,现在再从东北跑到更加边远的内蒙古草原去,心中很是不乐意。

老首长看出周振邦的心思,拍着文件说:"小周,说实话,我也舍不得你,可这是中央东北局首长的意思。东北局首长亲自点将,可见任务重要啊。好了,我已经安排张参谋陪你回去办工作交接,明天一早你就去报到,去吧。"

"是!"周振邦郑重地向老首长敬了礼,出了军分区司令部的石头楼,匆匆往回赶。

西满军区编译科的工作很重要,人员很少变动,这次东北局忽然抽调周振邦去接管边城海关,让他马上意识到此次任务的极端重要性。虽然舍不得离开,但在那个年代,只要是革命工作需要,没有人问为什么。周振邦用了整整一天的时间交接了工作,处理完手里正在办理的事务,就匆匆赶往东北税务总局报到去了。

## 2

周振邦到了东北税务总局才知道，和他一起去内蒙古呼伦贝尔接管边城海关的还有四名同志。

东北税务总局主管关税工作的张副局长是周振邦的山东老乡。抗日战争胜利后，两人是一起从延安被抽调来到东北地区的。

张副局长见到周振邦，高兴地走过来握手："振邦！好久不见了，你得感谢我啊！东北局准备接管边城海关，向我征求人选意见，我第一个就想到你，你熟悉东北各地的情况，又懂俄语，这一年没少和苏联同志打交道，再适合不过了，哈哈……"

周振邦要不是看到有其他几个不认识的同志在场，真恨不得打这个自以为是的"伯乐"两拳。

"对了，你看我，光顾着和你聊了，我给你们介绍一下，以后你们就是同志了。"张副局长说，"这位是陆勇同志，山东黄县人，在人民东海关工作过。我们的部队撤出烟台后他来到东北，是一位有海关工作经验的同志。"

陆勇浓眉大眼，典型的山东大汉形象，高兴地站起身和周振邦握手。

"这位是李宝来同志，咱东北财税干部学校的老师，知识分子，人才难得啊！"张副局长指着另一位面色白净、戴着眼镜的同志说。

李宝来向周振邦伸出又白又细的手来，周振邦笑着和他握了手，说："知识分子可是我们东北民主政府的人才啊。"

"这位是孙学文同志，是从野战部队抽调来的，我们西满军区的搜炮英雄，他带领着一个连，在西满的深山密林和冰天雪地里连续几十昼夜搜寻到日寇遗弃的三十余门大炮和大量炮弹，装备了咱东北民主联军一个重炮团。西满、北满一带的边境线，孙学文同志都跑遍了，简直是边境地区的活地图！"张副局长兴奋地说着。

风尘仆仆的孙学文戴着一顶破旧的狗皮帽子，面色黑红，一双大眼睛炯炯有神，明显宽大的棉军服显得很不合身，他声音洪亮地向大家问好，向周振邦敬了个军礼。

"这位是陈永胜同志，是从安东海关抽调来的。"张副局长接着说。

陈永胜长得老成持重，微笑着和周振邦打招呼。

介绍完四个同志，张副局长对他们说："这位就是我刚才和你们提到的周振邦同志，出生于革命家庭，父母都在早年的革命斗争中牺牲了，妻子也在国民党反动派进攻山东解放区时失踪了，振邦自小在山东老家长大，后来被组织上接到延安，在苏联学习过。这次东北局接管边城海关，上级首长点将由周振邦同志负责。为了便于开展工作，东北局首长已经协商中长铁路管理局，同时任命周振邦同志为中长铁路驻边城车站军代表。振邦同志，有什么困难吗？"

"我坚决服从组织安排，感谢东北局首长和东北税务总局领导对我的信任，就是我对海关工作不熟悉……"周振邦说。

张副局长笑了："你很快就会熟悉的，不用担心，还有这几位同志呢，三个臭皮匠还顶个诸葛亮呢，更何况都是精兵强将！"

几个人都笑了，可是笑得都不轻松。

张副局长在办公桌前坐下，沉思了一下，面色凝重起来："同志们，我受东北局首长和东北税务总局领导委托，介绍一下情况，不用我说，大家也能感觉到这项任务的艰巨。在我们东北解放区干部这样紧张的情况下，东北局首长从关键岗位抽调你们五位同志，作为骨干力量去呼伦贝尔接管边城海关，尤其是将振邦同志抽调出来，作为这次工作的负责人，可见此项任务关系重大。当前的形势大家都清楚，东北地区作为解放战争的大后方，责任重大啊。苏联向我们提供食盐、燃料、布匹等物资，我们向苏联提供粮食、水果等副食品作为互换。海关是开展国际贸易、把守国家经济大门的机构，边城海关早在清朝末期就已经设立了，日本人占领东北后也在边城设了税关，苏联红军出兵东北后，日本人把持的税关土崩瓦解、人员逃散。这样，东北局决定从延安进入东北的干部中抽出一部分骨干，在呼伦贝尔的边城筹建贸易机构和海关。你们的任务就是接管边城海关，迅速建立起我们东北民主政府自己的海关，为即将开始的对苏贸易服务，为解放战争服务。你们是东北解放区组建边城海关的骨干力量，其他人员我们正在挑选，随后到达。"

周振邦明白了："原来是这样，没想到海关这么重要。"

张副局长来到墙上的军用地图前，指着边城介绍说："边城地处呼伦贝尔草原与苏联的边境线上，是中长铁路的西端起点。

解放战争爆发后，为了与社会主义苏联取得联系，我们西满军区按照东北局的指示进入边城，接管了政权，建立了民主政府，边城工委的张越书记是我们西满军区有勇有谋的虎将，他指挥民主联军解放了边城，在苏联红军撤出时接收了大量的军火和物资，边城已经成为我们西满军区的物资供应地。我们已经和中共边城工委通报了你们即将达到的情况，路途遥远，上千里冰天雪地的路程，你们要早做准备，明天就出发吧！"

周振邦忍不住问："这么远，我们怎么去？"

张副局长笑了："我们东北民主联军打到哪里，火车就通到哪里。为了早日开展对苏联的贸易，西满军区和中长铁路局已经恢复了齐齐哈尔到边城的铁路交通，你们坐火车去。"

"太好了，我还没坐过火车呢！"除了周振邦和陆勇以外，三位同志都激动起来。

张副局长乐了："别高兴太早了。我们的铁路交通刚刚恢复，运力和燃料都不足，这一千多里地，还不知道要走几天才能到呢。这冰天雪地的，你们一定要保重，而且铁路穿越地形复杂的兴安岭地区，沿线山高林密，土匪出没，国民党残余势力不断侵扰破坏，很不安宁。我已和西满军区联系，派十名警卫战士护送你们去边城。要是没有别的事情，就散会。回去好好准备一下。陆勇同志困难一些，妻子刚怀孕不久，要安顿好家里的事。振邦你们几位我不担心，都是一个人吃饱全家不饿的光棍汉。"

# 3

冬天的早晨，天气奇寒。初升的太阳明晃晃地照着大地，却让人感觉不到一丝温暖。白雪皑皑的街道反射着刺目的光芒，无数的小冰晶在明亮的阳光下飞舞，狭窄的街道上冷冷清清，街边的树枝上挂满了好看的树挂。整个世界粉妆玉砌一般洁白。周振邦穿着厚厚的棉衣，踏着吱嘎作响的积雪来到齐齐哈尔火车站时，一辆牵引着两节闷罐车厢的火车已停靠在简陋的站台边升火待发。蒸汽机车"呼哧呼哧"地响着，向干冷的空气中喷射出团团白雾。十名全副武装的战士已经早早来到站台上，正忙着将武器、皮袄、皮裤子、几袋子炒面和几个大铜水壶抬到车厢里。

不一会儿，五个人就聚全了。张副局长带领一名工作人员赶来送行。

"同志们，你们责任重大，使命光荣，一定要注意安全，多保重。"张副局长和大家握手告别。

"请张副局长放心，我们保证完成任务！"周振邦拍了拍腰间的德国造驳壳枪，第一个登上了火车。其他几个人也迅速地登上火车，每个人心中都充满了使命感和革命豪情。一声清脆的汽笛，火车开出了齐齐哈尔车站，隆隆作响地向西方开去。

多年以后，当离休在家的爷爷向我讲述当时的情景时，感慨地说："我这一辈子干革命，走过很多地方，党让我去哪里，我就去哪里。东北局首长点将让我带人接管边城海关，我就匆匆忙忙地踏上了火车，当时根本没有想到这一去就改变了我一生的轨迹，让我与海关结缘。"

火车开得很慢，从瞭望孔中望出去，能看到缓缓向后移动的积雪覆盖的茫茫旷野。周振邦、李宝来、孙学文、陆勇和陈永胜在第一节车厢里，随同在第一节车厢里的还有警卫班班长和两名警卫战士，其余的警卫战士集中在第二节车厢里。

"这火车跑得真快啊！"没有坐过火车的孙学文掩饰不住心里的激动，从瞭望孔中痴迷地望着外面的景色，"又快又稳！"禁不住不断赞叹起来。

周振邦从侧面微笑着看了看兴奋不已的搜炮英雄，高大的孙学文弓着腰，黑红的脸庞贴在瞭望口上，裂了几道血口子的嘴里还不住地啧啧赞叹着。

陆勇戴着棉手套拍了拍铺在车厢板上的军用地图，撇了撇嘴："这还快？我以前坐的火车比这快多了。这哪叫火车啊，简直是牛车。照这速度，这一千里地怕是要走到猴年马月了。"

李宝来吃惊地推了推脸上的眼镜："要走那么久？有那么远？"

"那还不远？我们是在去中国的边上，再往西就是苏联了。"周振邦笑着说。

火车跑了一白天，到了晚上进入内蒙古草原纳文慕仁盟境内，在一个不知名的小站停了下来。周振邦等人下了车，几名西满军区护路军战士在站台上警戒，铁路工人正忙着将煤装满火车的储煤箱，再给蒸汽机加满水。孙学文在雪地里跺了跺脚，呼吸了几口干冷的空气，喊了起来："我来过这里，再往西就进入兴安岭山区了，铁路还要钻一个山洞呢！只可惜那时苏联人刚打跑小日本儿，铁路都停运了，连个火车的影子都没看到。我们在兴安岭的密林里搜寻到的几门大炮都是人推肩扛加上老牛、毛驴拉出来的，冻伤了我们好几个战士。"

"我们东北民主联军的炮兵部队真不容易！"周振邦对孙学文真诚地说。

孙学文不好意思地笑了："都是革命工作，都是为了打倒蒋介石，解放全中国。再说我这不算啥，比起在前线拼杀的战友们差远了。"

火车从小站出发，轰鸣着继续西行，慢慢进入兴安岭山区，之后车速更慢了。冬季昼短夜长，夜色很快笼罩了大地，气温迅速降了下来，车厢里冷得像冰窖。周振邦和战士们都穿着厚厚的棉衣，头上戴着狗皮帽子，车厢里铺着皮褥子，他们瑟缩着在棉衣外面套上羊皮袄，还是冻得睡不着觉。周振邦提议几个人轮流讲故事。陆勇讲起了人民东海关的故事，讲起烟台东海关与国民党的英勇斗争和牺牲的战友们。陈永胜讲起在安东海关和朝鲜人打交道的故事。李宝来瞪圆了眼睛，听得津津有味。

孙学文着急地问："朝鲜人长得啥样？"

陈永胜说："和咱一个样，就是说朝鲜语，咱听不懂。"

孙学文失望了："我还以为像苏联人一样特别呢！"

周振邦忍不住问孙学文："你见过苏联人？"

"见过多了。我还给苏联红军当过向导呢。苏联男人都很高大，凶巴巴的，不过苏联姑娘可漂亮了。"

"你还见过苏联姑娘？瞎吹吧？"陆勇不相信。

"我真见过，不过有可能是鬼，不一定是真人！"孙学文认真地说。

"你胡说什么呢，青天白日的，哪来的鬼啊？我们可是唯物主义者啊！"陆勇笑了起来。

"真的。我亲眼见到的，就在兴安岭密林里，人有好坏之分，鬼也一样，我见的是好鬼。"孙学文着急地说。

几个人忍不住笑了起来。

"那她长什么样？"一直插不上话的李宝来推着眼镜，来了兴致。

"哎，我说孙学文，反正咱也睡不着，权当故事听了，你讲讲。"陆勇说。

"怎么能说是故事呢，是真事，我亲眼所见！"孙学文较上了真。

"好好，真事，真事！你讲吧。"陆勇被孙学文的认真劲儿逗乐了。

"那是去年冬天的事，我带领一个排的战士在这附近的兴安岭密林里搜索日本人遗弃的大炮，结果在树林子里迷了路，转了两天还没走出来。我和战士们又冻又饿，渴了就嚼冰雪，饿了偶尔能打到几只山鸡、野兔架火烤着吃。到了第四天早晨，我们都快绝望了，虽然还强撑着互相说些鼓励的话，可人人都在想，怕是走不出这片深山老林了。就在那时，有个战士忽然喊了起来，他说，连长，你看，那是什么？我仔细一看，发现不远处一棵大松树下站着一只梅花鹿。我暗暗高兴，心想真是天无绝人之路，这可是难得的美餐啊，够战士们吃一天了，就举枪瞄准，我的枪法，不是吹，不说是百发百中吧，也是八九不离十。可那天邪了，我向那只鹿开了两枪，眼看着子弹像中了邪似的'嗖嗖'响着钻到小鹿身边的雪地里去了。我和战士们都很吃惊，正想再开枪，奇怪的事发生了。那只梅花鹿竟然向我们回过头来笑了笑，那张鹿脸变魔术似地成了一张外国少女的脸，一头金色的头发、蓝蓝的眼睛、高高的鼻子、微抿着的嘴唇……"

陆勇哈哈大笑起来："我说孙学文，你是饿得出现幻觉了吧，还是想娶媳妇看花了眼？"大家都笑了起来。

"胡扯。我的眼睛一里地远能分清蚊子公母，我看得真真切切。不光我看到了，好多战士都看到了，就算是我眼花了，那么多人都眼花了？"孙学文扯开大嗓门辩解着。

"后来呢？"李宝来好奇地追问。

"后来？我讲到哪儿了？对了，我和战士们都惊呆了。不过好像就几秒钟的时间，就又变回鹿脸了。我们都不敢开枪了，盯着那只鹿看，那只鹿向前走了几步，回过头冲我直点头。我弄不明白什么意思，它就又往前走了几步，再回过头来冲我点头。我手下的一个战士挺机灵，他说，连长，你看这只鹿在召唤我们呢，是山神爷派来给我们引路的吧。我说，反正咱也迷路了，走，跟上它走，死马当活马医吧。就这样，我带领战士们跟着那只奇怪的梅花鹿在大森林里又走了一天。嘿，真走了出来。战士们那个高兴啊，那可真是绝处逢生啊，个个都又跳又叫的。可那只美丽的梅花鹿却忽然间消失了，战士们在周围找了许久也不见它的踪影，厚厚的积雪上连个蹄印都没留下。你们说，奇怪不奇怪？"

李宝来紧张地咽了口唾沫，推了推眼镜，缩了缩脖子。

陈永胜无声地笑了。

"嘿嘿，这比聊斋还精彩呢。"陆勇笑了起来。

"我还没讲完呢。"孙学文白了一眼陆勇接着说，"后来我们再不敢贸然进那大森林了，就找了当地一个鄂温克族猎民当向导。那个猎民一辈子生活在大森林里，八十多岁了，可是耳不聋眼不花，腰板挺直，穿着'皮达哈'，戴着狍皮帽，背着杆老式猎枪，走起路来我们的年轻战士都跟不上。有一天，我忍不住向他讲起了那只神奇的梅花鹿的故事。哪知老猎人一点也不惊讶，他叼着长长的旱烟斗说，你们是遇到达妮娅了。我就问，达妮娅是谁？老猎人兴致不错，就给我们讲开了。他说达妮娅是修这条铁路时的一名苏联女工程师。她年轻漂亮，大家都非常喜欢她。她设计了铁路穿过兴安岭的一条隧道，那条隧道有上千米长，由两伙施工人员从山的两边同时开工，达妮娅精确地算出了隧道贯通的时间，工人们忙碌地施工，她就在山顶上的桦木小屋里演奏手风琴。可后来意外发生了，在预计的时间隧道没能贯通，两边的工人又加班加点地忙了一天，还是没有通。工人们都沮丧地说，隧道'串袖子'了，打废了。达妮娅哭了，把自己关在小木屋里不出来。傍晚，一伙工人说不如再试试，就又刨了几镐，结果一下子就通了。工人们欢呼着去找达妮娅，却吃惊地发现，那个美丽的俄罗斯姑娘已经吊死在了木屋后面的桦树林里了。从那以后，这片大森林里经常有人看到一只长着人脸的梅花鹿，那张脸高鼻子蓝眼睛，就是那个美丽的俄罗斯姑娘的脸，当地人就把它称为达妮娅，达妮娅帮助迷路的人回家，给穷苦的猎民送来食物……老猎人说，这就是达妮娅的故事……"

孙学文的故事讲完了，整个车厢里一片寂静。

过了很长时间，黑暗中传来陆勇的声音："振邦，你和苏联同志打交道多，你说孙学文讲的故事是真的吗？"

"我在苏联学习时，有一位建筑师给小镇设计了一座电影院，连使用多少块砖都算到了个位数，后来，电影院竣工了，仅仅多余出一块砖。工人们将那块砖镶嵌在电影院门口，算是对建筑师的纪念。俄罗斯人在工作上严谨、敬业、认真，视荣誉为生命，我相信这是真的。"

得到周振邦的认同，孙学文情绪高涨起来："你看，还是人家周主任见多识广，你们还不相信，明明是我亲眼所见，怎么假得了？"

周振邦笑了："我说孙学文，我只是说那个女工程师因为隧道没打通自杀的事可能是真的，你说的神奇的鹿变成俄罗斯少女，我可不相信啊。"

车厢里的人都笑了起来。夜已很深了，人们互相偎依着渐渐睡去，周振邦却睡不着，望着车厢里无边的黑暗陷入回忆。

# 第二章

4

  在遥远的边城，工委书记张越也同样经历着不眠之夜。周振邦一行还没从齐齐哈尔出发，中共中央东北局的密电就已经到了边城工委。收到东北局的电报，张越书记既兴奋又紧张，兴奋的是自己完成了东北局首长交给的战斗任务，为开展东北解放区与社会主义苏联的贸易铺平了道路，紧张的是刚刚解放的边城形势复杂，国民党反动残余势力和当地反动会道门势力互相勾结，暗中活动，妄图颠覆新生的边城民主政权，暗杀、爆炸、破坏活动频繁，严重威胁着即将开始的对苏贸易。张越握着电文，回想起几个月来的经历，禁不住心潮澎湃……

  张越是东北民主联军一员有勇有谋的战将，当时，东北战场正处于胶着状态，张越所在的南满独立第三师正在组织新开岭战役，准备在辽宁宽甸西北地区歼灭一支疯狂进犯的国民党军队。

民主联军西满军区司令部紧急通知张越所在部队首长，让张越到司令部所在地齐齐哈尔开会。张越很是吃惊，不明白是什么重要的任务让军分区首长直接命令自己这个团参谋长参加这样高级别的军事会议。

到了军分区司令部，张越更紧张了，参加会议的都是军分区首长、参谋长，都面色严峻地对着墙上的作战地图商量着什么。张越跟着警卫战士走进作战室，声音洪亮地报到敬礼，首长们看见张越进来，都回到桌前坐下了。

一号首长看了看风尘仆仆的张越，开门见山地问："张越参谋长，边城的情况你了解吗？"

张越一个标准的立正："报告首长，边城地处呼伦贝尔草原西端，与苏联交界，距齐齐哈尔一千六百余里，人口五万余，是多民族聚居区，地势平坦，以草原丘陵为主……"

一号首长笑了："好啊，张参谋长真是名不虚传的活地图啊，怎么样？想不想去一趟边城？"

首长的话让张越一头雾水，不知道是什么意思，瞪着大眼睛看着首长不知道说什么好。随后反应过来："请首长指示！"

军分区参谋长说："张越同志，首长这次叫你来，是有一项重要的任务要交给你。"

张越知道首长要说到正题了："首长，请下命令吧！"

军分区参谋长点了点头，接着说："张越同志，当前的形势你也了解，为了将东北解放区变成我们稳定的大后方，全力支援解放战争，我们急需得到社会主义苏联的军事物资援助，我们东北民主联军与苏联红军远东方面军的贸易谈判进行得很顺利，即将签署贸易协议，东北局首长指示我们西满军区务必要迅速解放边城，为即将开展与苏联的贸易扫清道路。军分区首长想将这个艰巨的任务交给你，你有什么想法？"

张越激动了："首长，我保证完成任务！"

"苏联红军进军中国东北后，国民党组建了边城政府，在边城建立了反动政权，目前在边城大约有一个连的反动武装，组成比较复杂，有国民党军事人员，大多数是临时拼凑起来的反动会道门成员，主要驻守在火车站、边城政府和电信局等要害部门。"军分区参谋长介绍说。

一号首长说："国民党驻守在边城的部队基本上是一群乌合之众，但是我们进军边城，路途遥远，沿途没有群众基础，这可是兵家大忌啊。一旦行动不利，后援很难跟上，而且当前军事态势下，也抽调不出更多的部队做后援。但在当前形势下，我们必须迅速解放边城，你对这次任务有什么打算啊？"

张越沉思了一下，说："劳师袭远，贵在出其不意，攻其不备，李愬雪夜入蔡州就是成功的战例。边城虽然地处偏远，但是有铁路，我考虑是不是可以在铁路线上做些文章……"

一号首长望着军分区参谋长笑了："怎么样？不错吧？不愧是我们西满军区的'小诸葛'啊。"

参谋长频频点头："张越同志，我们的作战方案不谋而合啊，军分区准备由你指挥一个连的兵力，以从哈尔滨送苏联侨民回国为掩护，沿东清铁路 [①] 秘密进军边城，我们已经得到了中长铁路局苏联方面的默许。"

"请首长放心！保证完成任务！"张越激动地说。

三天后的一个夜晚，从哈尔滨方向开来的一辆德国产机车牵引着几节闷罐车厢缓缓停靠在已经秘密戒严的齐齐哈尔火车站，车刚停稳，早已等候在车站附近的张越带领全副武装的战士们在夜色掩护下迅速登上火车，机车随即启动，驶出夜色阑珊的齐齐哈尔市区，隆隆作响地通过嫩江铁桥，向西疾驰而去。

边城是个面积不大的边境小城，东清铁路从小城穿过，将城市分成了道南道北两部分。道南主要是东清铁路员工的居住区，也是大量侨民的聚居区。苏联驻边城领事馆也在道南，苏联领事馆设立于 1923 年 9 月，最初为苏维埃联邦驻边城代表处，第二年奉驻北京苏联大使馆电令改为驻边城领事馆。道北是城市的主体部分，是主要的人口居住区和繁华的商业区，也是边城的政治中心。苏联红军解放东北以前，伪满边城市政府、日本宪兵队、边境警察总队、特务机关、伪税关等重要部门都在道北。

国民党边城政府设在位于道北的原日本宪兵司令部的小楼里。苏联红军解放边城的第二天，在哈尔滨的杨树铮就接到上峰的指令，紧急赶往边城组建国民党政府。杨树铮到边城后，纠集了一些原来伪政府的职员，出示了国民党兴安省政府的委任状，将政府的牌子往小楼门前一挂，国民党边城政府就建立起来了。

---

① 1945 年 8 月 14 日，改为中长铁路，此处便于叙事仍用旧称。

当时的边城一片混乱，日本特务、白俄顽固分子、"一贯道"等封建反动会道门成员活动频繁，一些暴徒趁乱放火打劫，无恶不作。苏联红军主力已经越过边城，在兴安岭山区与日本关东军激战，留守边城的苏联红军正在为混乱的局面头疼，当然希望有个临时政府来协助维持秩序，就默认了新成立的国民党边城市政府。

解放战争刚爆发，杨树铮就接到上峰的密令，要求他抓紧扩充军队，务必要坚守边城。杨树铮张贴文告，招兵买马，将游手好闲之徒、地痞流氓、反动会道门成员等乌合之众聚拢起来，对外号称一个团的武装，驻守在铁路车站等要害部门，密切注视着东北民主联军的动向。几个月过去，杨树铮没有发现东北民主联军有西进的迹象，心里暗暗得意，以为东北战场激战正酣，共产党根本没有力量进军偏远的呼伦贝尔地区。他做梦都没有想到，西满军区的精兵强将正日夜兼程地向边城而来。

张越带领着一个连的兵力神不知鬼不觉地到了边城，战士们每人携带着四五天的干粮，一路上都没有下过车，张越在车上捧着军用地图看了一遍又一遍，对整个边城的战略重点烂熟于心。列车在边城车站刚一停稳，张越拔出手枪第一个跳下车，战士们蜂拥而下，在站台上巡逻的国民党武装人员根本没有料到东北民主联军会长驱千里从天而降，一个个呆若木鸡，一枪未放就乖乖地缴了械。张越指挥战士们迅速控制了火车站，留下几名战士和一挺重机枪驻守车站，自己带着大部队直奔国民党政府小楼。

杨树铮正召集边城政府的头头脑脑们开会，传达国民党兴安省政府要求密切注意苏联与共产党联系动向的指令。张越带领战士几乎与得到消息跑来报信的人同时到达，政府小楼门口的卫兵大喊起来："共军来了！"一个军官模样的人刚拔出手枪想抵抗，被张越一枪打倒在政府楼门前的台阶上，其他人见状把枪一扔，纷纷作鸟兽散。刚刚准备宣布散会的杨树铮听到外面一声枪响，禁不住皱了皱眉头："哪个混蛋的枪又走火了？！弄得鸡飞狗跳的，这些蠢货……"话音未落，会议室的门忽地开了，一群荷枪实弹的战士冲了进来。"都站起来，不许动！"为首的张越手持短枪，大声喊着。

"你们是什么人？"杨树铮跳起身来，吃惊地瞪大了眼睛。

"我们是东北民主联军，受中共中央东北局命令接管边城政权，交出武器，到院子里集合，接受审查。"张越威严地说。

杨树铮惊呆了，愣了半晌，腿一软，跌坐在椅子上。

东北民主联军就这样解放了边城。第二天，东北民主联军边城工委正式接管了边城政权，旧政府人员大部分被遣散，杨树铮经审查被送往东北民主联军在齐齐哈尔市组建的东北军政大学接受改造。不料此人不思悔改，与潜伏的国民党军统特务组织取得了联系，逃回蒋管区继续从事特务活动，解放后被镇压。

张越受命就任西满军分区驻边城工委书记。为了进一步巩固民主政权，将边城建成稳定的后方，张越随即组建公安队，由边城工委直接领导，查户口，查旅馆，查进出边城的可疑人员，使边城复杂的形势有了一定的好转。

接到东北局的电报通知，张越没有觉得意外，他知道，自己这几个月来做的工作，就是为了这一天，打通与苏联的贸易通道，把东北地区建成解放战争稳定的大后方的工作开始了。

# 5

连着两个夜晚，周振邦在火车上失眠了。平日繁忙的工作，让他无暇回忆往事，在去往边城的漫漫行程里，对即将开始的新的革命工作的思考和对往事的回忆让他彻夜难眠。第一天夜晚，他躺在羊皮褥子上，睁着眼睛望着车厢里无边的黑暗。孙学文讲述的俄罗斯女工程师的故事，让他的思绪慢慢回到了十年前在苏联的日子。那时周振邦才十几岁，被组织上从山东老家接到革命圣地延安，在延安窑洞学校里学习文化知识。两年后，他和一批革命烈士的子女一起从延安到苏联学习。黑海边上小镇秀美的田园风光、安宁幸福的生活让周振邦幼小的心灵受到深深的震撼。周振邦更深地理解了自己的父母和其他无数的革命先烈不惜抛头颅洒热血为之奋斗的理想，那时自己的祖国还陷于深重的苦难中。

一下子来了一批中国孩子，学校里住不下，很多中国孩子住在了苏联同志的家里，周振邦住在了苏联老师家里。老师是个严肃认真的中年人，师母则开朗善良，粗大的嗓门，粗壮的腰身，走起路来摇摇摆摆的，挤牛奶，烤面包，一天到晚闲不着。她对周振邦非常喜爱。苏联老师家有一个性格内向的儿子，名叫瓦西里，比周振邦大好几岁，还有一个十岁的女儿卡佳，和周振邦一起学习。卡佳长得像个漂亮的洋娃娃，穿着漂亮的布拉吉（连衣裙），快快乐乐、蹦蹦跳跳的，一放学就拉着周振邦去玩。那个时候多美好啊。沉默倔强的周振邦在卡佳的带动下渐渐活泼起来。两年多的时间里，周振邦与瓦西里、卡佳成了亲密的伙伴。

小姑娘卡佳总是对这个来自中国的男孩子充满了好奇。开始的时候，她总是天真地问："周，你的头发怎么是黑色的？你的眼睛怎么也是黑色的呢？"周振邦被这从来没有考虑过的问题难住了，望着卡佳金黄色的头发和海水一样蓝的眼睛不知说什么好。小姑娘对那个遥远的叫作中国的地方充满了好奇。

"中国是什么意思？"卡佳这样问。

"就是在世界中心的国家。"周振邦说。

"中国真的是在世界的中心吗？"

周振邦斩钉截铁地回答道："那是当然，要不怎么能叫中国呢？"

更多的时候，卡佳惊奇地看着周振邦和别的中国孩子一起玩中国农村孩子那些看似简单却充满了乐趣的游戏，缠着周振邦带她一起玩。中国的一切深深地吸引了这个俄罗斯小姑娘，卡佳的父亲也是一个对东方文化很有兴趣的俄罗斯学者，他不断地向周振邦问起中国的情况，还让周振邦教自己的儿子和女儿学习中文。周振邦是个聪明的孩子，不到一年，已经能够熟练地用俄语会话了，可是瓦西里和卡佳的中文水平却进展不大。

两年以后，随着中国共产党与苏联方面联系的日益密切，延安组建了编译科，当时懂俄语的人不多，编译科经过认真选拔，决定将周振邦接回国内做俄文翻译。周振邦在苏联的美好时光就这样结束了。苏联老师接到让周振邦回国的通知后不断地长吁短叹，师母依依不舍地直抹眼泪，瓦西里的眼睛红红的，卡佳更是伤心。临行前，她抱着周振邦哭得鼻子红红的："周，你要记得回来，你答应教我学中文的，我还没完全学会呢。"

周振邦就这样告别了那片美好的土地和那些淳朴善良的人们。两年之后，德国法西斯进攻苏联，苏联卫国战争爆发了。听说很多中国孩子都成了红军小战士，和苏联军民一起战斗。那些年周振邦无时无刻不在惦念在苏联的伙伴们，可一直没有瓦西里和卡佳的消息。

抗日战争结束后，周振邦回山东老家看望抚养自己的叔婶，这一去就被叔婶抓住成了亲，女方是同一村里的一个叫秀芬的姑娘，自小父母亲都不在了，被周振邦的叔婶收养，早就被看成是周振邦的童养媳了。周振邦起先又气又急坚决不同意，觉得自己年纪太小，应该一心一意干革命。叔叔见周振邦不同意，先是气得直跳脚，之后老泪纵横，说自己老了，也活不了几年了，唯一的愿望就是给周振邦成个家，也算是对得起牺牲了的哥嫂。秀芬姑娘在周家长大，自己在心里也早已认定是周家媳妇了，一听说周振邦不同意，哭得泪人一般。婶子劝周振邦说："侄儿啊，你就娶了人家吧，男大当婚女大当嫁，跟谁不是过一辈子？秀芬可是个好姑娘，勤快能干，一心跟你，也是要报咱们周家的收养之恩，这左邻右舍远亲近邻的都把秀芬看成是你媳妇，你现在不答应，让她怎么办啊，你看她哭的，万一想不开寻了短见……"周振邦没办法，只好同意了。

秀芬是个勤快人，叔婶身体都不好，她忙里忙外撑起了整个家。婚后对周振邦更是体贴入微，结婚不到两个月，秀芬怀孕了，周振邦忽然接到命令紧急赶往东北。几个月后，国民党军队向山东解放区发动进攻，周振邦的叔婶带着刚出世的孩子和秀芬在转移途中失散，后来叔婶相继生病去世了，将孩子寄养在远房亲属家里，却再没有妻子秀芬的消息。听同村的人说，是在转移时被国民党飞机扔下的炸弹炸死了。

从那以后，周振邦再没有妻子和孩子的消息，繁忙的工作让他暂时忘却了内心的伤痛，现在回忆起往事，想起贤惠温柔的妻子，想起不曾见面、还不知道是否活下来的儿子，周振邦的眼睛禁不住湿润了。

# 6

火车是在一个寒冷的清晨穿过兴安岭那条长长的铁路隧道的，本来光线昏暗的车厢里一下子如夜晚降临一般，隧道里昏黄的灯光在瞭望孔上闪闪而过，列车在隧道中行驶发出的沉闷的"隆隆"声在车厢里回荡，鼓点一般敲打着人们的心。或许是因为孙学文讲的那个达妮娅的悲情故事，大家都沉默着，各自想着心事。列车开出了隧道，沉闷的"隆隆"声一下子变成了清脆的"咔哒哒"声，阳光透过瞭望孔照进来，车厢里明亮起来，大家似乎都不约而同地叹了口气。周振邦从瞭望孔望出去，车外是连绵起伏的山岭，山坡上一片片白桦树，像一群白衣少女一般亭亭玉立婀娜多姿，周振邦心中涌起一丝久违的感动，白桦树、白桦林，在俄罗斯那些优美伤感的诗歌里，在多情的俄罗斯民歌里，永远都是纯洁美丽的少女的象征，周振邦似乎真的看到了那个美丽的俄罗斯女工程师站在山坡上，一脸忧伤的神情，向着隧道的方向凝望……边城，那个与苏联毗邻的城市，让周振邦想起了过去的那些岁月，心情难以平静。孙学文讲的达妮娅的故事，或许只是善良的人们编造的传说，却让周振邦想起了那个美丽的俄罗斯小姑娘卡佳，如果她还活着，一定是个漂亮的姑娘，金黄色的头发、蓝蓝的眼睛，像孙学文讲述的达妮娅……

火车车速更慢了，小心翼翼地行驶在兴安岭的崇山峻岭中。太阳西斜的时候，火车忽然停了下来。

"怎么回事？"周振邦从瞭望孔向外看去。火车停在了大山深处一段地势险要的地方。铁路两边都是起伏的山岭和茂密的杨树林。

"我去看看！"警卫班长和两名警卫战士打开厚重的车门，四下里观察了一番后跳下车厢，向机车走去，还没等司机师傅开口，警卫班长就明白是怎么回事了。前方不到三十米的地方，一段粗大的松木树干横倒在铁轨上，幸亏司机师傅及时发现，紧急制动将火车停了下来。

周振邦听了警卫战士的报告，看了看铁路两侧茂密的森林，心中很是疑惑："这周围也没有粗大的树木啊，这段大树桩从哪来的呢？"

警卫班长点点头说："就是，我们也觉得不对劲。"

"有什么大不了的。不就是根倒木吗？搬走就是了，还疑神疑鬼的？"孙学文大咧咧地喊着。

"张副局长提醒过，这一带常有土匪出没，可要小心啊！"陆勇提醒说。

"对，我们此行责任重大，一定要小心。这样吧，学文，你和一部分警卫战士负责掩护，我带其余警卫战士清除障碍，剩下的人都待在车上别动。"周振邦说。

"不行，你是负责人，你不能去，我去。"陆勇掏出手枪将子弹顶上膛，不等周振邦说什么就敏捷地跳下车去。

"陆勇，要当心——"周振邦喊道。

"放心吧，没事。"陆勇说。

孙学文紧跟着跳下车，关好车门，拔出手枪，带领几名警卫战士在铁路两侧警戒。陆勇带领另外几个战士向横倒在铁路上的树段走去。

周振邦透过瞭望孔紧张地注视着树林中的动静。周围山林一片压抑的寂静，西斜的太阳给白雪皑皑的山岭和茂密的丛林镀上了一层血一样的红色，静谧壮美中隐约透着萧瑟肃杀的气氛。

忽然，一阵鸟雀惊飞，一群"杀半斤"（兴安岭地区的一种飞禽，一只能出半斤肉，故名）拍打着翅膀从密林中惊起。机警的孙学文大喊一声："有情况，卧倒！"陆勇和几名警卫战士赶紧卧倒在地。与此同时，一阵杂乱的枪声响起，子弹"嗖嗖"地从人们头顶上飞过，打得车厢上火星四溅，叮咚作响，路边的树林里枝杈乱飞，簌簌有声。

几名警卫战士都久经战场，立刻在孙学文指挥下各自隐蔽起来，并开枪还击。无奈土匪在暗处，战士们只听见枪响，看不到敌人，只能朝枪声响起的方向盲目还击。

周振邦通过瞭望孔清楚地看到了这伙躲在树后射击的土匪。这伙人各色打扮，有的穿着翻毛大皮袄，戴着狗皮帽子，有的穿着破旧的国民党军服，还有穿日本鬼子黄呢子军大衣的，很多人都穿着毡靴，举着各式各样的长短武器大呼小叫地射击着。这伙人很快就兵分两路，一伙人用火力压制孙学文和警卫战士，另一伙人偷偷向车厢靠了过来。看样子他们以为车上装的都是物资了。周振邦朝正要开枪射击的陈永胜摆了摆手，几个人都会意地点了点头，打开枪保险，透过瞭望孔偷偷观察冲过来的土匪。眼看七八个土匪已爬上了路基，周振邦一挥手，陈永胜猛地打开车门，几个人同时从瞭望孔和车门猛烈射击。土匪猝不及防，纷纷被击毙在路基上。几个人跳下车，呐喊着向林中的土匪包抄过去。孙学文和陆勇也带领战士们冲过来，两面夹击，打得土匪抱头鼠窜。常年在深山密林里搜炮的孙学文像一只灵巧的猴子，一把短枪弹无虚发，接二连三撂倒好几个土匪，又带领战士去追溃散的残匪。周振邦赶紧喊住孙学文："学文，穷寇莫追，当心中了埋伏，不要恋战，我们赶紧离开。"

孙学文明白了周振邦的意思，招呼战士们撤回来，冲上铁路将倒在铁轨上的木段推下路基，陆勇带领其余的战士端着枪担任警戒。

一名战士在战斗中被子弹击中了手臂，好在没有伤到筋骨，陈永胜从车厢里找到急救包，给这位战士包扎起来。

周振邦环视四周，忽然喊了起来："李宝来呢？"

人们都大吃一惊，忙乱中大家都没有注意到李宝来。

"我……我在车上……"李宝来哆哆嗦嗦地从车厢里探出半个头来，从没见过这种阵势的李宝来面色苍白，上牙直磕下牙。

大家都松了口气，孙学文忍不住笑了起来："我说大知识分子，没见过这阵势吧！"

李宝来擦着头上的汗水，不好意思地望着大家，显得很尴尬。

周振邦对孙学文说："别吹牛了，要是让你走上讲台，怕是连话都说不出来了。"

孙学文不好意思了："那倒也是。"

火车司机苦着脸对周振邦说："首长，煤已经不多了。"

"够不够开出兴安岭？"周振邦问。

"差不多。"司机说。

"那就只管往前开，出了兴安岭再说！"周振邦命令大家赶紧上车，火车重新开动起来，"哐当哐当"地继续向西行驶。

傍晚时分，火车终于勉强开出了兴安岭，到达了一个位于林区边缘的小站。让大家失望的是，这里根本没有煤炭可用。驻守车站的西满军区护路军战士告诉周振邦，从这里开始到呼伦城，没有一块煤可用。原先日本人经营的几个煤矿都在苏联红军进攻时被日本人炸毁了。

"没有燃料煤，火车怎么开啊？"周振邦焦急地问战士。

战士回答说："首长，烧木柴也能行，在这里多准备些木柴，能开到呼伦城就行。"

"火车烧木柴？行吗？"周振邦转向司机师傅和司炉。

两位师傅都笑了："行，只要有烧的就行，就是慢一些。"

"那好，孙学文，你快带战士们搜集木柴，要干透能起火苗的，准备得越多越好。"周振邦说。

"首长，我们这里储备了一些木柴，先给你们带上，可能不够，我们现在就去找。"战士说。

"那太好了，谢谢同志们！"周振邦高兴地说。

到第二天中午，战士们将火车的储煤箱里装上满满的木柴，堆得像一座小山。周振邦怕不够烧到呼伦城，又在两节车厢里储备了一些。到下午，火车终于又开动了，忙碌得筋疲力尽的人们枕着满车的木柴，在松木特有的香气中睡着了。

又经过一天一夜艰苦的行程，火车终于开到呼伦贝尔草原上的重镇呼伦城。呼伦城在清代和民国时期都是呼伦贝尔都统所在地，是呼伦贝尔草原的政治中心，日本人占领呼伦贝尔地区时在此处修建了大量的永久工事，苏联红军进入中国东北时，与日本关东军在此地激战几昼夜，城镇几乎成了一片废墟，一片荒凉破败的景象。西满军区驻呼伦城的护路军早已通过电台接到东北税务总局的通知，一位排长带着几个战士赶到车站迎接周振邦一行人。几个人和警卫战士们喝了一顿难得的热稀粥。火车上储备的木柴已经所剩无几了，周振邦不等吃完饭，就着急地向护路军负责人询问燃料的情况。那位排长一脸难色："首长，我们接到通知后就到处找煤，可是根本就没有。呼伦城本地没有煤矿，原来的煤都是从附近的煤矿运来，如今那些煤矿都毁于战火，还没来得及恢复生产。没办法，只找到一些木柴。"

"够烧到边城吗？"周振邦焦急地问。

"肯定不够，两百多里地呢，我正让战士们再去寻找。我们这里不是林区，也没有那么多木柴啊。"排长无可奈何地说。

"你们平时烧什么？"周振邦问。

"我们和当地牧民学的，烧干牛粪。"战士回答。

"火车能不能烧干牛粪？"周振邦焦急地问火车司机。

"恐怕不行，干牛粪不抗烧，比木柴差远了，而且灰太大。这火车要是烧牛粪跑到边城，估计得烧上几车皮牛粪。"火车司机苦笑着说。

排长急得快哭出来了："首长，我上哪儿弄那么多干牛粪去啊？"

周振邦被逗乐了："别着急，再想想别的办法。"

周振邦坐在小板凳上苦思冥想，忽然闻到房间里一股诱人的香味。他站起身来四处寻找，发现香气是从走廊里飘过来的，原来是几个战士正在隔壁房间铁炉盘上烤东西吃。

"你们伙食不错啊，吃什么呢，这么香。"周振邦随口问。

排长不好意思地笑了："报告首长，是豆饼。是日本鬼子给战马吃的饲料，鬼子战败后就遗弃了，有半仓库，只可惜大部分都发霉变质了，没几块能吃的。"

周振邦想了想，走到铁炉旁，看见几块豆饼被炉火烤得香喷喷的，直冒烟，这种用榨过油剩下的大豆豆粕压制成的副产品富含油脂，是上等的饲料。

周振邦望着被烤得香气四溢的几块豆饼，头脑里忽然灵光一闪，转过头问排长："你刚才说什么？那些豆饼都变质了？"

"是啊！日本鬼子的地下仓库潮湿，大多数都长绿毛了。"排长可惜地说。

"变质的豆饼能不能烧火？"周振邦问。

"烧火？"排长有些疑惑，随后恍然大悟："没烧过，我马上试试。"

几个战士飞跑去搬来了一大块发霉变质的豆饼，用枪托砸成小块扔到火炉中。不一会儿，几块豆饼烧得吱吱作响，炉火熊熊燃烧起来。周振邦高兴得一拍大腿："好，就烧它了！你快让战士们把那些发霉变质不能吃的豆饼都搬到火车上。"

排长高兴地跳了起来："首长可真有办法啊，我马上安排。"

第二天一早，来自西伯利亚的寒流席卷而来，气温骤降到零下四十多度。那真是一种彻骨的寒冷啊，厚棉衣外面再套上老羊皮袄都抵挡不住，严寒将火焰都冻僵了。司机和司炉忙着生火启动火车，干燥的木柴在极度的寒冷中竟然起不来火苗。护路军战士找了一瓶柴油，费了很长时间才点着。司炉在木柴上面加上豆饼，火燃烧得红红的，可火车头的牵引力就是上不来。那辆德国产的老掉牙机车像是一个老态龙钟的人匍匐在地上，使劲地拉着自己力量所不能及的车厢，呼哧呼哧地吐着白气。

排长急了："首长，这样不行啊。如果半路上走不动就麻烦了，去边城这两百多里地全是人烟稀少的草原，天气寒冷，又经常风雪肆虐，被困在路上就危险了。你们先等一等，我马上联系铁路局方面，调一台机车过来，两个火车头一起拉，保险一些。"

周振邦想了想，也只好如此。

两个小时后，又一辆破旧的机车开了过来。细心的护路军排长还是不放心，让战士们往车厢里装了几把铁锹作为自救工具，不断地叮嘱随车的警卫班长要一路当心。就这样，两辆烧木柴和豆饼的机车牵引着两节闷罐车厢，冒着零下四十多度的严寒开出呼伦城，向边城出发了。

陆勇缩在大皮袄里打趣地说："振邦，真有你的，我还头一次坐烧豆饼的火车呢。"

周振邦笑着说："当初慈禧太后从外国买来火车，在前门外铺了铁轨，用十六匹马拉着火车头在铁轨上跑，咱们比老佛爷强多了。"

# 7

最后的两百多里行程极为艰苦，走了不到一半的路程，天气骤变，铅色的沉云遮蔽了天空，随后，鹅毛大雪铺天盖地降落下来，车厢外枯黄色的草原眨眼之间变成了刺眼的白色，风越来越大，雪也越来越大，一场暴风雪袭来了，积雪埋住了铁轨，列车顶着风雪缓缓前行。风雪从车厢瞭望孔"呼呼"地刮进来，周振邦凑近瞭望孔想观察一下外面的情况，却根本睁不开眼睛，孙学文眯着眼睛向外望了望，擦了擦吹到脸上的雪花，说："我们遭遇'白毛风'了！"

"什么是'白毛风'啊？"除了孙学文，大家都是第一次见到这么大的风雪，李宝来推着眼镜好奇地问。

"'白毛风'就是暴风雪，草原上的人最怕它了，遇上'白毛风'，会冻死成群的牛羊。我听人说，草原上很多牧民因为一场'白毛风'就倾家荡产，很多牧民在风雪中迷失方向，被活活冻死啊。"孙学文说。

"这暴风雪要是再往大刮，火车还能走吗？"周振邦忧心忡忡地问孙学文。

"就怕碰到'风口'，在兴安地区的'风口'，冬天积雪有一房子深，真要是碰上，火车就拱不动了……"孙学文说。

听孙学文这样说，听着车厢外暴风雪那让人毛骨悚然的吼叫，人们都禁不住提心吊胆起来。

"没事，这里是草原地区，就算碰到'风口'也不会有那么厚的积雪，大家放心吧。"孙学文禁不住安慰大家说。

话音刚落，火车速度忽然明显慢了下来，费劲地开了一段时间，就停下来了。

"怎么回事？"周振邦担心地问。

警卫班长拉开车门，狂风裹挟着暴雪呼地一声涌进车厢，呛得人喘不过气来。警卫班长和一个战士一起跳下车，互相搀扶着走向机车，过了好一会儿才回到车厢里来，喘着气说："首长，我们遇到'风口'了，铁轨上的积雪有一米多厚，火车开不动了，怎么办？"

"狗日的，真是怕什么来什么，我下去看看！"孙学文气呼呼地说着，跳下车厢去了。

"孙学文，你等等，我们一起去看看。"周振邦说。

周振邦、陆勇和陈永胜都跳下车来，暴风雪把人们吹得站不稳脚，几个警卫战士在前面引路，人们深一脚浅一脚地向前方走去。

暴风雪使天地之间混沌一片。风雪在草尖上嘶嘶地鸣叫着，列车被困在了一处低凹地带，铁路两侧都是高出路基的丘陵，列车等于要从一个小峡谷中穿过，而这个小峡谷如今已经被厚厚的积雪填平。寒冷让积雪冻成了硬硬的雪盖，几个人顶着风雪往前走了几十米，高兴地看到了铁轨，铁路从峡谷中出来，路基高出了两侧的草原。

回到车厢里，周振邦说："情况大家都看到了，我们已经没有退路，就算我们暂时能返回呼伦城去，也不知道什么时候才能到边城，没有燃料，又会再遇到暴风雪。况且即便我们现在想返回呼伦城，也不可能了，暴风雪能阻断前面的路，也能阻断回去的路。我们都要感谢呼伦城护路军那位排长同志，他考虑得很周到，给我们火车上装了这些铁锹，我们现在唯一的出路就是挖开积雪，让火车冲出这近百米的风口。否则，别说完成东北局首长和东北税务总局交给我们的重要任务了，我们都得冻死在这草原上！大家有别的意见吗？"

"没有！我们就没考虑返回去，只能前进，不能后退！"大家齐声说。

"那我们现在就开始行动！"周振邦激动地说。

大家纷纷跳下车厢。风雪还没有要停止的样子，大家挥动着铁锹将铁轨上的积雪清理出去，因为积雪已经变硬，人们摸索着高效率的方法，两人一组用铁锹铲出巨大的雪块，齐心合力抬出铁轨，在铁轨两侧砌成一道高高的雪墙。火车就在这雪块垒成的战壕里一米一米地向前推进，肆虐的风雪在列车上卷起漫天的雪雾。人们在风雪中喊叫着，忙碌着，互相鼓励着。人们大口大口地呼出团团白雾，汗水几乎浸透了厚厚的棉衣，每个人的头上都冒着腾腾的热气，眉毛、帽子上挂了一层厚厚的白霜。不知道用了多少小时，列车终于冲出了"风口"，满身霜雪的人们都欢呼着上了车，向着边城继续前进。

汗水浸透了人们的棉衣，忙碌的时候不觉得冷，上了车后全都冻得坐立不安，在车厢里来来回回地跺着脚取暖。

李宝来体质弱一些，累得气喘吁吁，面色苍白，他跺着脚感慨地说："真是天无绝人之路啊，我还以为咱们要被困在半路上呢！"

"车到山前必有路，船到桥头自然直啊！"周振邦说。

孙学文哆哆嗦嗦地说："振邦，我下半辈子再不坐火车了，这哪是人遭的罪啊，还不如我在兴安岭大森林里骑毛驴呢。"

人们都笑了。

## 第三章

**8**

在那个寒冷的下午，当两节机车牵引着闷罐车厢缓缓停靠在冰天雪地的边城车站的时候，距离周振邦他们上火车已经整整过去七天七夜了。周振邦悬了一路的心终于放下来，长出了一口气。火车还没进车站时，陆勇、孙学文他们已经站在车厢里迫不及待了，越是接近目的地，人们的心情越是这样迫切。他们焦急地从瞭望孔中不住地往外看，眼睛都看酸了。列车还没有完全停稳，陈永胜和李宝来就打开了厚重的车厢门，凛冽的寒风呼地涌进来，呛得人喘不过气来。周振邦从敞开的车门望出去，火车已经进站，车站是一栋灰黄色的俄式小楼，又窄又长，顶上带着拱形的哥特式门窗，满眼是异域风情。伴随着"吱吱"的刹车声，列车停了下来。一个黄眼睛、大鼻子、一脸大胡子、穿着厚厚制式大衣的苏联铁路工人，仰着一张傲慢的脸出现在车厢门外明亮寒冷的阳光下。

没见过这场面的孙学文惊呆了。他愣愣地看了看车厢门外那张外国人的脸，再看看那人身后那个"怪模怪样"的外国建筑，忍不住大嚷了起来："我的妈呀，我们的司机师傅是不是睡着了？开过站把我们拉到外国来了吧！"

人们都笑得前仰后合。周振邦第一个跳下火车，用俄语向那位苏联铁路工人问好，并说明了身份。苏联铁路工人大概没想到这个中国人能说一口流利的俄语，愣了一下，随即满脸堆笑，握住周振邦伸出的手："你好，你们的同志已经来这里迎接你们了。"

周振邦转头看去，几个穿破旧军大衣的人正向这边快步走来，为首的一人老远就伸出手来："是周振邦同志吧，我是西满军区边城工委书记张越，终于把你们盼来了，你们一路辛苦了！"

"张越书记，让你们担心了。"周振邦激动地和张越握手。

人们在寒风凛冽的站台上热烈地握手，互相介绍，然后匆匆上了两辆苏式军用吉普车，在战士们的护卫下离开了边城车站。

张越书记在边城工委简陋的食堂里为周振邦一行准备了晚饭。土豆白菜和高粱米饭，热气腾腾的。周振邦看着吃得狼吞虎咽的战友们，禁不住感慨起来："除了护路军战士给我们吃的那顿热稀粥，六七天没吃上一顿热乎的饭菜了，今天总算到家了。"

张越笑了："我们早就盼望你们来了。这几天东北税务总局的张副局长天天打来电话询问你们到没到呢。你们从呼伦城一出发，呼伦城护路军就通过电台告知我们了，这么大的暴风雪，我们都在担心你们的安全啊！张副局长最着急了，他让我转告你，东北局首长已经接到苏联方面的通知，苏联的贸易代表几天以后就要到达边城了。"

"好啊，这是个好消息，我们这一路也着急啊，形势紧迫啊。"周振邦振奋起来。

"目前苏联远东地区粮食供应极度紧张，我们的贸易互利互惠，双方都很急切啊。"张越说。

"这就好，我们匆忙而来，对边城的情况还不熟悉，请张越书记多多提醒啊。"周振邦说。

"周主任你太客气了，都是革命工作。你们的办公地点我已经安排好了，就是原来伪满洲国边城税关使用的那座小楼。咱们西满军区接管边城政权后做了物资仓库，我已经让战士们腾了出来，简单地收拾了一下，准备了办公桌椅，安装了一部电话，办公和住宿条件都有了。后勤方面，关税局后面的平房改造成了食堂，我给你们准备了些粮食、土豆萝卜。对了，还有两箱纯粮白酒呢，你们与苏联同志工作接触多，需要这个。你们今晚就住在工委宿舍吧。明天再去那里，怎么样？"张越书记说。

"感谢张书记考虑得这么周到。时间紧迫，我们吃完晚饭就过去，晚上就住那里，抓紧时间熟悉工作环境，明天就把边城关税局的牌子挂起来。"周振邦说。

张越书记担忧地说："振邦，那座小楼刚收拾出来，太冷了，前两天刚砌好火炉子，也不好烧，明后天再搬过去吧。"

周振邦笑了："怕冷我们就不来这儿了，再说有房子住，有

炉子取暖，怎么也比在火车上那几天几夜强吧，我们一会儿就
过去。"

"那好吧，今晚我陪你们去关税局小楼住，正好介绍一下当
前边城的情况。"张越说。

# 9

原伪满洲国边城税关的办公楼距离火车站不远，是一座三
层石头小楼，厚重的青灰色石头墙壁，狭窄带拱型的门窗，典型
的哥特式建筑。初建时就是沙俄驻边城的海关。光绪二十二年八
月（1896 年 9 月），清政府与沙俄政府签订《合办东省铁路公司
合同》，东省铁路公司修建的铁路，就是中东铁路，又叫东清铁
路。随着东清铁路从后来边城所在地的喀尔喀蒙古驻牧地草原地
区进入中国，沙俄政府肆无忌惮地践踏中国主权，迫不及待地在
铁路交界地区设立了海关，对往来货物查验征税，这座小楼就是
当时的海关办公楼，十月革命以后这里是驻边城的苏联海关。日
本侵占东北成立傀儡政权后，要求苏联海关撤回国内，石头楼被
日本接收，在这里成立了日本人把持的边城税关。小楼虽然已建
成几十年了，经历了中东路战争、海满抗战、苏联红军进军中国
东北等几次战火的洗礼，仍完好如初。

石头楼因为闲置了很久，屋子里冷得如冰窖一般，周振
邦、张越一行人来到小楼时，张越已让几名战士提前赶到生起了
炉子，铁炉子都不太好烧，各个房间都烟雾缭绕的，呛得人直

咳嗽。

寒冷加上兴奋，让一行人都无倦意。陆勇、孙学文、陈永胜和李宝来都来到了三楼周振邦的房间里，一边围在火炉周围取暖，一边听张越书记向周振邦介绍情况。

张越神色凝重："振邦同志，你们来这里开展工作，安全第一，当前边城的形势极为复杂。我们西满军区进军呼伦贝尔草原，解放了边城，接管了边城的政权。在接受解放边城的任务时，东北局的首长就告诉我，我们解放边城，就是要打通与社会主义苏联联系的通道，为我们东北解放区与苏联开展贸易做准备，把东北解放区建设成为我们稳定的大后方。国民党反动派也不是傻子，他们也知道我们的战略意图，虽然我们迅速解放了边城，解除了国民党反动武装，建立了民主政权，但是，国民党反动派的破坏、颠覆活动一直没有停止过，他们不甘心失败，千方百计地阻挠我们支援解放战争的后勤工作。据可靠情报，曾任国民党军统特务机关驻哈尔滨站行动组副组长的大特务顾鸿彬已经受命潜入边城，此人曾经去过苏联，多年在哈尔滨地区从事特务活动，是个'俄国通'。他到边城后纠集在边城的国民党残余势力，秘密组建了所谓的胪滨县党部。更为严重的是，在边城，我们的敌人不仅仅是国民党反动派。边城地处偏远，我们开展工作的群众基础薄弱，'一贯道'等封建反动会道门活动猖獗，这些反动会道门组织披着宗教的外衣，先后投靠日寇和国民党反动政权，妖言惑众，蛊惑人心，聚敛钱财，无恶不作，是汉奸和特务组织。另外，俄国十月革命胜利后，大批极端仇视苏维埃政权的白俄反动分子逃入边城，边城成为他们妄图颠覆社会主义苏联的反动据点，这些反动势力互相利用，互相勾结，沆瀣一气，在我们解放边城后多次搞爆炸、暗杀，给我们带来很大损失，敌人在暗处，我们在明处，斗争非常残酷啊。我们开展工作，一定要先做好安全保卫工作，除了你带来的战士外，我再给你们增派一个班的警卫战士。另外按照东北税务总局张副局长的指示，还为你们调配了一名可靠的俄语翻译。"

陆勇笑了："张副局长不会忘了振邦同志曾经是军分区编译科副主任了吧？"

"那不一样，我知道振邦同志懂俄文，是我们的'俄国通'。但以后大量的翻译、文稿工作不能都让振邦同志来做吧，再说这也是外交和贸易工作的需要。而且你们初来乍到，人生地不熟，也能给你们当个向导。"张越书记说。

"张副局长想得真周到，感谢张越书记的精心安排。随着我们与苏联贸易的开展，我们会需要大量翻译人员啊。"周振邦说。

"翻译人员不是主要问题，我们解放边城后已经在为与苏联打交道做准备，培养选拔了一些政治上靠得住的懂俄文的人员。振邦同志，你肩上的担子很重啊。刚才我已说过了，苏联方面的贸易代表马上就要来边城了。我们东北解放区对苏联的贸易马上就要开始了，这不仅对我们东北解放区，对整个解放战争都太重要了。可现在边城车站的铁路运输管理秩序一片混乱，基本上处于瘫痪状态。"张越忧心忡忡。

"是这样？！"周振邦皱紧了眉头。

"有这么严重?"李宝来推了推眼镜吃惊地说。

"是啊,边城车站现在归中苏合营的中长铁路管理局管辖,苏联红军撤退时,委派了一名刚刚加入苏联国籍不久的苏联侨民尼库林做站长。这个人据说在苏联红军进入中国东北之前为红军提供过情报。可他实在是一个自以为是、对铁路业务一窍不通的人,连车站里的苏联籍员工都说他是'酒鬼加无赖'。"

周振邦苦笑了一下。

"苏联人怎么选了这么个人做站长,真是不可思议!"孙学文气呼呼地说。

张越走到窄窄的窗前,透过窗子向车站方向望过去,指着车站的方向接着说:"边城车站的最大特点就是分宽窄轨铁路,站房南面那五条 1.435 米轨距的标准轨是我们的,站房北那十一条 1.524 米轨距的宽轨是苏联后贝加尔铁路局管理的线路。"

"这么说所有的进出口货物都要在这里换装?"周振邦惊讶地说。

"正是这样!目前我们东北解放区的铁路都是标准轨,而苏联境内的西伯利亚铁路是宽轨,边城正是两种不同轨距铁路的交汇点,苏联后贝加尔车站不具备换装条件,进出口货物都要进境后在边城车站换装。开展与苏联的贸易,换装工作任务艰巨,当前边城车站这种混乱的管理是即将开始的中苏贸易最大的障碍啊!"张越书记忧心忡忡地说。

"我明白了,张越书记,感谢你介绍的这些情况。我明天就去找尼库林站长谈工作,时间太紧迫了!"周振邦坚定地说。

张越苦笑了："但愿他能买你的账。"

"什么意思？尼库林作为站长，作为一个苏联公民，总该不会为中苏贸易设置障碍吧？"周振邦奇怪地问。

"他要是有这个觉悟就好了，你想啊，那个'酒鬼加无赖'能老老实实听咱们的话？我们打过两次交道，那家伙专横跋扈，油盐不进啊，你去了就知道了。"张越书记摇着头无奈地说。

## 10

第二天上午，张越书记早早起床回边城工委。没多久，为边城关税局调来的俄语翻译董志军就来报到了。小董瘦瘦高高，腼腆得像个大孩子，一看就是南方人。

"你是南方人？"周振邦问。

"是的，首长，我是浙江人。"董志军说。

"来边城多长时间了？习惯吗？"周振邦关心地问。

"我是跟随张越参谋长的部队来的，军分区首长考虑到张越参谋长解放边城后可能要与苏联人打交道，就让我跟随部队来了。"董志军说。

"你去过苏联吗？"周振邦问。

"没有，我的俄语是在燕京大学里学的，水平一般。还没有毕业，日本鬼子就占领了北平，学校迁往大西南，我和几个同学一商量，就一起去了延安，后来就来了东北。"董志军谦虚地说。

"Давай пойдём на вокзал .（我们一起去火车站吧。）"周

振邦微笑着用俄语说。

"Да，глава！говарит Дон Чжицзю.（是，首长！）"董志军说。

董志军带路，周振邦、陆勇一起来到边城车站。站长室的门虚掩着。推开厚重的俄式木门，一股熏人的酒气和汗臭扑鼻而来，房间里零乱不堪，破报纸、吃剩的饭菜、东倒西歪的酒瓶子，像个杂货铺。已经上午九点半了，矮胖的苏联籍站长还趴在办公桌上睡得鼾声震天。

周振邦皱了皱眉头，连喊了两声"站长同志"，对方没有反应。董志军礼貌地用俄语喊了几声"Начальник станции（站长先生）"，对方还是没有醒来。陆勇走上前使劲推了他几下，这位站长才从睡梦中惊醒过来。站长迷迷糊糊地抬起头，抬起毛绒绒的胖手擦了擦嘴角一串长长的口水，又揉了揉迷离的睡眼，这才看清面前站着三个陌生的中国人。

"你们是什么人？闯进我的办公室……"站长站起身，恼火地用俄语问道。

"站长同志，很抱歉打扰你。我是中共东北局西满军区委派来边城的关税局负责人，也是新任命的中长铁路管理局驻边城车站铁路军代表，有重要的工作要和您商议。"周振邦彬彬有礼地自我介绍说。

"不，不不，我不知道什么关税局、什么军代表。我没有接到过中长铁路方面苏联长官的通知和命令。请你们离开这里，不要妨碍我的工作。"站长的大脑袋摇得像个波浪鼓，毫不客气地下了逐客令。

"站长同志，时间紧迫，您不知道我们两国即将在这里开始的贸易吗？我要求你立即组织铁路员工维修保养好机车和车皮，清理站区线路，准备迎接……"周振邦耐心地解释说。

"够了，我告诉你，只有我们的长官才能要求我做什么和不做什么。我想我说明白了。现在，请你们马上离开。"站长很恼火，粗大的酒糟鼻子红红的，不等周振邦说完就大声喊了起来。

周振邦心里的火一下子上来了，幸亏陆勇拉住了他的胳膊："振邦，要克制，我看这家伙的酒还没醒呢，我们明天再来吧。"

周振邦恼火地走出了站长室。

回到边城关税局办公地点，去车站做群众工作的孙学文和李宝来已经回来，正气呼呼地坐在行军床上。孙学文看见了周振邦就大嚷起来："我说老周，这边城还是不是咱中国的土地了？车站上的那些苏联籍职工都不拿正眼看我们，那些中国职工就会说'只要尼库林站长下命令，我们一定做好……'"话未说完，他看到周振邦脸色不对，也不作声了。

第二天一早，周振邦早早就起来了，耐着性子熬到八点多钟，叫上陆勇要去边城车站。

陆勇说："老周，再等一等翻译小董吧。"

"不用，对这个无赖讲究这些礼节没用，咱们走。"两个人顾不上吃早饭，披上大衣匆匆出了关税局，直奔边城车站。

站长没精打采地坐在办公桌后面，又是一副宿醉未醒的样子，看见周振邦和陆勇敲门进来，很是吃惊："圣母玛利亚，你们又来这里做什么?"

周振邦耐着性子在站长面前坐下来:"尼库林同志,我以西满军区驻边城铁路军代表的名义郑重提醒您,我们两国即将开始的贸易无论对我们还是对您的国家都非常重要。您作为中长铁路的一名职工,应无条件执行我的命令,为即将开始的运输和换装工作做好准备,保证贸易的正常开展。"

"上帝啊!你没听明白我昨天说的话吗?我不知道你这个什么负责人和什么军代表的家伙是谁,快离开这里吧!别在我面前发号施令,我的长官是中长铁路管理局尊敬的儒拉夫廖克少将。你听明白了吗?"尼库林几乎咆哮起来。

"尼库林同志,我警告你,你如果这个态度,我只好上报中长铁路局,以中长铁路局驻边城军代表的身份革除您站长的职务!"周振邦强压怒火,沉下脸来说。

尼库林愣了一下,故作认真地看了看周振邦,忽然哈哈大笑起来,笑得前仰后合,脸上的肥肉一颤一颤的:"亲爱的中国同志,噢,抱歉我忘了你叫什么名字了,你在威胁我吗?你太缺少常识了,我是苏联公民,除了我们苏联长官,谁也没有权力撤销我的职务!"

没容周振邦再说什么,尼库林肥胖的身子皮球一般从椅子里弹跳起来,指着门口的方向怒吼起来:"现在,你们给我从这里滚出去。否则,我就将以扰乱车站铁路运输的罪名逮捕你们,送你们去哈尔滨铁路运输军事法庭。"

周振邦忽地站起身来,陆勇赶紧跳身来准备劝阻,不料周振邦大踏步走出了房门。

陆勇一路小跑地跟着周振邦回到边城关税局，周振邦还没有进门就大叫起来："孙学文，孙学文，你他妈死哪去了？"

正在二楼忙碌的孙学文听到喊声冲下楼来，看到周振邦的表情吓了一跳："老周……主任，发生了什么事？"

"你马上带上警卫战士跑步去车站，把那个疯子给我抓起来！"周振邦怒吼着。

"哪个疯子？"孙学文惊讶地问。

"还有哪个？就是那个狗屁苏籍站长！"周振邦指着车站的方向怒吼着。

陆勇吓了一跳："振邦！你冷静些，他可是苏联人，会闹出外交事端的！"

"狗屁！我不管他是什么人，阻挡中苏贸易就是我们两国共同的敌人！孙学文你还愣着干什么，还不快去？"周振邦怒不可遏。

"是！警卫班，集合！"搜炮英雄一声令下，战士们全副武装就要冲出去。

"振邦，不能去！"陆勇拦住孙学文喊了起来。

"我是负责人！天塌下来我顶着，执行命令！"周振邦喊着。

从野战部队下来正闲得发慌的孙学文精神抖擞地带领战士们向车站冲过去。陆勇见拦不住，冲着孙学文的背影大叫："孙学文，让战士们把子弹都卸下来，千万不能伤着苏联人！"

不到一刻钟，满面红光的孙学文和战士们就把站长给押来了。孙学文笑呵呵地对周振邦说:"真不过瘾,我以为这小子有多刚呢! 没想到看见我们冲进去吓尿了裤子!"

惊恐的站长裤裆湿了一大片,蓬头垢面,狼狈不堪。看见周振邦和陆勇才明白是怎么回事,立刻又来了精神,挥舞着拳头大喊大叫起来:"混蛋,混蛋,我抗议,你们不能这样对待一个苏联公民,你们会为你们的无知和野蛮付出代价的!"

陈永胜、李宝来和小董一起去边城工委办事刚回来,进了门被这乱哄哄的场面吓了一跳,面面相觑。

周振邦冷笑起来:"我正式通知你,你已经被革除站长职务了。你在这里有的是时间反省!"转头对孙学文说:"把他押到三楼关起来,给我看好了!"

"我抗议,你会后悔的……"尼库林挥舞着拳头用俄语声嘶力竭地喊着,孙学文和两个战士将他架上了楼。

"小董,你马上以西满军分区驻边城铁路军代表的名义起草文告,即日起革除尼库林站长职务,暂由陈永胜同志接任。明天上午召开车站全体职工大会,布告用中文和俄文各写一份,马上贴出去!"周振邦对翻译董志军说。

"怎么回事?"陈永胜如堕五里雾中。李宝来推着近视镜不知所措。

陆勇叹了口气,坐在椅子上:"振邦! 咱们的娄子捅大了! 抓了苏籍站长,苏联方面能袖手旁观吗? 再说革除他的职务,是要经中苏共管的中长铁路局同意的,我们这样是先斩后奏!"

周振邦沉思片刻,无奈地说:"我也不想这样做,可这个疯子欺人太甚，不采取强硬措施，我们的工作就没法开展。"

"这有什么！免就免了，这个苏联窝囊废遇见周主任算他倒霉。周主任你现在就给中长铁路局和东北税务总局打电话，让他们免了这家伙。我们都没听见，谁知道是先斩后奏啊？"孙学文抚弄着满下巴的胡茬大咧咧地说。

陆勇眼睛一亮："嘿！这倒是个好主意，没想到你这搜炮英雄还粗中有细啊！"

周振邦咧了咧嘴："开弓没有回头箭，只有这样了。我现在就上楼去打电话！对了，告诉孙学文，给那个无赖找条裤子换上。"

正在这时，楼门外传来一阵汽车刹车声。接着传来俄语说话声。陆勇冲董志军使了个眼色，董志军会意，跑了出去。门外传来俄语对话声。不一会儿董志军回来了："周主任，苏联驻边城领事馆一位秘书要求立刻见您！"

"来得好快啊！"周振邦笑了起来。

"振邦，你快上楼打电话，我先稳住他。"陆勇沉着地说。

周振邦刚上楼，苏联人就走了进来。陆勇将客人让进会客厅，苏联人开门见山："我是苏维埃联邦驻边城领事馆秘书，受领事先生指派，我要见你们的最高长官！"

陆勇听了董志军的翻译后说："周振邦主任外出办事了，有什么事我可以转达。"

"Нет，я хочу видеть вашего самого большого командира，я хотел бы подождать.（不，我要见你们的最高长官，我可以

等)!"苏联人一屁股在椅子上坐下了。

周振邦好不容易摇通了东北税务总局的电话,将情况毫无隐瞒地向张副局长作了汇报。

张副局长笑了:"振邦啊,你的驴脾气还是没改,刚到边城就给我捅娄子。"

周振邦不好意思了:"张副局长,我检讨,不过这实在是没有办法。"

"你放心吧,边城车站的情况我们也有所了解,那个苏籍站长的情况我也听张越书记说过。我马上给中长铁路管理局打电话。我相信中长铁路局会支持你的决定的!苏联方面贸易代表三天后就要到达边城了。苏联方面无偿提供了我们十台新式蒸汽机车、上百辆车皮和充足的燃料煤。我们已经组织好与苏联贸易的近万吨面粉,这几天就要从哈尔滨起运了。随车去边城的有十五名边城关税局的工作人员,他们都是东北局从东北解放区各地选出来的精兵强将和咱们东北财贸干部学校培训的优秀学员,振邦你就放开手干吧,你马上就兵强马壮了!"

"谢谢张副局长,谢谢东北局的各位首长,我一定把工作干好!"周振邦激动地说。

周振邦放下电话,稳定了一下情绪,下楼来到会客厅。领事馆的秘书听了陆勇的介绍和董志军的翻译,面无表情地站起身来向周振邦问好,紧接着就盛气凌人地说:"周将军,我们接到报告,你们公然违反国际法,无理扣押边城车站站长尼库林同志,侵犯了苏联公民的人身自由。苏维埃联邦驻边城领事馆非常震惊。我代表领事先生向你们提出严重抗议，请你们就这一事件做出解释，并马上释放尼库林同志，向他道歉。"

周振邦板起脸说："我是新到任的边城关税局负责人，也是东北民主联军西满军区驻边城铁路军事代表，尼库林同志既然是中长铁路边城车站的员工，就是我的属下。他抗拒执行我的命令，扰乱车站业务，散漫怠工，辱骂上级，我有权对他进行处理，苏联领事馆无权干涉！"

"尼库林同志是苏联公民。他有问题应该由领事先生和中长铁路管理局苏联方面处理，你们不能关押他。你现在就放人，我带他回领事馆交给领事先生处理！"领事馆秘书强硬地说。

"我们已经请示了中长铁路管理局，尼库林已经不是边城车站站长了。至于领事先生，请问他是苏维埃联邦驻外机构的代表，还是沙皇帝国的代言人？"周振邦义正辞言地问。

"当然是苏维埃联邦的代表！沙皇已经是历史了！"苏联驻边城领事馆秘书耸着肩膀说。

"既然是社会主义苏联的代表，为什么咬住治外法权不松口呢？难道苏维埃政府还在沿用当初沙皇俄国强加给中国的不平等条约吗？"

苏联领事馆秘书一时无言以对，无可奈何地直摇头："周将军，我很遗憾，我只好汇报给领事先生了，你这样做，我们领事馆会向你们的上级提出抗议的！"

"我已经向我们的上级做了汇报，我把尼库林请来只是想让他反省一下，如果不是考虑他的身份，我就直接把这个扰乱铁路军事运输的人送上哈尔滨铁路运输军事法庭了！"周振邦针锋相对。

"周将军，我冒昧地提醒您，您这样做后果会很严重的。"领事馆秘书阴沉着脸说。

"请转告领事先生，不要干涉我们的内部事务，否则我一定奉陪到底。"周振邦同样板着脸说。

苏联领事馆秘书悻悻地离开了。

陆勇在军服上擦了擦手心里的汗水，说："振邦，我真捏了把汗，下一步怎么办？"

"紧张什么？兵来将挡，水来土掩！还有过不去的火焰山？！"周振邦坚定地说。

不到一个时辰，电话响了，是领事馆秘书打来的。对方先问接电话的董志军，你们的最高长官是叫周振邦吗？是从齐齐哈尔方面来的吗？得到肯定的答复后说，请转告周将军，我们领事先生要约见他，如果方便的话，请现在就来。不等董志军说什么，电话就挂断了。

"去不去？"陆勇听了董志军的报告后问周振邦。

"当然去。苏联驻边城领事约见我，我没有理由不去！以后还要与苏联领事馆打交道呢。"周振邦坦然地说。

孙学文拍了拍腰间的手枪："周主任，我带上几个战士陪你去，他们要是……"

"去去去，你还嫌娄子捅得不够大呀！"陆勇恼火地打断孙学文。

周振邦笑了："没事，放心吧。我和小董一起去就行了。我倒要见识一下苏联领事馆会给我摆什么鸿门宴。"

# 11

苏联驻边城领事馆坐落在铁路南距离边城火车站不远的街口，是沙俄时期修建的一栋俄式建筑，当时是沙皇俄国铁路职工俱乐部，日伪时期是伪满洲国边境警察司令部，也是日本关东军在边城的特务机关驻地。

周振邦和董志军来到领事馆楼门口时，刚才在边城关税局还一脸怒气的领事馆秘书正一脸笑容地在门口迎接。周振邦心里暗暗觉得奇怪，不知苏联人葫芦里卖的什么药。

"Генерал Чжой , пожалуйста！（周将军请！）"领事馆秘书礼貌地说。

周振邦不动声色地向他点了点头。

周振邦走进领事馆会客厅，高大的苏联领事笑眯眯地站起来，老远就张开双臂："周，真的是你！听到你熟悉的名字，听到我的秘书报告说你像一只好斗的公鸡，我就想到一定是你了！哈哈哈！"

周振邦也一眼就认出面前这位苏联驻边城领事曾经是苏联红军驻齐齐哈尔联络官。自己在西满军区编译科时和他打过无数次交道，相处得非常愉快。一年多不见，周振邦以为他已经回国了，没想到在这里见面了。

两人在领事馆会客厅里热烈地拥抱，弄得董志军丈二和尚摸不着头脑。

"尊敬的彼得洛夫上校，原来是您啊！真是山不转水转啊！我以为您正在美丽的伏尔加河边散步呢！"周振邦高兴地说。

"那当然是我希望的，可我们的长官认为这个冰天雪地的地方更需要我。"彼得洛夫耸了耸肩，摊了摊胖手，笑了。

本以为是一场面红耳赤的谈判争吵，却变成了老朋友亲切的交谈。彼得洛夫冲秘书喊："小伙子，你愣头愣脑地站在这里干什么，还不快去给我们来两杯伏特加！"

两人寒暄落座。周振邦有些不好意思了，他以退为进，先说起站长的事："彼得洛夫上校，很遗憾。我刚到这里就给你添麻烦。不过，实在事出有因啊！"周振邦用流利的俄语将这两天发生的事描述了一遍。

彼得洛夫认真地听着，不住地点头，最后看了看周振邦，抚着胖墩墩的下巴笑了："周，在东北可能只有你有这个胆量把一个苏维埃联邦的公民关押起来。其实我们的想法是一致的，只是你太心急了，哪怕再等上一星期，就不会发生这样的事了。我们知道这个站长是不能胜任即将开始的中苏贸易的，我们已经向中长铁路局提出撤去他站长职务的建议了。"

"原来是这样。"周振邦暗暗松了口气。

"这个人曾经是我们远东方面军在边城发展的特工人员，为我们打败盘踞在边城的日本关东军提供了不少情报。让他做车站站长是一种临时的奖赏，可他更适合回到我们国家，那里有喝不完的伏特加！"彼得洛夫说着，端起酒杯与周振邦碰了一下，一饮而尽，眯起眼睛很是陶醉。

"彼得洛夫上校，感谢您所说的话，我欠了您一个人情。"周振邦真诚地说，举起酒杯礼貌地喝了一口。凉凉的伏特加冰块一般落入腹中，随后涌起一股热流。

"怎么样？不错吧，这可是上等的伏特加。好了，周将军，放了那个倒霉的站长吧，否则车站上所有的苏籍员工会被你吓坏的。明天我们就送他回苏联去，这里还有很多更重要的事情要做呢，我们已经在这个人身上浪费了不少时间！"彼得洛夫真诚地说。

"好吧，我马上让人把他送过来，感谢您的伏特加，我先告辞了。"周振邦站起身。

"老朋友，让我的秘书去接他好了。我改日去拜访您，我这里随时欢迎您的到来。"彼得洛夫起身相送。

彼得洛夫让领事馆秘书开伏尔加轿车送周振邦和董志军回到关税局，听了董志军的讲述，焦急等待消息的同志们都松了口气。周振邦让孙学文上楼将尼库林请了下来。

尼库林看到领事馆的人在，又挥舞着拳头大嚷大叫起来："我抗议！我抗议……"

领事馆秘书不耐烦地打断了他："尼库林同志，你已经不再是站长了，抓紧时间收拾一下你的东西，明天早上送你回国！"

尼库林惊呆了，简直不敢相信自己的耳朵，他瞪大眼睛看着冷若冰霜的领事馆秘书，又望了望周振邦，张口结舌愣了半晌，低下头不作声了。

　　周振邦动了恻隐之心，吩咐孙学文："去把张越书记给我们送来的纯粮白酒拿两瓶！"

　　周振邦将酒递到尼库林手上："苏联人民永远是中国人民的好朋友，你也是，拿着，路上喝吧！"

　　尼库林愣了一下，畏惧地看了看周振邦，颤抖着接过了酒瓶，嘴唇动了动，用生硬的汉语对周振邦说了声谢谢，垂头丧气地跟着领事馆秘书走了。

# 第四章

## 12

两天之后的早晨，周振邦刚刚从睡梦中醒来，急促的电话铃声就响了起来。电话是东北税务总局的张副局长打来的："振邦，你的工作开始了。苏联方面的贸易代表明天上午就要到达边城了，你们要做好迎接苏联同志的准备，准备好要谈的问题，一切有利于两国贸易的意见和建议都可以提出来。另外，一定要做好苏联同志的安全保卫工作，确保万无一失。"

"好，张副局长，您放心吧。我们一定照办，贸易方面我们会虚心向苏联同志学习的，保证完成好东北局交给我们的任务！"周振邦兴奋地说。

第二天上午，周振邦和关税局的同志们早早来到边城车站，边城工委书记张越和工委公安队负责同志也赶到车站迎接苏联客人，护路军和公安队的同志做了严格的安全保卫工作。天空阴沉沉的，不一会儿就飘起了雪花。天气虽然寒冷，可是每个人都很兴奋，人们都热切地望着西方，望着那一直延展到远方地平线、联结着社会主义苏联的铁轨，兴奋地交谈着得到的解放战争的最新消息，憧憬着即将建立起来的新中国，谈论着已经拉开序幕的对苏贸易，一直到临近中午，苏联贸易代表乘坐的火车终于从西边徐徐开过来。

火车停稳后，苏联贸易代表走下车来。为首的是苏方首席贸易代表谢辽沙，紧随其后的是苏联奥特波尔海关的中文翻译。听了苏方翻译的介绍，周振邦热情地与谢辽沙握了手。谢辽沙高高的个子，身体明显发福，走起路来一摇一晃的，他穿着黑色的皮靴，黑色的马裤，一件黑色的大衣一直到膝盖，没有系扣，风吹开来，胸前衣服上挂的各式各样的奖章叮当作响。不等周振邦欢迎的话说完，他已经翘着八字胡感慨起来了："噢，亲爱的中国同志们，我们是老朋友了，我很高兴能再次来到中国，两年前我在伊尔库茨克为军队做后勤工作时，跟随我们英勇的苏联红军来过这里，对了，瞧瞧——"他不无炫耀地敞开大衣衣襟，让那些奖章能展示得更清楚一些，"这些勋章中的一枚，就是对我在苏联红军进军中国东北地区战役中所做出的突出贡献的奖励！"

听了董志军的翻译，大家都笑了起来。

苏方贸易代表中另一个高个子中年人是苏联远东进出口公司的代表华西列夫斯基，他面色谦和，彬彬有礼地向前来迎接的中国同志致意。让周振邦惊讶的是苏方贸易代表中还有一位俄罗斯女士，穿着厚厚的大衣，戴着一顶漂亮的獭兔皮防寒帽，一双美丽的蓝眼睛闪烁着兴奋、新奇、友好的光芒。翻译介绍说："这位是我们奥特波尔海关的粮谷化验室主任柯兹洛捷卡娅同志，是我们优秀的海关商品检验专家。"

通过翻译的介绍，双方在飘着鹅毛大雪的站台上热烈地握手问候，随后上了车，在警卫战士们的护卫下匆匆往边城关税局的方向驶去。

周振邦在刚刚筹建起来的边城关税局食堂里为苏联同志安排了一顿接风午餐。土豆炖牛肉的香味几乎让人流口水。苏方首席贸易代表谢辽沙和苏联远东进出口公司代表华西列夫斯基带着翻译早早就下了楼，兴致勃勃地坐在餐桌前，可一直不见苏联奥特波尔海关的那位俄罗斯女士下楼来。谢辽沙笑了："我们美丽的女士一定还在楼上梳妆打扮呢。"

话音未落，柯兹洛捷卡娅从楼上款款走了下来，脱下厚重的大衣，她高挑的身姿吸引了所有人的目光，一头金发优雅地挽在脑后，一双明亮的蓝眼睛闪烁着迷人的光彩，鼻子小巧挺拔，白皙的脸上露出激动的神色，像美丽的洋娃娃。

"我的妈啊！"孙学文看得眼睛都直了。

陆勇在桌子下拽了拽孙学文的衣角，孙学文才回过神来，低声对坐在身边的李宝来说："她长得像我给你们讲的达妮娅！不会是我们路过兴安岭时，达妮娅跟来了吧？"

李宝来推了推眼镜，一副将信将疑的样子。

陆勇低声说："孙学文，你胡说什么呢？！"

出乎所有人的意料，柯兹洛捷卡娅径直来到了周振邦面前，她目不转睛地看着周振邦，蓝色的大眼睛里闪烁着激动的光彩，白净的脸上泛着淡淡的红晕，周振邦吃惊地望着面前这位漂亮的俄罗斯女士，似曾相识却又不敢确定。周围一时间出奇地安静，餐桌旁的人们都面面相觑。

"周，是你吗？我在楼上想了很久，我确定是你，你真认不出来我了？"柯兹洛捷卡娅用还算流利的中文说着，美丽的大眼睛里蒙上一层忧伤的水雾，"你答应教我中文的，你看，我还没完全学会呢！"

面前这位漂亮的俄罗斯女士的话如一道闪电照亮了周振邦记忆的夜空："你是——卡佳！"他激动地站起身，惊喜地喊了起来。

柯兹洛捷卡娅使劲地点了点头，泪水在美丽的大眼睛里直打转："周，我以为再也见不到你了！"

"上帝啊，你们认识？！"首席贸易代表谢辽沙惊呼起来。

周振邦清醒过来，极力稳定了情绪："真是太巧了！我在苏联学习时，就住在柯兹洛捷卡娅同志的家里，那时她还是个整天缠着我玩耍的小姑娘呢！"

柯兹洛捷卡娅意识到自己失态了，不好意思地笑了，礼貌地和人们打了招呼，在餐桌对面坐下。

因为这一插曲，餐桌上的气氛异常活跃。宾主热烈地相互敬酒致意，争相表达对即将开始的中苏贸易的良好祝愿，人们热烈地交流着，起先双方的翻译还在忙着翻译桌上的谈话，到后来，张越书记送来的那几瓶高度纯粮白酒就将包括翻译在内的苏联客人喝好了。谢辽沙在第一杯酒下肚时还保持着他苏方首席贸易代表的身份，几杯酒下去，满面红光、舌头发硬的首席贸易代表就开始和周振邦勾肩搭背了。他一遍遍向周振邦吹嘘自己在卫国战争期间为军队后勤服务做出的伟大贡献，讲述着自己获得的每一枚勋章的来历，强调自己当前的职务是多么重要，自夸自己是苏联共产党 1924 年的老资格党员，是久经考验的布尔什维克，等等。苏联翻译一开始还不厌其烦地将他说的每一句话翻译给在座的中国人听，可是不久就失去了耐心，说些什么已不再重要。双方你说你的，我说我的，然后就高兴地喝酒。

冬季的白天太短了，大家还意犹未尽，傍晚已经来临，接风午餐变成了欢迎晚宴。柯兹洛捷卡娅在主人殷勤的劝说下喝了一大杯白酒，白皙俊俏的脸庞泛起了红晕。她坐在周振邦的对面，微笑地看着周振邦和谢辽沙频频举杯，听着自己的同事们说着语无伦次的酒话。终于，喋喋不休的谢辽沙伏在餐桌上睡着了。柯兹洛捷卡娅总算有机会端起酒杯与周振邦碰了一下，在满桌的嘈杂声里用俄语说："周，我们喝上一杯吧。直到现在我还觉得自己是在梦里。我想一定是上帝的旨意让我来中国的……"

周振邦站起身，轻轻与柯兹洛捷卡娅碰了一下酒杯，彬彬有礼地说："很高兴能再见到你，愿你在中国过得愉快！"

因为首席贸易代表喝多了，周振邦这才结束了热烈的欢迎宴会。孙学文和苏方翻译一起搀扶着谢辽沙，送他到楼上的房间休息，周振邦和李宝来、陆勇一起送其他苏联客人上楼。

柯兹洛捷卡娅面色绯红，也有些醉意。周振邦和陆勇送她进了房间，用俄语道了声晚安就准备离开，柯兹洛捷卡娅笑了："我们这么多年没有见面了，不想和我聊聊天吗？"

周振邦微笑着说："当然想，不过今天太晚了，你们旅途劳顿，早点休息吧！明天我们再聊！"

"我不要明天，就现在！"柯兹洛捷卡娅像小女孩一样撒起娇来。

陆勇虽然听不懂俄语，但猜到两人对话的内容，笑着对周振邦说："你们先聊，我先走了！"

陆勇下楼去了，周振邦站在门口，不觉有些手足无措起来。

柯兹洛捷卡娅笑了："周，这么多年过去，你还一点都没有变，看你现在的样子和刚刚到我们家里时一样。"

周振邦也笑了，不禁又想起了在苏联时的那段美好时光，柯兹洛捷卡娅的落落大方使周振邦不再紧张，他走进房间，在椅子上坐下来，感慨地说："卡佳，真像我们中国古语说的，女大十八变啊，我都认不出来你了！这些年你生活得怎么样？你父母和哥哥都好吧？"

柯兹洛捷卡娅忽然沉默了，眼泪禁不住流了下来。

"你怎么了？"周振邦惊讶地问。

"他们都死了，死在德国法西斯的枪炮下，我的父母，我亲爱的哥哥，还有我新婚不久的丈夫！这些年，简直像一场噩梦！"

周振邦惊呆了："原来是这样！我很难过，对不起，卡佳，我不知道……"

"我不知道这个世界为什么有侵略、有战争，现在回想起你在我们家的那段时光，真的是我人生中最快乐的日子，那么快乐，那么无忧无虑，而今，只剩下回忆了……"柯兹洛捷卡娅说不下去了，泪水像断了线的珠子一般落了下来。

"卡佳，我们和我们各自的国家都经历了无数的苦难，即使是现在，我们的国家还在苦难中挣扎，坚强一些，我们都应为自己的国家而努力工作！"周振邦安慰柯兹洛捷卡娅。

柯兹洛捷卡娅说："周，你变化真大，你已经成了一个真正的男子汉了。那些年我父母很想念你，经常说起你，他们如果能活到现在，看见你现在的样子该多高兴啊！"

"卡佳，一切都会好起来的，不要想那么多了，能和你再相见，还能一起为我们两国的贸易做些工作，我很高兴。"周振邦说。

"我会努力的，这几年，工作是我最大的安慰，我会尽力帮助你的，如果需要的话！"柯兹洛捷卡娅说。

"谢谢！早点休息吧！"周振邦站起身。

"请原谅我的失态，我已经许久没有流过眼泪了，我本来以为我的眼泪已经干涸了。"柯兹洛捷卡娅擦了擦眼睛，送周振邦到门口。

## 13

第二天上午，中苏双方贸易代表关于即将开始的贸易进行的第一轮商谈在边城关税局二楼的会议室里开始了。周振邦是东道主，也算是主持人，可周振邦刚刚致完欢迎辞，苏方首席贸易代表谢辽沙就开始发言了。这位傲慢的贸易代表似乎一夜之间就把昨晚在酒桌上勾肩搭背建立起来的友情忘得精光。一上午的商谈成了谢辽沙一个人的演讲，他像一个博学的老学究面对着初入学堂的孩童一般滔滔不绝地讲着。周振邦很快就发现他跑题了，他的思维像一群四处乱窜的野马，一会儿是伏尔加河，一会儿是莫斯科，正说着列宁、斯大林，忽然又讲到沙皇彼得大帝去了。可怜的董志军刚翻译几句，就跟不上他连珠炮一般的语速了，周振邦勉强能听懂，孙学文、李宝来他们都是外国人看戏——傻眼了。

孙学文在桌子下面捅了捅董志军，低声问：“你怎么不翻译了？这苏联贸易代表哩哩哇啦说什么呢？他到底要我们做什么？这个家伙怎么说的？”

“不知道……”董志军苦着脸小声说。

“不知道？你听不懂他说的话吗？”孙学文惊奇地问。

“能听懂一些，只是，他还没说到贸易的事呢。”董志军苦笑着说。

“我的妈呀！那他白话什么呢？！这赶上笑话里说的卖驴的请秀才写契约了，龙飞凤舞地写了上万字，还没写到一个驴字……”孙学文正对董志军说着，看到周振邦在向自己和小董使眼色，赶紧闭紧嘴巴不作声了。华西列夫斯基一直低着头神情专注地看着自己的一个破旧的工作日记本，似乎早已习惯了这种情形。柯兹洛捷卡娅隐隐显出了对自己这个喋喋不休的上司的不满，她时而皱起眉头沉思，时而不安地望着周振邦。

终于，谢辽沙说完了。他像完成了一件任务一样放松下来，长出了一口气，挺一挺腰身，胖胖的身体向后一仰，靠在吱呀作响的椅背上。

会场里安静了几秒钟。周振邦礼貌地开始发言。首先对苏方贸易代表谢辽沙的精彩发言表示感谢，紧接着他打开自己的记事本说："下面我代表西满军区边城关税局，谈谈我们对即将开始的两国贸易的一些想法……"

刚说到这里，谢辽沙像睡醒了一般又从椅背上弹了起来："噢！对了，我差点忘记了我们是在商谈即将开始的贸易，这很重要。我们的物资——你们需要的弹药和燃料——已经在奥特波尔海关了，马上就能运到这里了。我听说你们的面粉和大米已经在来这里的路上了，这很好，中国同志比我们想象的要有效率，或许我们马上就能看到详细的货物清单了。你们的工作就是在这里完成贸易货物的换装。把我们从宽轨运来的物资卸到仓库里，再把你们的面粉和粮食换装到我们的车皮里，然后你们再把卸到仓库里的那些物资装上车，运到你们需要的地方。我们的火车将粮食运回奥特波尔。上帝啊，这实在是一个很烦琐的过程，哪个白痴设计了这种宽轨和窄轨。噢，对了，我又差点忘了，还有一点很重要，就是你们的粮食在换装到我们的车皮里之前，是要经过我们奥特波尔海关粮谷化验室主任柯兹洛捷卡娅女士检查化验的，这种检验要逐车进行，我可不想用我们货真价实的机枪火炮换回劣质的面粉……"

周振邦这才明白为什么苏联方面的贸易代表里会有奥特波

尔海关粮谷化验室主任。一丝隐隐的不快涌上了心头，他禁不住看了看柯兹洛捷卡娅，美丽的粮谷化验室主任正一脸不安地望着自己。

"尊敬的谢辽沙同志，您的意思是说按照你们的粮谷化验标准，不合格的粮食就不能贸易？"周振邦在谢辽沙发言的间隙里问。

"那是不容置疑的！我们需要的是能加工面包的粮食，不是饲料！检验不合格只能退运或由你们自己处理了。"谢辽沙耸了耸肩说。

"以你们单方面的检验结果来确定我们出口的粮食是否合格，这在贸易中是不公平的，谁能保证你们粮谷检验的标准就是真实可信、公允客观的呢？"周振邦面色平静地说。

"周，在两国贸易中，双方都有权而且有必要对进口到自己国家的商品和货物进行检验，这是国际贸易的惯例。你们的海关也可以对我们出口的物资进行检验。当然了，为了你说的客观公正，可以采用双方共同检验，以贸易双方认可的检验结果为准。可是，你们有粮谷化验人员吗？你们有进行检测的仪器吗？你们知道粮谷的品相、水分等指标的合理范围吗？"谢辽沙咄咄逼人地问。

周振邦沉默了。在当时，别说专业化验人员、设备和检验标准，就是粮谷化验、海关商品检验这些名词，周振邦和他的战友们也是刚刚听说。

"好了，亲爱的中国同志们，我们先商谈到这里吧！正式的贸易马上就要开始了，就按照我说的去做吧。时候不早了，我们还是去用点儿茶点吧！"谢辽沙连连打着哈欠说。不等周振邦再说些什么，他已经站起身了。

一上午的谈判就这样结束了。吃过午饭，苏方人员都回房间休息。孙学文、陆勇、李宝来和陈永胜不约而同地来到周振邦的办公室里。

"那个大鼻子贸易代表叽哩咕噜地说啥了？这一上午，就他妈的听他白话了！"孙学文恼火地说。

陆勇默不作声地看着周振邦，虽然他没有听懂苏方代表说的是什么，但从谢辽沙和周振邦双方对话的神情上感觉到了大概的意思。

李宝来推着眼镜很是焦虑："周主任，苏联人说了什么？那个家伙太傲慢了，我觉得他根本没把咱们放在眼里！"

陈永胜不动声色地吸着烟，面色凝重地望着窗外。

周振邦沉默了一会儿，对董志军说："你把今天上午会议的主要情况讲给大家听吧！"

董志军翻开记录本，把谢辽沙的话简单复述了一遍。房间里立刻炸了营。

"这不是沙皇那一套吗？纯粹是不平等条约！"陆勇气愤地说。

"还社会主义国家呢！"陈永胜吐出一口呛人的旱烟，气呼呼地说。

孙学文嗓门更高："妈的！老周，咱猪头还送不进庙门了？

咱的粮食不卖了还不成吗？还真是上赶着不是买卖了！"

李宝来的小眼睛在镜片后面闪着不解的光："周主任，怎么会这样呢？苏联不是社会主义国家吗？苏联同志不也是共产党员吗？怎么一点党性都没有呢？"

李宝来的话把周振邦逗乐了，他说："同志们，都别喊了，稍安勿躁。俗话说得好，'人在矮檐下，不得不低头'啊！目前我们东北解放区乃至全国的解放战争都急需苏联的物资援助，'小不忍则乱大谋'！我想好了，咱们就按苏联贸易代表的意见办。同志们，即将开始的中苏贸易是我们解放区第一笔大宗对外贸易，我们以前都没有做过贸易，没有关于国际贸易的经验，现在只能按照苏联同志的说法做下去，边做边学。我答应过张副局长，我们要虚心向苏联同志学习，学习国际贸易的流程，学习先进的海关管理经验，学习他们的谈判技巧，学习他们的方方面面，这样才能顺利完成东北局首长交给我们的光荣任务。我在军分区编译科工作时，和苏联红军方面联系很多。刚开始和苏联同志打交道的时候，也曾经有过像宝来同志那样的想法，认为苏联是社会主义国家，苏联同志都是布尔什维克，认为与苏联同志打交道一定会像和自己的同志、战友打交道一样亲密愉快。可是后来我发现，实际的情况并不是这样的，我们毕竟是两个国家，我们和苏联同志分属不同的政党，我们是中国共产党，他们是苏联共产党。虽然同是共产党，但国家和民族的利益永远排在第一位。这一点在战争中是这样，在外交中是这样，在国际贸易中我想也是这样。"

"振邦，你说得对，国际贸易对我们来说是一项全新的挑战。我们共产党人能够学会打仗，也一定能学会国际贸易，到那时，我们就不用看人家的脸色了。"陆勇激动地说。

多年以后，爷爷周振邦曾经对我说起，那次双方贸易代表的会谈是苏联同志给我们上的第一堂国际贸易课。整个下午的时间，几个人聚在爷爷的房间里，认真琢磨苏联贸易代表说的每一句话，争相发表对即将开始的贸易的看法，讨论得热火朝天……

## 14

第二天下午五点钟，伴随着一声悠长的汽笛，一列长长的火车缓缓驶进了边城火车站，东北解放区出口苏联的第一宗货物——一万吨面粉的第一批次顺利到达边城。这列火车加挂了两节客车车厢，里面挤满了东北局和东北税务总局从东北各地抽调来边城关税局、车站工作的人员和荷枪实弹押运货物的战士。周振邦和先期到来的边城关税局所有人员早早等待在寒风凛冽的站台上，零下三十多度的严寒几乎冻僵了每个人脸上的笑容，但冻结不了每个人心中的激动。北方冬季的夜晚来得特别早，天已经黑了，因为电力供应不足，车站上亮起了无数手提煤油灯、马灯和瓦斯灯，照得站台上灯火通明，辉映着无数张冻得红通通的面容。

车厢门一打开，第一个出现的是一位年轻的姑娘，虽然穿着厚厚的军大衣，戴着大棉帽，还是能看清漂亮的面容。"终于到了！可真远，真是到了中国的边上了。"伴着银铃一般悦耳的声音，姑娘跳下车来，不料一脚踩在站台的冰雪上，脚下一滑，眼看着就要跌倒，站在车门旁边迎接的周振邦下意识地一伸手扶住了她。姑娘将宽大得遮住了眼睛的棉帽向上推了推，露出一双明亮的丹凤眼，看着周振邦不好意思地笑了："谢谢首长……啊，这里好冷啊！"

站在周振邦身后的李宝来忽然喊了起来："是沈琴同学吧！沈琴！"

姑娘听见喊声，看见李宝来，惊喜地叫了起来："李老师！是您啊！您说组织上调您去完成更重要的任务，原来也是来这里啊！"

周振邦笑了："宝来，这位姑娘是你的学生啊？"

"是啊。她可是我们东北财贸干部学校的高材生啊！"李宝来兴奋地喊着。

"李老师，看您说的，我可不是什么高材生，组织上从咱们学校毕业生里抽调了三名同志呢，孙艳霞和'科学家'都来了。艳霞、'科学家'，你们看啊，李老师在这儿呢。"沈琴边说边回头兴奋地喊着。

"李老师，你比我们先来了？"一个穿军大衣的姑娘跑过来和李宝来打招呼。

"是孙艳霞啊，一路辛苦了，我还以为再也见不到你们了呢，没想到你们这么快也来边城了……"李宝来高兴地说。

"李老师好。"被沈琴称为"科学家"的是一个瘦弱的小伙子，拘谨地走过来向李宝来问好。

李宝来高兴地向周振邦介绍自己的学生："周主任，这两位也是我的学生。这位姑娘是孙艳霞，在东北财贸干部学校里学习可好呢，这个小伙子是梁立波，不但财贸知识学得不错，还对物理学有兴趣，经常给我们修个手电筒什么的，同学们都叫他'科学家'。东北局领导可真会选人，把我们东北财贸干部学校的高材生都选来了。"

"首长好！"两人紧张地向周振邦问好。

周振邦高兴地和两人握了握手："欢迎你们啊！一路辛苦了！"又笑着拍了拍梁立波的肩膀说："正好我的那个破闹钟又坏了，正愁没有人修呢。"

周振邦的话把大家都逗笑了。

从东北各地来边城关税局和铁路工作的同志们不顾严寒，兴致勃勃地在站台上相互介绍着。柯兹洛捷卡娅也赶到车站来了，她冒着严寒，在苏联翻译的帮助下从每一节车皮的面粉中都取了样，装进事先编好号码的容器里，刺骨的寒风冻得柯兹洛捷卡娅直跺脚，俊俏的脸庞冻得红扑扑的，她有条不紊地将取好的样品，像捧着宝贝一样送往关税局刚刚建起的实验室里。

周振邦看着站台上人声鼎沸的热闹场面，心中充满了战斗的豪情，他登上站台中央一座废弃的花坛，大声说："同志们，你们辛苦了。为了革命，为了支援解放战争，为了打败蒋介石，为了解放全中国，你们从东北各地来到边城，我代表边城关税局和铁路车站热烈欢迎你们。大家先回去休息，明天一早我们就要抢卸货物了。车皮紧张，我们早一小时卸下货物，列车就能早一小时返回去……"

站台上先是一阵寂静，紧接着一个银铃般的女声响了起来："周主任，我们不累！我们来这里就是干革命的，不是来休息的，让我们现在就开始抢卸吧！"

周振邦愣了一下，听出是沈琴的声音，还没等他说什么，站台上的人都喊了起来：

"对，我们现在就开始吧！"

"我们来这里就是为了早日打败蒋介石，解放全中国！！"

"我们多流一滴汗，前线将士就少流一滴血！！！"

周振邦被深深地感动了，他看了看陆勇和陈永胜，两人都激动地点了点头。

周振邦大声说："好，同志们，我们一起卸车！"

一辆辆车皮厚重的门隆隆作响地被打开了，铁路工人熟练地用厚木板在车皮与站台之间架起缓坡跳板，不但人能上去，小推车也能从站台上直接推到车皮里。周振邦和陈永胜将边城关税局、车站职工和在边城临时雇来的政治上可靠的装卸工人分成几个组，在严寒刺骨的黑夜里热火朝天地将一袋袋面粉卸到车站的仓库里。

陆勇的妻子也是跟随着这一趟火车来到边城的，已经怀孕近八个月的女人忍受了一路颠簸，挺着大肚子虚弱地站在边城的站台上。周振邦让陆勇陪妻子回关税局宿舍，陆勇说什么也不答应。轻声安慰了妻子几句，就让两个战士将妻子送回边城关税局宿舍去了。他自己转身冲向站台，和战士们一起卸起面粉来。

随着夜色渐深，气温骤然降到零下四十多度，刺骨的严寒冻得人们几乎伸不出手来。但是大家在高涨的革命激情鼓舞下毫不退缩，寒冷的站台上人声鼎沸，热火朝天。为了防止冻伤，周振邦命令护路军战士将能够找到的所有防寒衣物和手套都送到了换装现场，但还是满足不了需求。一直到凌晨时分，整列火车的货物都卸完了。人们都禁不住欢呼起来，很多人的棉衣都被汗水湿透了，后背上结了层厚厚的白霜。陈永胜将车皮逐一检查了一遍，高高兴兴地向周振邦走来，刚张嘴想说什么，忽然脚下一软几乎摔倒在地上，他站稳身子惊讶地看了看自己的双脚，对周振邦说：

"振邦，我的脚怎么没有知觉了呢？"

"不是冻伤了吧？这么冷的天，你怎么不穿毡靴呢？"站在周振邦旁边的孙学文看着陈永胜脚上那双满是冰雪的大头棉鞋吃惊地说。

陈永胜使劲跺了跺脚，禁不住"哎哟"一声坐倒在站台上。周振邦赶紧把他扶起来，搀进了车站候车室。习惯了深山老林和冰天雪地的孙学文扔掉手焖子，麻利地解开陈永胜的鞋带，抓住鞋跟拽了两下，鞋竟然脱不下来——棉鞋、袜子和脚竟然冻成一体了。人们都吃了一惊，几个干部和战士围上来，七手八脚地脱掉永胜的棉鞋，拽下冻得僵硬的袜子，发现他的双脚脚趾都已冻得发白没有了知觉。

"我从小就是汗脚，这下子可能治好了！"陈永胜还在那里咧着嘴开玩笑，只可惜人们都没笑出来。孙学文跳起身跑到站台边捧了一捧雪回来，抱着陈永胜的双脚使劲搓起来。搓了两大捧雪，苍白的脚趾才泛出通了血脉的红色。这回陈永胜不说笑话了，恢复了知觉的双脚针扎一般火辣辣地疼。

"哎哟，好疼啊！孙学文你轻点，哎哎，你拧炮弹呐？"陈永胜疼得喊了起来。

"嘿，我说，你别狗咬吕洞宾，不使劲搓过来，你这双脚就残了。这也够你受的，等明天能下地才怪呢！"孙学文喘着粗气说。

## 15

因为对边城冬季的严寒没有足够的思想准备，加上防寒物资的不足，那一晚上的抢卸换装让关税局和铁路车站的同志们付出了很大代价，有十几名同志出现了不同程度的冻伤。陈永胜第二天早晨果然下不了床了，两只脚都肿了起来，脚指头胖乎乎亮晶晶地挤在一起，像一排坐在一起的胖娃娃，脚掌肿得像刚出锅的大馒头，根本穿不了鞋，一碰就火辣辣地疼。护路军卫生队的医生赶过来，又敷冻伤膏又打针，陈永胜疼得冷汗直冒，两个多星期出不了房门，一瘸一拐，一个多月才完全康复，幸亏发现得早，又及时用雪搓过，不然脚趾就保不住了。

第二天傍晚，一列长长的苏联火车从西面驶来，满载着燃煤、食盐、布匹和大量的枪支弹药，来到站台上的苏联贸易代表谢辽沙·华西列夫斯基将俄文货物清单交给周振邦和孙学文。周振邦命令董志军抓紧翻译成中文。董志军飞跑进候车室，在瓦斯灯下不断用嘴哈着冻得不出水的钢笔，不一会儿就翻译出了详细的货物清单。

周振邦带上董志军、陆勇和李宝来一起，按照清单对货物逐车进行了清点核对，填写给东北税务总局的报告清单。这些工作迅速完成之后，刚刚喘过一口气的人们又投入到换装工作中，整个车站又变成了一座人声鼎沸的大货场，货物从停在宽轨上的苏联列车上被卸下来，迅速装载到停在标准轨上刚刚卸空的车皮里。

谢辽沙吃惊地看着周振邦和战士们一起装卸物资，禁不住用俄语喊了起来："周，周！你不应该自己做这些工作……"

沸腾的人声掩盖了他的声音，周振邦没有听清楚，大声问："谢辽沙同志，你说什么？"

谢辽沙走上前来，说："周，你是这里的长官，你应该站在指挥员的位置上。"

周振邦笑了，望着站台上忙着装卸的同志们，说："谢辽沙同志，你看，他们已经在自觉地执行命令了。在需要下命令的时候，我是指挥员，可是在命令下达之后，我也是执行命令的一个普通战士……这是我们中国共产党人一贯的工作作风。"

谢辽沙摇了摇头，耸了耸肩，很是不可思议。

一阵寒风吹来，谢辽沙拢紧呢子大衣，对华西列夫斯基说："我们回去睡觉吧，看看这些货物，够中国人忙上两天了。"

总是沉默不语的华西列夫斯基微微一笑，不动声色地说："我看未必。"

"敢不敢和我打赌，一瓶上好的伏特加！"谢辽沙兴致勃勃地说。

华西列夫斯基仍旧一副不苟言笑的样子，什么也没有说，跟在谢辽沙身后回边城关税局了。

不到五个小时，货物全部清点卸载完毕，换装到了中方的车皮上。谢辽沙听说后很是吃惊，他和华西列夫斯基一起出了关税局宿舍，把脖子缩在大衣领口里，冒着刺骨的寒风来到车站。看着站台上数不清的独轮小推车、撬棍、杠杆，望着寒风中一身霜雪、满脸汗水的人们，禁不住赞叹起来："周，简直不可思议，你和你的同事们太伟大了。你们没有机械，没有起重设备，就凭着这些简单原始的工具，这么快就换装完了，真让人难以置信，我输给了华西列夫斯基一瓶上好的伏特加，可是我心里高兴，看样子我们的担心是多余的……尊敬的中国同志，请在货物交接单证上签字吧！"

"交接单证？"周振邦喘着粗气，迷惑地从华西列夫斯基手中接过一叠厚厚的单证，仔细一看，是苏联奥特波尔海关印制的出口货物交接清单，上面详细列明了货物的产地、名称、数量、价值、发货地、目的地，并一式两份要求双方海关人员签字确认。

货物完成交接换装后，周振邦、陆勇、陈永胜等人聚在办公室里仔细研究起苏联海关的货物交接单证来。

"这东西很科学,我看了好几遍。几乎所有在贸易中能够涉及的项目这上面都列明了,每张都有唯一的连续编号,比咱们在延安时和现在的东北解放区随手打收条、欠条的管理方式科学多了!"周振邦拍着桌子上的单证对大家说。

"是啊,我在烟台东海关的时候,也印制单证,而且还有印章,可是与苏联海关的单证一比,就显得粗糙多了,简单多了,这是个好东西啊。"陆勇说。

"我觉得还有需要改进的地方,这些单证既然一式两份,两国海关各执一份,就不应只用俄文书写。如果是中文、俄文对照的就更好了,那样既简便又严谨,而且能节省大量的翻译时间,更有利于两国的贸易。"周振邦看着单证说。

第二天上午,谢辽沙和柯兹洛捷卡娅来到周振邦的办公室。谢辽沙高兴地说:"我们美丽的粮谷化验室主任向我报告,这批面粉都是合格的,可以马上装上我们的列车了。"

周振邦笑了:"谢辽沙同志,这可是今年的新粮,你尽管放心,不会有质量问题的。"

柯兹洛捷卡娅笑吟吟地望着周振邦:"周,我猜想你们没有多少粮食加工的机械,可是粮食的质量却让我很惊喜,这是个奇迹。"

"感谢你的表扬。我们中国人自古就掌握用最简单的工具制作精美产品的能力,就像一名中国厨师只用一把看似笨重的菜刀就能做出各式各样的造型一样。"周振邦说。

"真让人惊叹！虽然我不会使用菜刀。"柯兹洛捷卡娅笑着说。

周振邦忽然想起了交接单证的事："谢辽沙同志，我仔细研究了奥特波尔海关的交接单证，很受启发，我能提一个改进的建议吗？"

"当然可以！"谢辽沙爽快地说。

周振邦说出了将海关交接单证印制成中俄文对照的想法。

谢辽沙笑了起来："这当然是个好主意，我们一开始的时候也有这样的想法，可是你知道，我们奥特波尔海关的那位中文翻译，据我所知他的汉语表达能力很糟糕。他对中国文字掌握得更糟糕。每次看见你们那些方形的奇怪的符号，他都会像喝了一瓶伏特加一般晕头转向。"

周振邦笑了："这不是问题。我可以让我们的翻译董志军同志负责翻译单证上的文字。"

"那很好！或许下一批货物交接时你就能实现这个愿望了。"谢辽沙高兴地说。

谈话在愉快的气氛中结束了。周振邦没有想到印制中俄文对照海关交接单证的事会这么顺利，望着谢辽沙昂首阔步离去的背影，禁不住对这位虽然爱吹牛但也很务实的苏联贸易代表多了几分好感。

# 第五章

## 16

　　圣依利亚教堂是中东铁路建成后，生活在中国边城地区的俄罗斯侨民出资修建的。教堂是石头建筑，有四十多米高，是当时边城最高的建筑，主教堂的后面是神职人员住宅和厢房，占地规模也是相当可观。教堂经历了几十年风雨，虽然年久失修，却依旧是红墙绿顶，端庄肃穆。暗红色的墙壁，又窄又高给人一种飞升感觉的门窗，深绿色高耸起伏错落有致的洋葱头一般的尖顶，略显斑驳却依然艳丽动人的宗教壁画，构成了一个和谐唯美的整体。

　　圣依利亚教堂是生活在边城的俄罗斯侨民的活动中心。每逢礼拜日，教堂厚重的拱形门便缓缓打开，牧师克柳切夫斯基身穿一身黑衣，腋下夹着厚厚的圣经，一脸端庄慈祥的表情，一双暗褐色的眼睛注视着虔诚的信徒鱼贯而入。教堂里面的墙用白灰粉刷得一尘不染，墙上挂着成排的银色蜡烛钎，上面插满蜡烛，横式凹壁内悬挂着巨幅耶稣受难像，一排排摇曳的烛光辉映得人们胸前的银质十字架熠熠闪光。随着庄严的唱诗声响起，教堂尖顶的钟楼里同时响起悠扬的钟声，平日里栖息在教堂屋顶上的一群雪白的鸽子便飞起来，拍动的翅膀在晴朗的天空中簌簌作响……

每当这时候，信徒们都会看到克柳切夫斯基主教一脸庄严肃穆、慈祥虔诚的表情，那神情让人们相信他就是仁慈的上帝派来的使者。可是，当钟声停止，信徒们慢慢散去，克柳切夫斯基主教却马上变成了另外一个人，他站在教堂朝向西方的窗前，一脸忧郁的神色，他的目光越过边城上空，飞向遥远的故土，目光中充满了仇恨和无奈。

十月革命爆发后，在远东地区，谢苗诺夫发动了反对苏维埃政权的武装叛乱。叛乱很快被苏联红军镇压，谢苗诺夫失败后退入中国边城，克柳切夫斯基正是谢苗诺夫叛匪的忠实追随者。谢苗诺夫叛匪进入中国后，在边城到哈尔滨之间的铁路沿线猖獗一时，与社会主义苏联为敌。克柳切夫斯基是谢苗诺夫手下的干将，进入中国后，曾经在东西伯利亚教区做过牧师的克柳切夫斯基成了边城圣依利亚教堂的主教，他以东正教为掩护，在哈尔滨、齐齐哈尔和边城等地秘密为谢苗诺夫叛匪招兵买马，筹集粮款，甚至在幕后两次策划组织了抢劫边城税关税款事件，在当时轰动一时。几年间谢苗诺夫叛匪不断袭扰苏联远东地区，成了苏联远东地区的心腹之患。苏联红军进军中国东北时，骄狂一时的谢苗诺夫残匪才被彻底击溃，苏联红军在边城抓获了谢苗诺夫及其手下众多爪牙并押回苏联国内，经军事法庭审判处以极刑。但是工于心计的克柳切夫斯基却销声匿迹，成了漏网之鱼。苏联红军撤出中国东北后，克柳切夫斯基又回到边城圣依利亚教堂，开始蠢蠢欲动，网罗敌视苏维埃政权的白俄分子，并与国民党反动派相互勾结利用，继续与苏联为敌。

因为教堂是俄罗斯侨民的活动区域，考虑到与苏联的关系，西满军分区命令张越尊重俄罗斯侨民的宗教信仰，不得阻碍教堂的正常宗教活动。张越知道在教堂活动的俄罗斯侨民身份很复杂，但还是命令公安队队员盘查可疑人员时，不得随便进入教堂区域。张越望着教堂那高耸的尖顶，望着进出教堂的不同身份的俄罗斯侨民和一些不明身份的人，心中总是有一种莫名其妙的不安和疑虑。

张越的感觉是不无道理的。那时居住在教堂神职人员住宅里的，除了克柳切夫斯基之外，还有一个沉默的"俄罗斯人"，他一头灰黄的头发，身材不像一般俄罗斯人那样高大，眼睛也不是蓝色或者褐色的，而是黑色的，这也不奇怪，远东地区有很多少数民族都是黄种人，或者是混血人。这个"俄罗斯人"看起来是个虔诚的东正教徒，每天早晨伴着教堂的钟声从后面的厢房来到教堂里，他总是在腋下夹着一本厚厚的圣经，胸前晃动着十字架，一只手虔诚地在胸前划着十字，口中还用俄语念念有词地祈祷着"上帝保佑"，虔诚地唱诗祈祷，可他更感兴趣的却是边城车站进出的列车，他总是偷偷来到教堂顶部的钟楼上，在那里居高临下能看到整个边城车站。

这个"俄罗斯人"就是经过化装的国民党军统特务机关驻哈尔滨行动组特务顾鸿彬。

受命潜入边城之前，顾鸿彬在哈尔滨地区从事特务活动多年，是深受军统信任的老牌特工人员。抗日战争时期，顾鸿彬秘密搜集了不少日本关东军和伪满洲国的情报，甚至与苏联远东方面军情报部门也有秘密接触。抗战胜利后，他开始死心塌地为国民党反动派发动内战服务，受保密局和长春国民党东北行营派遣，在东北地区扩充特务机关，四处刺探搜集东北民主联军的情报，甚至搞暗杀和破坏，秘密侦察东北民主联军与苏联红军的联系动向，妄图阻挠破坏东北解放区对全国解放战争的支援。

顾鸿彬很早就得到了东北民主联军与苏联远东方面军秘密接触的情报。东北民主联军千里奇袭占领边城后，顾鸿彬立即向上峰报告东北民主联军的战略意图是打通与苏联联系的通道。杨树铮被张越逮捕后，经审查被送往东北民主联军组建的东北军政学校接受改造，顾鸿彬指使潜伏在齐齐哈尔市的国民党特工人员与杨树铮取得了联系，在特务的接应下杨树铮逃出齐齐哈尔，顾鸿彬亲自出马向他详细了解了边城的情况后，帮助他逃回了蒋管区。他的这些特务活动，深得保密局赏识，为了阻挠东北民主联军与苏联的贸易，顾鸿彬在张越解放边城后不久就奉命秘密潜入边城。

在边城刚刚解放不久的一个礼拜天，教堂里的祈祷仪式刚刚结束，信徒们纷纷散去。克柳切夫斯基注意到一个陌生的俄罗斯人留了下来，站在空荡荡的教堂里，用似曾相识的眼光不断地打量着自己。

"孩子，你还有什么话要向上帝表白吗？上帝会保佑你的。"克柳切夫斯基用俄语说。

陌生人不动声色地笑了，用流利的汉语说："别来无恙啊，我尊敬的主教大人，上帝真是保佑您，我以为您早已被押回苏联，和谢苗诺夫他们一起上了绞刑架呢。"

"你……你是什么人？"克柳切夫斯基大吃一惊，眼镜都掉了下来，用汉语结结巴巴地问，刚才还翻阅着圣经的手不由自主地慢慢向腰间移去。

"别紧张，当心枪走了火，放松一些，我们是老朋友了。"陌生人从容地关好教堂的门，取下假发和粘在上唇上的两撇灰黄色的小胡子，跷起二郎腿在教堂长椅上坐了下来。

"你是顾先生……"克柳切夫斯基惊讶地喊出了声。

陌生人潇洒地在嘴唇上竖起食指，打断了主教的惊叫，从风衣口袋里取出一张伪造的俄罗斯驻哈尔滨领事馆签发的证件："您认错人了，我叫伊万，一个有中国血统的俄罗斯人，我是生活在哈尔滨的俄罗斯侨民，来边城是为了经商。"

"Здаравствуйте Иван，входите пожайлуста.（您好，尊敬的伊万先生，里边请。）"克柳切夫斯基心领神会地笑了，打了个手势领着"伊万"进了教堂里的密室。

顾鸿彬与克柳切夫斯基在哈尔滨就相识，克柳切夫斯基在哈尔滨的活动逃不过顾鸿彬的眼睛，他清楚地知道这个披着宗教外衣的人是极端仇视社会主义苏联的白俄分子，就多次给予支持以换取需要的情报。克柳切夫斯基对顾鸿彬的身份也是心知肚明，在哈尔滨地区的活动能够得到国民党方面的帮助当然是求之不得，两人有过一段心照不宣的合作，一直到克柳切夫斯基离开哈尔滨。

"你来这里干什么？难道这个偏远的小地方比东北那些大城市还重要吗?"克柳切夫斯基问顾鸿彬。

"这个地方虽小，可是铁路车站太繁忙了，尤其最近一段时间，此起彼伏的火车汽笛声吵得我们整夜睡不着觉。"顾鸿彬冷笑着说。

"顾……不，是伊万先生，您就住在教堂里吧，这里面清静，很少有人来打搅，这有利于你的睡眠。"克柳切夫斯基一语双关地说。

"那就先谢过了，这里是你的地盘，还请主教先生多多关照!"顾鸿彬说。

"上帝会保佑你的。"克柳切夫斯基说。

## 17

从第一次中苏大宗合同贸易顺利交货那天起，边城火车站这地处中国北疆边陲的陆路口岸转眼间变成了繁忙的国际贸易枢纽，大量的军用物资从这里源源不断地被运往解放战争前线。

周振邦和陆勇几乎每天都战斗在繁忙的第一线。孙学文带领护路军干部和战士，既参加监管、换装，又负责安全保卫工作，李宝来负责向东北税务总局上报每日的货物进出口运输日报表，撰写需要上报的各种文字材料。陈永胜作为周振邦任命的临时站长，很快就熟悉了新的工作，出色地发挥了他在安东海关积累的管理才能，将车站繁忙的运输换装任务安排得有条不紊。

陆勇自从在车站见到挺着大肚子的妻子，忙得几乎把妻子忘到了脑后，往往在深夜才匆匆赶回宿舍，那时妻子已经睡下了，陆勇坐在床边上，看上几眼妻子高高隆起的肚子，就累得睁不开眼，倒在行军床上就睡。第二天天不亮，有时甚至是在深夜时分，一有列车进站，陆勇就跳起身去车站。

春节过后的一天，陆勇正在车站上参加换装，沈琴一路小跑地来了。她上气不接下气地拉住陆勇的衣袖，半天说不出话来："快……快……嫂子好像要生了……"

陆勇飞跑回宿舍，发现妻子在床上折腾得满头大汗，沈琴和其他几个女同志都还没结婚，面对这个情况毫无经验，束手无措，徒劳地忙前忙后，干着急。陆勇搓着手急得如热锅上的蚂蚁，让沈琴快去叫护路军卫生队的卫生员来。

小卫生员满头大汗地跑来，只是说了句"看样子是难产"，也是束手无策，她只是学习了战伤包扎急救等常识，还是第一次见到这种场面。

周振邦听到消息，赶紧打电话给张越书记，请求派一名医生来。张越书记在电话那头着急地说："振邦，现在的边城连家医院都没有，当时日伪满洲国的那些医院早就关门了，医生护士都不知跑到哪里去了。"

周振邦急了："那当地妇女生孩子谁给接生？"

"都是在家自己生，遇到麻烦，就请当地上了岁数有经验的妇女帮忙，要是遇到大麻烦，就只能听天由命了。"张越无奈地说。

"那你快帮我找个接生婆来，要有经验的，越快越好。"周振邦喊了起来。

"对了，振邦你别着急，我想起来了，我听公安队的同志们说起过，这城里有一家俄罗斯侨民开的诊所，诊所里有一位信东正教的俄罗斯老太太能接生，边城的俄罗斯侨民生孩子都是她接生，可这老太太性格孤僻倔强，不给中国人看病。"张越说。

"那怎么办？要不我联系一下苏联领事馆，请彼得洛夫先生帮帮忙？"周振邦着急地说。

"振邦，怕是行不通啊！"张越忧虑地说。

"为什么？"周振邦问。

"在边城的俄罗斯侨民身份很复杂，他们中的很多人都是当初俄国十月革命胜利后从俄罗斯逃到中国来的，也就是说，他们是敌视苏维埃政权的流亡者，如果那个俄罗斯老太太属于这类人，是不会买苏联领事馆的账的。"张越解释说。

"我明白了，这样吧，麻烦你派一位同志来帮忙引路，我去请。"周振邦说。

"你去？那好吧，我让公安队的一个同志开车去接你。"张越说。

放下电话，周振邦下了楼，在门口焦急地来回踱步。

"周主任，我和您一起去。"沈琴跑了出来对周振邦说。

"那也好。"周振邦想了想说。

边城工委那辆破吉普车摇摇晃晃地开来了，周振邦和沈琴上了车，汽车在颠簸的街道上疾驶，左拐右转，最后停在了一座"木克楞"（俄式木结构建筑）门前。

周振邦和沈琴匆匆下了车。周振邦稳定了一下焦急的情绪，轻轻敲了敲门。一个漂亮的俄罗斯小女孩开了门，明亮的眼睛警惕地望着周振邦："Кто вы?（您是谁?）"

"玛丽娜医生在吗？我有急事找她。"周振邦用俄语说。

小女孩听了周振邦流利的俄语，犹豫了一下，打开了房门。

玛丽娜医生是位一脸慈祥的俄罗斯老太太，身材胖胖的，脸上的肌肉都松弛了，这让她的下巴看上去很宽大。年龄有六七十岁了，一头雪白的头发，有些浑浊的蓝眼睛吃惊地看着站在面前的两个中国人。

周振邦看着面前这位俄罗斯老人，忽然想起了自己在苏联时的师母——柯兹洛捷卡娅的母亲，如果她能够活到现在，或许也是这个模样。他礼貌地向老人问好，并说明了来意。

"对不起，您误会了，我不是在开诊所，我不会出诊的，我只是偶尔给信任我的人看看病。"俄罗斯老太太说。

"老妈妈，请帮帮忙，她是一个苦命的女人，一个人从遥远的地方来到这里，她现在很危险，只有您能救她。"周振邦真诚地说。

"那她为什么要来这里呢？"俄罗斯老太太问。

"她的丈夫在这里工作，在为我们和您的国家开展贸易而工作，她没有别的亲人……"周振邦急切地说。

老太太忽然变了脸色："这么说，她的丈夫在把粮食卖给那些肆意剥夺我们财产，那些让我们无家可归的布尔什维克？！"

"老妈妈，您误会了，我们的粮食是卖给远东地区人民的，他们连续三年遭灾，粮食颗粒无收，那里的老人和孩子处在饥饿中，喝不上牛奶，也没有面包。"周振邦真诚地说。

老太太愣了一下，沉默了一会儿，叹了一口气："是的，我的姐妹挣扎在饥饿中，你这样说让我很高兴，上帝保佑！但愿像你说的那样，那些粮食能到饥饿的人们手中。好了，我们一起去看一看那个苦命的女人吧。"

"多谢老妈妈！"周振邦高兴地说。

沈琴从周振邦表情的变化中知道俄罗斯老太太答应了，不等周振邦吩咐，赶紧上前搀扶起这位善良的异国老人。

俄罗斯小女孩见老奶奶要出门，跑过来拽住了她的衣角，老奶奶慈爱地笑了："亲爱的伊琳娜，我的乖孙女，奶奶去去就来。"

汽车停在了边城关税局宿舍门前的雪地上。沈琴打开车门，小心翼翼地搀扶着老太太下了车，陆勇听到车声跑出门，和沈琴一起搀扶老太太，嘴里不住地说着："老妈妈，辛苦你了，快给帮个忙吧！"

老太太说了一长串俄语，陆勇傻眼了，一个字也听不懂，只好把老人往宿舍的方向领。老太太在陆勇和沈琴的搀扶下颤巍巍地走进房间，看了看在床上面色苍白、嘴唇干裂的陆勇的妻子，轻轻按了按她胀得吓人的肚子，再抬起浑浊的老眼看看陆勇，不住地摇头。

陆勇吓坏了："老妈妈！你一定要救救我媳妇和孩子，她可是因为我才跑到这偏远寒冷的地方来的啊！"

老太太摇着头用俄语说了长长的一段话，陆勇和沈琴他们都听不懂，干着急没办法。老太太也是一脸焦虑，想了半天才指着女人的肚子说出了几个不连续的汉语词语："妈妈，不好……孩子的房子坏了……孩子……"然后就在水盆里洗了手，在陆勇妻子的肚子上有节奏地推按起来。

傍晚时分，陆勇的妻子终于产下一个男婴，看着血泊中的这团血肉，陆勇禁不住泪如泉涌。老太太细心地清理了孩子的口腔，拍了拍他瘦小的后背，孩子终于发出一声嘹亮的哭声。沈琴和孙艳霞手忙脚乱地用小被子把孩子包好，陆勇妻子没能看孩子一眼就一直处于昏迷中，从她体内不断涌出的鲜血浸透了被褥和床垫。

老太太看了看这个苦命的女人，叹了口气默默地离开了。陆勇坐在床边眼看着妻子憔悴的面孔渐渐没有了血色，干裂的嘴唇变得灰白。人们都默默地流着泪，退出了房间。陆勇守着妻子，大滴的眼泪落在妻子苍白的手臂上。

陆勇的妻子再没有醒来。当沈琴将孩子抱给陆勇看时，陆勇手足无措地接过孩子，可怜的孩子小嘴一动一动的，好像要吸吮奶头，陆勇的眼睛红了。

"陆大哥，你放心，我和孙艳霞帮你带孩子……"沈琴流着泪说。

孩子大哭起来，人们都慌了手脚，所有的人都知道孩子是饿了。可是给孩子吃什么呢，人们都犯了愁，陆勇说："煮点儿小米汤喂孩子吧！"沈琴和孙艳霞恍然大悟，手忙脚乱地在小铁炉上支起铁锅。

忽然有人喊，说那个俄罗斯老太太又回来了。人们出了房门，发现老太太在俄罗斯小女孩儿的搀扶下正从一辆马拉雪橇上走下来。老人给孩子送来了一桶牛奶和两瓶黄油，陆勇眼含泪水，向俄罗斯老太太深施一礼："谢谢老妈妈了！"

小卖铺都关门了。沈琴着急地敲开了好几个小卖铺的门，才买到半斤白砂糖和一个橡胶奶嘴。她和孙艳霞一起手忙脚乱用针给奶嘴扎了眼儿，套在一个洗净的空酒瓶口上，孩子咕咚咕咚喝了一顿热牛奶，心满意足地睡着了。

沈琴流着泪出了关税局楼门，忽然发现从不吸烟的周振邦正站在楼前的暗影里，默默地吸着烟，烟火亮了一下，照见周振邦眼睛里有泪光在闪烁。

沈琴心中一热，眼泪禁不住又流了下来。

## 第六章

### 18

　　伴随着大量物资在边城口岸进出口，周振邦和苏联贸易代表的接触越来越多，了解越来越深。谢辽沙在闲谈时还是照样喋喋不休，把他在卫国战争期间为军队后勤服务的功绩不知道吹嘘了多少遍，在得意洋洋的吹嘘结尾处，他总是会郑重其事地凑近周振邦，红红的鼻子几乎贴在周振邦的脸上，认真地说："周，你不知道那时我的地位是多么重要，即便是后来我们英勇的红军战士进军中国东北，没有我也是不会那么顺利的！"

　　周振邦总是耐着性子听完他的演说，对他重要的地位和功绩报以赞许的微笑。有时还夸奖他说："您现在的位置更重要。"毕竟这位爱吹嘘的贸易代表工作起来还是很认真的。有一次因为铁路方面出现失误，造成苏联的车皮晚到，误了货物的交接和换装，他甚至摇通电话，跳着脚大骂苏联后贝加尔铁路方面的负责人。

华西列夫斯基除了工作之外几乎很少笑，当然，工作的时候就更不会笑了。他总是板着脸，认真地做好他的工作，对自己上司喋喋不休的吹嘘总是不屑一顾，对身边的一切似乎都不感兴趣，即便是面对年轻美丽的柯兹洛捷卡娅也是不苟言笑。

柯兹洛捷卡娅是苏联贸易代表中最快乐的人，与周振邦的重逢让她回忆起少女时代快乐的时光。在工作闲暇时她常常跑来找周振邦聊天，一起回忆那个时代的美好时光，只是她知道周振邦太忙，每次也是适可而止，不敢耽误这个忙碌的中国男人太多的时间。但这已经足够了——倾诉是一剂良药，让她慢慢愈合了心灵的创伤，繁忙的海关检验工作也给她带来了深深的慰藉。转眼近一年过去，几乎所有人都发现，年轻的苏联海关粮谷化验室主任更成熟漂亮了。

即便是半个多世纪过去了，当初在边城关税局和火车站工作过的离退休老同志还清晰记得当时的柯兹洛捷卡娅身穿苏联海关中校制服，脚蹬锃亮的高筒马靴，白皙的手里端着样品或化验试管、烧瓶，在北疆夏日凉爽的微风中匆匆走过站台的情景，还记得她金黄的头发在风中飞扬，湖水般的蓝眼睛闪闪发亮。

就是在这样融洽的贸易关系中，一场突如其来的争吵爆发了。

这天上午，周振邦正在办公室里忙碌，谢辽沙忽然怒气冲冲地闯了进来，他手里握着一只装有面粉的窄口玻璃容器，将一页纸拍在办公桌上，脸红脖子粗地喊着："周，看看你们这些面粉，你们就想用这样的东西来换取我们货真价实的机枪火炮吗？我说过，我们需要的是能做面包的面粉，不是饲料，就算是做饲料，这样的东西也是不合格的饲料，让这些面粉见鬼去吧！这些粮食要退运，让它回到它来时的地方去吧！真见鬼！"

周振邦吓了一跳，谢辽沙语速太快，周振邦听得断断续续，不过他明白一定是面粉的质量出现了问题。他看了看谢辽沙手里的样品，拿起桌上的那页纸，那是苏联奥特波尔海关粮谷化验结果报告单，标明了车皮编号，取样时间，等等，结论是所化验的面粉样本板结成块，霉菌严重超标，签名处是柯兹洛捷卡娅龙飞凤舞的俄文笔迹。

周振邦叹了口气，诚恳地说："谢辽沙同志，您知道，我们的各项设施还不完善，可能是保管不善出了问题。我代表中国方面向您道歉，货物出现质量问题是我们的责任，这也是我们不希望发生的。我会立即向我的上级报告这一情况，防止这样的事再次发生，出现质量的这车皮面粉当然不能出口，我会马上通知退运的。"

谢辽沙傲慢地坐在椅子上，嘴角挂着一丝嘲讽的微笑："周，你的道歉很有绅士风度。可是你没听明白，我说的是要退运这一整批面粉，而不是您轻描淡写说的那一车皮！"

"什么？难道每节车皮的面粉都有质量问题？"周振邦吃惊地站起身。

"可以这么说！我们检验的规则是，如果有一节车皮的货物出现了质量问题，就证明整批货物不合格，其余的就无须检验了，要全部退货，这是我们苏联红军远东军团司令部与你们东北民主政府的代表在符拉迪沃斯托克贸易谈判中约定的贸易规则，我想你是知道的。"谢辽沙说。

周振邦很恼火："谢辽沙同志，您不觉得这样的规则对我们太苛刻了吗？"

"周，这是我们双方上级约定的贸易规则，我们要做的就是按规则办事，这谈不上苛刻与否，你懂吗？"谢辽沙提高嗓门说。

周振邦急了，整批货物退运，且不说巨大的经济损失，就是浪费的人力物力也是难以想象的。他压下心中怒火，和颜悦色地请求说："谢辽沙同志，您知道，我们的人员和运力都不足。为了开展对苏贸易，我们付出了很大的努力。如果全部退运，我们的损失太大了，您看能不能这样：麻烦柯兹洛捷卡娅同志逐车检验，不合格的粮食我们无条件退运，检验没有问题的请贵方接收，您看如何？"

"周，这是不可能的。出现损失和浪费是你们的事，也是你们因为货物不合格所应承受的代价。很遗憾您的建议我不能接受，在抽样检验中，根据一个不合格样本推定整体不合格是合理的。就算在另一个车皮中取得的样本是合格的，它甚至不能证明那一车皮里所有的面粉都是可以生产面包的，就是这样！"谢辽沙不客气地说。

"谢辽沙同志，您说的这些或许有道理，但是这样的结论是建立在你们单方的检验结果上的。怎么才能证明你们海关的粮谷检验结果是正确的呢？"周振邦忍不住质问谢辽沙。

"周，你这是在狡辩！看一看这些面粉，别说我们优秀的粮谷化验室主任和她那些先进的科学仪器设备，就是凭我自己的眼睛都能发现它有问题。我们的检验是科学的。你们如果有能力可以复检，我们的结果可以对照！"谢辽沙怒气冲冲地晃动着手里的采样瓶，悻悻地离开了。

听到争吵声跑过来的陆勇和孙学文听了情况都焦急万分，搜炮英雄搓着大手直嚷："他奶奶的，这不是欺负人吗？这么长一列车面粉，他们取那么一小瓶，就说都不合格，是不是小题大做了？！"

陆勇想了想说："振邦，看样子我们遇到难题了。我看柯兹洛捷卡娅同志为人和善，通情达理，人不错，你和她又是老相识。你看能不能找找她，让她帮我们做做工作，检验合格的就不退运了吧！否则我们损失太大了！"

周振邦犹豫了一会儿，苦笑了一下说："也只好这样了，我去试试！"

## 19

柯兹洛捷卡娅正在边城关税局二楼粮谷实验室里忙碌，看见周振邦走进来，惊喜地站起身："周，你怎么有时间来看我？"

周振邦笑了："卡佳，我想你一定知道我为什么来找你，你的检验报告说我们有一车皮的面粉质量出了问题，我想和你交流一下。"

柯兹洛捷卡娅不好意思地笑了："是的，周，这也是我不愿意面对的，我知道这样会给你们带来很大的损失，这个样本我做了两次，结果都一样，我很抱歉！"

周振邦说："卡佳，感谢你能理解我们，你知道，我们中国共产党人正在带领人民进行着推翻蒋家王朝的斗争。我们的政权还没建立，方方面面都很落后，为了开展我们之间的贸易，我们付出了巨大的努力。我们还很落后，出现一些疏漏也是难免的，你看，能不能和谢辽沙同志说一下，那些检验合格的面粉就不要退运了吧！"

柯兹洛捷卡娅无奈地摇了摇头："周，我很抱歉，这我做不到。虽然我们是好朋友，可这是工作，应该按照事先约定好的规则来办事，我得对我自己的国家负责！"

"真的没有商量的余地吗？"周振邦心里一阵刺痛。

"我真的很抱歉……"柯兹洛捷卡娅说。

房间里一阵让人难堪的沉默。

周振邦苦笑了一下说："那好吧！很抱歉打扰了你工作，柯兹洛捷卡娅同志。"

"周——"柯兹洛捷卡娅站起身，一脸委屈的神色，想再说些什么，可是周振邦已经转身默默地离开了。

周振邦辗转反侧，一夜未能入睡。

第二天刚上班，周振邦就通过电话向东北税务总局作了汇报。中午，张副局长打来电话，告诉周振邦东北局同意将这批面粉全部退运回来。周振邦在电话这边沉默良久，说："张副局长，这次退运对我震动很大，我们必须得有自己的海关检验队伍了，从粮食起运地就把好质量关，否则我们既蒙受损失，又会失去贸易信誉啊！"

张副局长也同样心情沉重："是啊，我们的粮食从东北各地收购来，质量参差不齐。从中苏贸易开始的那天起，我就担心会出现这种情况，如今果真发生了。可是我们缺少这方面的人才啊！我已经向东北局首长打了报告，准备招募一批在伪满海关和检验部门工作过的人员去边城，可这些人如今都逃散了，就算能招来，政治觉悟方面也是问题，真让人心焦啊！"

周振邦在边城关税局会议室召开工作会议，通报了东北税务总局的决定。孙学文"噌"地一声就跳起来了："退个屁运！这大鼻子也太欺负人了！我去找那个自以为是的老东西去，看我怎么收拾他，还有那个'达妮娅'也不是好东西，这不是鸡蛋里挑骨头吗？！我去找他们去……"孙学文怒气冲冲地要出门，陆勇和陈永胜两人都拉不住。

周振邦火了，啪地一拍桌子："孙学文！你给我回来！！反了你了？你没听清楚啊？东北局和东北税务总局都已经同意退运了，你还有没有组织纪律了？！咱们要做的是吃一堑长一智，少给我逞那匹夫之勇！这是贸易，不是打仗，让你端着三八大盖儿去和敌人拼刺刀！你有能耐？有能耐你去做商品检验！用检验结果说话，算你有本事！"

孙学文吓了一跳，他还是头一次看见周振邦对自己发这么大的火，张了张嘴，不知说什么好，陆勇拉着他在门口凳子上坐下来。会议室里一时间静悄悄的，人们都低着头默不作声。

周振邦沉默了好一会儿，说："对不起大家，我失态了，我的心情与大家一样难受。但这是没有办法的事，这是两个国家之间的事情，这就是国际贸易！前几次贸易的顺利进行让我低估了可能面临的困难和问题，我要向张副局长检讨，这是我们今后要注意吸取的教训，东北局首长和东北税务总局对这件事也非常重视，目前正在积极准备招募我们自己的商品检验人员，我相信这个问题会很快解决的，我们现在要做的是执行东北税务总局的命令，尽快将这批货物退运，耽误一天，就占用车皮一天，就会耽误下一批贸易，好了，同志们，我们一起行动吧。"

周振邦和关税局的同志们在车站一直忙到天黑，将整列车两千余吨面粉全部重新装车，退运回了齐齐哈尔。虽然周振邦极力控制着自己的情绪，但这种无意义的劳动还是让他情绪低落。当退运货物的列车开出边城火车站时，夜已经很深了，周振邦拖着疲倦的双腿回到关税局的办公室兼临时宿舍，停电了，房间里黑漆漆的，他也懒得点灯，和衣一头扎倒在行军床上。

一阵敲门声传来，周振邦以为是陆勇和孙学文他们，不耐烦地喊了声："有什么事？敲什么敲，深更半夜的。"

"周，是我，我可以进来吗？"门口传来柯兹洛捷卡娅柔柔的声音。

周振邦吃惊地坐起身，点亮桌上的手提马灯。打开门，黄色的灯光照亮了站在门口的柯兹洛捷卡娅明亮的大眼睛。

"你怎么还没睡？"周振邦问。

"你不是也没睡吗？"柯兹洛捷卡娅说。

"这么晚了，有什么事吗？"周振邦犹豫地问。

柯兹洛捷卡娅轻盈地走进房间，在床边的椅子上轻轻地坐下。周振邦发现，脱下苏联海关制服换了便装的卡佳更显得妩媚动人。她穿着一条长长的布拉吉，金色的秀发梳得齐齐整整的，更显得端庄秀丽，楚楚动人。

"周，你还在生我的气？"柯兹洛捷卡娅轻声问。声音带着无限的委屈，伤感在房间里弥散开来。

"不，我在生我自己的气……"周振邦叹了口气说。

"你骗不了我，你真生我的气了，我们相识这么多年，你还是第一次叫我柯兹洛捷卡娅同志。语气那样拒人千里之外，我受不了……我在实验室里伤心了一下午，晚上也睡不着，我知道你在车站忙了一夜，我一直在等你回来。"柯兹洛捷卡娅说。

周振邦抬起头，看见在灯光下柯兹洛捷卡娅的眼睛里还有泪光在闪烁，心中禁不住一阵不安："对不起，卡佳，我是有些冲动。刚才在回来的路上我还在反思。卡佳，你是对的，换了我也会这样的。因为正像你说的那样，我们各自都是为了自己的国家，我们要为自己的国家负责。"

柯兹洛捷卡娅长出了一口气："周，谢谢你能这样说，我发现我已经开始喜欢你了！"

周振邦感到自己脸红了："卡佳，别胡闹，你真会开玩笑！"

柯兹洛捷卡娅笑了："这对你是件可怕的事吗？你们中国的男人真有趣！"

"卡佳，时候不早了。要是没有工作方面的事，就早点休息吧！"周振邦窘迫地说。

"那我们就谈工作上的事吧！"柯兹洛捷卡娅没有要走的意思。

"工作上的事？谈什么？你不是要告诉我又有一批货物不合格吧！"周振邦紧张地望着柯兹洛捷卡娅。

柯兹洛捷卡娅忍不住笑了起来："周，看把你紧张的，让我想起了在苏联时你给我讲的一个故事，说一只受伤的小鸟听到枪响就从天上掉下来。"

周振邦苦笑起来："那是'惊弓之鸟'，我现在和它也差不多少了！你来这里就是拉弓弦的吗？"

"当然不是，我是想说说关于粮食检验方面的事情。"柯兹洛捷卡娅说。

"你的意思是说……"周振邦迷惑地望着柯兹洛捷卡娅，不知她想说什么。

"正像我们第一次贸易谈判时您提到的，你们太缺乏具有专业知识和操作技能的检验人员了。要不是这样，就不会给我们的贸易带来这么多麻烦，我们今天的不愉快根本就不会发生。"柯兹洛捷卡娅认真地说。

"是啊，我先前对我们货物的质量太自信了，实践证明没有商品检验把关是不行的。我们的东北税务总局正在招募检验人员呢。可远水解不了近渴啊！"周振邦说。

"周，有现成的教官站在你的面前，你还担心培养不出中国的海关检验人员吗?"柯兹洛捷卡娅笑着说。

周振邦瞪大了眼睛望着面前这位奥特波尔海关粮谷化验室主任:"卡佳,你的意思是说,要为我们培训海关检验人员?"

"怎么?不可以吗?你是怀疑我的专业技能和授课水平,还是对自己的同事掌握这项工作没有信心?"柯兹洛捷卡娅调皮地问。

"不不,卡佳,你给了我一个惊喜,这太好了,我马上报告给东北税务总局领导,在边城关税局举办一期检验业务培训班!"周振邦兴奋起来。

"我已经让我们的翻译回奥特波尔海关了,他明天就能把我需要的教学设备和仪器运到这里来。我们就可以利用工作闲暇的时间开课了。"柯兹洛捷卡娅高兴地说。

周振邦很感动:"卡佳,你的建议太好了!可是,谢辽沙同志能同意吗?"

柯兹洛捷卡娅说:"今天下午你们办理退运时,我已经向他说出了自己的想法,他很支持,让我好好准备一下,还说如果效果好的话,可以多办几期呢!"

"他同意了?"周振邦感到很意外。

"这是对我们两国的贸易有利的事,他有什么理由不同意呢?"柯兹洛捷卡娅说。

"那太好了,我马上联系东北税务总局,确定参加培训的人员。不只在边城关税局,让哈尔滨、安东、齐齐哈尔等地的同志都来学习,这样他们回去以后就能从源头上把住出口货物的质量关了。"

柯兹洛捷卡娅很高兴："周，你比我考虑得周到。这样吧，举办几期培训，多少人参加都由你来定。我会毫无保留地讲授检验方面的知识、技能。"

"卡佳，你太好了，真不知道怎么感谢你！"周振邦心里涌起一阵感动，压抑和烦躁忽然间在这个宁静的夏夜烟消云散了。

"周，你总算是对我露出笑脸了。昨天白天你那样冷冷地离我而去，吓坏我了。"柯兹洛捷卡娅一双大眼睛含情脉脉地望着周振邦。

周振邦感觉到自己的脸红了："卡佳，对不起，你不要往心里去，我太冲动了，向你道歉！"

"好吧，我接受了，可是你得答应我一个条件，算是对你的惩罚！"柯兹洛捷卡娅笑着对周振邦说。

"你说，我一定照办！"周振邦爽快地说。

"我要你做培训班的翻译，你知道，我的汉语水平比你的俄文水平差很多！"

"这……我的工作……我们有俄语翻译小董……"周振邦犹豫起来。

柯兹洛捷卡娅笑了："周，不会耽误你的工作，我们的培训班在工作休息时办，你只要陪我做第一期的翻译就行，让人记录好，我已经告诉我们的翻译回来时带油印机来，后几期就可以发油印中文讲义了，而且你作为中国边城海关方面的负责人，是有必要掌握这方面的知识的，你难道不这样认为吗？"

周振邦笑了："卡佳，我真佩服你，你不仅是优秀的海关专家，也是一位出色的演讲家，你说服我了，我一定会认真做好这项工作的，做好翻译，也当好学生。"

"愿我们合作愉快！"柯兹洛捷卡娅向周振邦优雅地伸出白皙的手。

周振邦礼貌地握了握柯兹洛捷卡娅温热的手。

柯兹洛捷卡娅笑了："好了，我该走了，天快亮了，让你们的同志们撞见，会传说周振邦同志陪他的卡佳过夜了！"

"别胡说！"周振邦的脸一下子红了，这才发现天已经开始蒙蒙亮了。

柯兹洛捷卡娅走到门边，回过身来对着周振邦笑了："我喜欢你们中国男人的沉静内敛。虽然有些……不解风情，但很可爱！"

不等周振邦说什么，她调皮地向周振邦送了个飞吻，轻盈地离去了。

## 20

一星期之后，由柯兹洛捷卡娅主讲的边城海关第一期海关检验培训班开课了，学员包括沈琴、孙艳霞、梁立波等东北财贸干部学校的毕业生和周振邦从关税局选出的年轻人共七人。边城关税局三楼简陋的会议室里摆上几张破旧的桌椅，一块写起字来吱嘎作响的黑板，就成了粮谷检验培训班的教室兼实验室。柯兹洛捷卡娅从奥特波尔海关运来了一套崭新的化验设备作为教学仪器。周振邦兑现诺言，来到培训班上做翻译。让周振邦惊喜的是柯兹洛捷卡娅还从苏联捎来了一架德国产照相机，据说是从法西斯德国军队手里缴获的战利品。

柯兹洛捷卡娅穿着苏联海关制服，金色的长发随意挽在脑后，笑吟吟地向学员们问好。周振邦兴奋地致开幕词，刚说了句："感谢苏联海关粮谷化验室主任柯兹洛捷卡娅同志……"或许声音过于洪亮，一下子把在沈琴背上熟睡的陆小勇吓醒了。他睁开眼睛看见陌生的环境和那么多人，立刻"哇哇"大哭起来。男学员们都束手无策，女学员们都跑过去帮着沈琴哄孩子，哪知孩子不买账，越发起劲地大哭起来，哭得满脸是泪。沈琴只好抱着孩子暂时离开了教室。

周振邦笑了："同志们，不用我说你们也知道这次粮谷检验培训班的意义，我就不多说了，请柯兹洛捷卡娅同志开始讲课吧，我做好翻译，大家要做好笔记。"

就这样，边城海关第一期粮谷检验培训班在走廊里陆小勇嘹亮的哭声中开课了。柯兹洛捷卡娅似乎天生具有当老师的潜质，她全面系统地讲解着粮食检验化验知识，将烦琐的流程、各种指标、标准和深奥的化验理论讲解得深入浅出，精彩动人。周振邦一字不漏地将授课内容翻译给学员们。学员们更是学得认真，每当有货车进站，汽笛声一响，课程就暂停，人们匆匆忙忙地回到工作岗位上，连续几个小时的工作后，不用人召集，检验培训班学员就匆匆忙忙地回到教室里，有的同志劳累不堪又怕睡着了漏了课程，索性就站着听讲，柯兹洛捷卡娅感动不已。

沈琴是粮谷检验培训班上学习最刻苦的学员，也是成绩最好的，东北财贸干部学校的两年学习加上她的聪明好学，使她很快地掌握了关于粮谷化验和检验的理论知识。相比之下，她的老师李宝来倒是显得力不从心，周振邦翻译的语速可能稍快了一些，李宝来没有一节课能记全笔记。每次下课或课间休息他都会推着眼镜凑到沈琴身边去。"沈琴，把你的笔记借我用一下。""沈琴，这块儿是怎么回事？我没听明白！"几天后学员们都发现了问题，背后瞅着李宝来偷偷直乐。

第一天开课陆小勇就在课堂上大哭，害得大家都手忙脚乱，这让沈琴很是不好意思，下了课她为扰乱了课堂纪律向柯兹洛捷卡娅道歉，柯兹洛捷卡娅笑了："这在苏联是不可想象的，我们海关举办的培训比莫斯科大学的课堂纪律还要严，可是我没有觉得生气，中国同志面临的困难要比我原来想象的多很多，可是你们克服困难认真学习的热情更加让我感动，不必道歉，我相信你会成为一名优秀的海关检验专家的。"

柯兹洛捷卡娅这样说让沈琴很感动，也更感到过意不去。她想了两三天，也找不到看孩子的合适人选。一天中午，到了培训班开课的时间，沈琴看陆小勇睡得正香，就没有把孩子叫起来，把枕头挡在炕沿边，就匆忙去听课了。孙艳霞惊讶地说："沈琴，那么小的孩子你就敢把他一个人扔家，要是出了意外怎么办啊？"沈琴一听也担心起来，匆匆忙忙又往回跑，孩子果然醒了，爬过了枕头摔到了地上，头上磕了个大青包，嗓子都哭哑了。沈琴惊叫着将陆小勇抱在怀里，眼泪禁不住流下来，两人哭成一团。从那以后，沈琴不敢大意，每次上课都抱着陆小勇，又要照顾孩子，又要听课做笔记，忙碌得不可开交。

　　沈琴对李宝来的有意接近没有觉得有什么特别的。她总是热心地给自己的老师排忧解难，觉得李宝来虽然是东北财贸干部学校的老师出身，毕竟岁数比自己大很多，接受领会新知识新技能的能力差一些也是正常的。其实，沈琴反应迟钝还有一个别人都不知道，连她自己当时也不敢确信的原因。那就是，在感情上，她已经无暇注意别人了，不知从什么时候开始，沈琴的脑海中总是浮现出周振邦的影子，来到边城后与周振邦的每一次接触都让她印象深刻，让她感动不已。她时常想起周振邦不顾腰伤与大家一起抢卸换装货物时挥汗如雨的样子，想起他为了救陆勇的妻子亲自去请医生的焦急神情，想起他一个人默默地站在关税局楼门外伤心难过的样子。更多的时候是回想起自己来到边城第一天的情景：经过几天几夜寂寞漫长的旅途，她兴高采烈地从车厢里跳到满是冰雪的边城火车站站台上，不料脚下一滑，险些跌倒，是来车站迎接的周振邦扶住了自己，当时她只是觉得有些不好意思，知道扶住自己的人就是边城关税局负责人后，她还感到很是紧张。而现在回想起来，沈琴有一种异样的感觉，觉得自己曾经被周振邦扶过的手臂软绵绵麻酥酥的，脸发热心直跳。自参加粮谷检验培训班以来，她被周振邦动听的男中音、精彩的译述深深地吸引了。在她看来，那些深奥复杂的理论、指标和规程并不是从那位美得让人妒忌的苏联女教官口里讲述出来的，而是从周振邦的头脑中倾泻出来的。她每次都会坐在最前排，周振邦一开始翻译，她的心便开始莫名其妙地加速起来，以至于握着钢笔的手都在颤抖不止，要好久才能平静下来。她时常慌里慌张地看着周围的学员，唯恐他们发现了自己心里的秘密。

在那个夏季，沈琴的少女心开始萌动了，她感到既激动又害怕，她总是拼命地工作，刻苦地学习，工作学习之余，一心一意地照顾陆小勇，想以此来转移自己的感情和注意力，可是她做不到。而且，恋爱中少女的敏感让她在那位苏联女教官看周振邦火热的目光里感觉到了什么，每当这时，她都会心情复杂地盯着柯兹洛捷卡娅看。柯兹洛捷卡娅注意到了这位中国姑娘的神情，起先感到很奇怪，后来似乎明白发生了什么事情，对着这位纯真的中国姑娘心照不宣地笑了。

第一期粮谷检验培训班刚一结束，周振邦就迫不及待地在边城关税局成立了中苏联合粮谷化验室。报经东北税务总局批准，任命沈琴为副主任。从那一天起，中苏粮谷贸易由苏联单方面进行商品检验的状况结束了。每一批出口苏联的粮谷都由苏联奥特波尔海关粮谷化验室和中国边城海关检验室联合检验，由双方经办人员和负责人签字确认后进出口。

柯兹洛捷卡娅知道自己真的恋爱了，与周振邦的重逢抚平了她心灵上的创伤。在她的丈夫战死在卫国战争前线后的这几年里，她时常回忆起两人在一起时那短暂的幸福时光。她本以为自己的一生都走不出过去生活的影子了，可是自从遇到周振邦，一切似乎都改变了，她在心里一遍遍感谢上帝让她来到中国。因为这个中国男人，让她感到中国北疆这座小城镇这样可爱，生活中的一切开始变得美好。

柯兹洛捷卡娅听到沈琴任命的消息时望着周振邦："周，我给自己培养了一个对手！"她一语双关地笑着说。

"怎么是对手呢？你们应该是同志，好朋友。"周振邦不解地说。

"我不是说工作上……"柯兹洛捷卡娅说。

周振邦听不明白，也没有时间去弄明白，诧异地看了看柯兹洛捷卡娅，不知道她在想什么。

第一期培训班结束后，周振邦抓紧时间与东北局协商，从东北解放区的粮产地抽调合适的人员到边城关税局，又集中办了两期粮谷检验培训班。有了第一期培训班授课的实践，柯兹洛捷卡娅的讲述更加从容不迫，细致全面。董志军在繁忙的工作之余担任了第二、三期培训班的翻译工作，在第一期培训班结束后，董志军就整理出了详细的中文讲义。"科学家"梁立波用缝衣针制作了两支铁笔，董志军一有闲暇就忙着在钢板上刻蜡纸，孙艳霞自告奋勇帮忙，两人经常一起刻蜡纸到深夜，再用刻好的蜡纸油印讲义，发到参加培训的学员手里。

第一期培训班改变了中苏贸易由苏联方面单独检验的局面，在边城关税局成立了中苏联合粮谷化验室，第二、三期培训班为东北解放区培养了一批粮谷化验人员，这些同志回到东北各地后，从源头上把住了出口粮谷的质量关。从那以后，对苏联的粮食出口再没有发生因质量原因而退运的情况。

在爷爷保存的老照片中，有一张柯兹洛捷卡娅与边城海关粮谷检验培训班部分学员的合影，是爷爷用柯兹洛捷卡娅带来的那架照相机拍摄的。流逝的岁月已经让那张两寸见方的老照片发黄褪色了，但却清晰地定格了那个时代充满革命豪情的身影。柯兹洛捷卡娅坐在正中间，文静、美丽、端庄，有一种异国女性特有的美丽，眉宇间似乎还有一丝若有若无的惆怅。其余几名中国学员很多都是我认识的长辈，他们中大多数人在商检与海关职能分离后，成为新中国各地检验检疫部门的中坚力量。正像爷爷生前说过的那样，中国共产党领导下的商品检验工作，早在共和国建立之前就在边城开始了。而且爷爷还不止一次地说过，新中国的商品检验工作是在苏联同志的帮助下开展起来的，我们不应该忘记苏联同志对我们的无私援助，即便是在"文化大革命"时期爷爷被作为"苏修特务"批斗时也没有改过口。

"文化大革命"时期，柯兹洛捷卡娅离开中国时留给爷爷的那部德国产照相机被抄家的红卫兵作为"苏修特务"的罪证搜走了。爷爷平反后花了很长时间寻找那部照相机，但一直下落不明。幸运的是当时拍摄的那些珍贵的历史照片大部分被爷爷巧妙地保存了下来。当"文化大革命"结束后爷爷取出这些老照片时，我们一家人都惊呆了，奶奶还后怕地说："老周，你就不怕被发现？"爷爷一梗脖子，说："发现了能怎么地？我当了那么多年'苏修特务'，还怕再多一条罪证不成？"

# 第七章

## 21

在第一批来边城组建海关的几个人里，只有孙学文没有参加粮谷检验培训班。周振邦曾经问他要不要报名参加，孙学文板着脸说没那时间。周振邦心里清楚孙学文还在为退运粮食的事耿耿于怀，也不勉强他参加学习，毕竟口岸站场上的安全保卫工作太重要了，有孙学文在，他心里才安稳。

随着大量军用物资从边城口岸进入东北解放区，越来越繁忙的边城关税局里更多了些紧张的气氛。孙学文带领护路军战士沿铁路线巡逻，在几天内接连发现有人将道钉插在铁轨连接处，幸亏及时发现，否则将造成列车脱轨倾覆。周振邦惊出一身冷汗，命令孙学文统一指挥驻守在边城到呼伦城沿线各车站的西满军区护路军，加强对铁路沿线的巡逻。护路军将士在铁路沿线昼夜巡逻，保证了铁路运输安全。张越书记也命令公安队在市区内严格盘查可疑人员。国民党特务见在铁路线上无机可乘，转而以站场为破坏目标，企图扰乱运输调度秩序。

一天早晨，负责站场安全的护路军战士在车站调度室外铁皮垃圾箱里发现了一枚定时炸弹，陈永胜一边紧急疏散站场人员，一边赶紧通知孙学文，孙学文接到陈永胜的电话带领几名战士迅速赶来，几个战士都没有拆弹经验，看着嘀嗒作响的炸弹紧张得直发抖，孙学文镇定地命令战士迅速将铁皮垃圾箱移到站场外，准备亲自动手拆除炸弹，陈永胜拉着孙学文不放："老孙，这太危险了，我们把炸弹运到城外吧。"

孙学文说："来不及了，那样更危险，炸弹随时会爆炸，你放心，经我手拆卸组装的炮弹都数不清了，我的命硬着呢……"

"这和炮弹能一样吗？"陈永胜问。

"老陈，你放心，都差不多……"孙学文顾不上再多说什么，抓起一把钳子就冲上去了。

几分钟的时间，像几个世纪那样漫长，孙学文终于小心翼翼地拆除了炸弹，谈笑自若地回来了，远远守候的陈永胜和几个战士紧张得衣服都被汗水浸透了。

孙学文又调回一个排的护路军战士，将站场内外各个角落仔仔细细地搜索了一遍。不料敌人是在转移视线，声东击西。国民党特务的一个行动小组事先埋伏在边城和呼伦城之间的嵯岗车站南面沙丘的灌木丛里，利用火车行驶到嵯岗附近遇到大上坡、车速较慢的机会，在夜色掩护下爬上了从边城开往哈尔滨的列车，随车押运的护路军战士发现了敌情，双方展开了激烈的枪战，特务将自制的汽油燃烧瓶扔进了一节装满棉花包的车皮里，大火迅速燃烧起来，押运战士击毙了两名特务，另两名特务跳下列车逃走了。一名战士冒着生命危险钻入列车联结处，将后面装满弹药的车皮分离出来，熊熊燃烧的大火映红了夜空，前面几节车皮的棉花和布匹被全部烧毁，机车和车皮都报废了，要不是装载弹药的车皮被及时断开，后果不堪设想。

频频发生的敌特破坏事件让东北局和东北税务总局极为震惊，要求周振邦和张越务必要保证铁路运输安全。周振邦和张越一起分析了面临的形势。从几次发生的破坏活动来看，国民党在边城已经建立起了严密的地下特务组织，每次破坏行动都经过周密策划，有步骤，有接应，隐蔽性、破坏性很强。

我小时候看反特电影，银幕上的特务个个獐头鼠目尖嘴猴腮的，一看就是"坏人"，可是电影中的"好人"却视若不见，总是费尽周折，付出很大牺牲后才将坏人抓住，急得看电影的人直跳脚。那时爷爷总是对我说，电影是虚构的，坏人长得和好人没有什么大的区别，而且坏人在暗处，好人在明处，所以好人要吃亏。爷爷最痛恨的坏人就是顾鸿彬，他是爷爷的死敌，爷爷在西满军分区编译科工作的时候，顾鸿彬就组织在齐齐哈尔的军统特务企图刺杀他，破坏东北民主联军与苏联红军的联系，阻止东北民主联军接收苏联红军撤退时移交的军事物资。一颗子弹一直留在爷爷的腰骨里。爷爷受命到边城接收海关，顾鸿彬也来到边城搞破坏。为了了解这个国民党特务的情况，我曾专门到边城档案馆去查资料，可惜没有记载。我找到改革开放初期出版的《边城公安志》，里面有一段简短的记载："顾鸿彬，罪大恶极的国民党特务，边城解放后潜入搞破坏活动，图谋组织反革命暴动，后被镇压……"我将这段文字摘录下来拿给爷爷看，爷爷看完后对我说，那个家伙不简单啊，当时给我们制造了大麻烦。最后又补充说，这份材料也有不实之处，顾鸿彬是自杀的……

## 22

顾鸿彬潜入边城后，隐藏在圣依利亚教堂里，经常化装成俄国侨民在边城四处活动，他高超的化装本领和一口流利的俄语，加上手里那张伪造的苏联驻哈尔滨领事馆侨民证骗过了盘查的公安队员。他在很短的时间里就重新组建了国民党泸滨县党部，将原来杨树铮手下的几名国民党骨干分子笼络起来，并纠集在边城活动的封建反动会道门成员，秘密组建了所谓的"地下建国军"，妄图组织暴动夺取政权，切断东北解放区与苏联的贸易。

克柳切夫斯基为顾鸿彬的活动提供了大量的帮助，他像当时为谢苗诺夫服务一样，为国民党特务活动提供掩护，传递情报，甚至通过在边城地区活动的白俄分子筹集活动经费、搜集武器。对于这个仇视苏维埃政权的极端分子来说，社会主义苏联是他不共戴天的仇人，一切与社会主义苏联友好的人都是他的敌人。

接连几天，顾鸿彬都和国民党骨干分子、会道门舵主躲在教堂厢房里密谋暴动起事。按照顾鸿彬的计划，近百名武装分子将兵分两路，同时偷袭边城政府和火车站，一旦成功马上破坏铁路，切断边城与东北解放区的联系，并通过电台请求国民党军队策应支援。

"你的计划几乎与张越进犯边城如出一辙啊。"克柳切夫斯基对顾鸿彬说。

"英雄所见略同吧。"顾鸿彬苦笑着说。

"张越是长途跋涉而来，我们是蓄势待发，一定会成功的。"克柳切夫斯基信心十足地说。

"你真认为我们能成功？"顾鸿彬问。

"难道您认为我们成功不了吗？"克柳切夫斯基惊讶地反问顾鸿彬。

顾鸿彬苦笑了一下，沉默半晌，问克柳切夫斯基："日本鬼子投降后，我们来了东北，共产党也来了东北，转眼将近两年过去了，你知道我们双方都做了些什么？"

"你们在打仗！打得难分难解，这谁都知道。"克柳切夫斯基说。

"打仗只是表面现象。我告诉你，这两年我们在东北占着大城市，搜刮民财，醉生梦死。共产党在干什么你知道吗？他们占了除了大城市以外整个东北百分之九十的地盘，打土匪，搞土地改革，让那些八辈子都梦想土地的农民有了自己的土地，笼络民心这招太厉害了。战争起初，表面上看国军势如破竹，打得共匪不断向北跑，其实，共产党从不在乎一城一地之得失，他们连延安都能放弃，谋的是长远啊。现在怎样，整个态势我想你也清楚，依我看，共产党占领整个东北只是时间的问题。整个东北如此，更何况我在边城张罗起来的这群乌合之众呢？"顾鸿彬叹了一口气。

"既然这样，那我们放弃吧，或许这一切都是上帝的安排。"克柳切夫斯基说。

"不，我辈当为党国效忠，不成功，便成仁。"顾鸿彬说。

几天后，边城忽然一夜之间谣言四起，封建反动会道门的成员四处造谣惑众，说只有国民党才是唯一有能力治理中国的政党，国民党军队马上就要进军边城了。

早晨起来，周振邦出了关税局的楼门，就看到几个战士忙乱地往楼后跑。周振邦很奇怪，跟着战士们来到楼后，才发现关税局办公楼后面的墙壁上居然被人贴了反动标语，几个战士正在忙着清理。

周振邦气呼呼地喊来孙学文："敌人太猖獗了，居然把反动标语都贴到咱们的办公楼上来了。"

"周主任，除了站岗的卫兵，我再安排两个暗哨，看我不逮住他们。"孙学文说。

"事情恐怕没有那么简单，张越书记昨天打来电话再次提醒咱们注意安全保卫工作，说最近几天在边城活动的不明身份的人明显增多，我担心这后面有更大的阴谋啊。"周振邦忧心忡忡地说。

"对了，老周，我安排在市里的暗哨告诉我，这两天在'喇嘛台'活动的不明身份人很多啊，我怀疑那里是反动分子的老窝。"孙学文说。

"我知道，张越的公安队也一直在盯着那个教堂，据说那个牧师行踪很神秘，出入教堂的一些俄罗斯侨民也很可疑，可教堂是俄罗斯人的活动中心，我们要慎重，行动一定要秘密进行。"周振邦说。

"我谅他们也成不了什么气候。"孙学文说。

"学文，我们大意不得啊，这几天我明显感觉到边城的气氛有些不对头啊。据可靠情报，顾鸿彬潜入边城比咱们来这里还早呢，你以为这个死硬分子会闲着吗？边城算不上大城市，铁路沿线在我们护路军战士掌控之中，城区有张越的公安队严密盘查，可是竟然一直没有发现顾鸿彬的活动踪迹，我怀疑顾鸿彬就隐藏在教堂或者某一个俄罗斯侨民的家中。最近边城谣言四起，山雨欲来风满楼，这是一个危险的信号啊。"周振邦说。

"老周，你说我们该怎么办？"周振邦一提醒，孙学文也担心起来。

"你选几个得力的人员，这两天对教堂进行严密监控，我马上联系苏联驻边城领事馆，沟通一下情况……"

"说曹操，曹操到。"正说到这里，陆勇急匆匆地闯了起来："振邦，刚刚接到苏联驻边城领事馆秘书打来的电话，说苏联领事要求见您，如果可以的话，他们马上就到。"

周振邦眼睛一亮："好，你马上让小董答复他们，我欢迎领事先生光临。"

一刻钟后，苏联领事馆那辆伏尔加轿车停在了边城关税局门前。苏联驻边城领事彼得洛夫上校和领事馆秘书下了车，早已等候在楼门前的周振邦热情地迎上前来，双方握手寒暄。

"尊敬的彼得洛夫上校，欢迎您大驾光临。"周振邦客气地说。

"啊，周将军，用你们中国人的话说，我是'无事不登三宝殿'啊。"彼得洛夫上校开门见山说。

"领事先生不必客气，请指教。"周振邦说。

"是这样的，我们的情报人员发现在圣依利亚教堂里隐藏着两个敌视苏维埃政权的白俄分子，其中一人是谢苗诺夫匪帮的残余，另外一人身份不明，但经过我们与哈尔滨领事馆核对，他的侨民身份证明是假的。我们本来想马上逮捕他们，可是我们发现出入圣依利亚教堂的人员身份太复杂了，尤其是这两天，有很多不明身份的中国人秘密进入了教堂，我怀疑那里有很大的阴谋。所以我建议我们是不是联合采取行动？"彼得洛夫上校说。

"领事先生，我正想为这事找您呢。您的判断是对的，我认为那里不仅仅隐藏着白俄反动分子，还很可能潜伏着国民党特工人员，那个不明身份的侨民让我很怀疑。我们是该采取行动了，而且越快越好。"周振邦说。

"那好吧，如果周将军同意的话，我们明天行动，请你们协助我们逮捕那两个白俄分子，交给我们遣送回苏联，其余的可疑人员由你们处理。"彼得洛夫说。

"领事先生，就今天晚上吧，我们中国还有一句俗语，'夜长梦多'啊！"周振邦说。

彼得洛夫愣了一下，微笑了，说："那好吧，就今天晚上。"

"那就这样，今晚七时，我们行动。"周振邦说。

当晚7时整，周振邦、孙学文带领的护路军战士和张越指挥的公安队队员包围了圣依利亚教堂。克柳切夫斯基像只黑色的大鸟一般张着手臂挡在教堂的门口："你们不能这样！这里是我们俄罗斯人的教堂……"

彼得洛夫走到教堂门前，微笑着说："克柳切夫斯基，你比谢苗诺夫高明多了，我们找了你好些年了，没想到你就在我们的眼皮底下。"

"我不明白你说的是什么意思……"克柳切夫斯基面色苍白地用俄语说。

"不要再演戏了，该是你接受苏维埃政权审判的时候了。"彼得洛夫不客气地说。两名苏联领事馆人员冲上前架住了克柳切夫斯基的胳膊，克柳切夫斯基挣扎着，恶狠狠地望着彼得洛夫。

孙学文带领战士们冲入教堂厢房，几十名反动会道门成员正聚集在这里，被堵个正着。这些自以为能掐会算刀枪不入的反动分子，没料到战士们会突然冲进外国人聚集的教堂里来，一个个惊得目瞪口呆，乖乖地放下了武器。混杂在其间的几个国民党特工人员妄图反抗，但马上被缴了械。张越带领公安队队员对教堂各个角落仔细搜查，在阁楼里找到了电台、望远镜和各种各样的枪支子弹。在屋顶天棚夹层里还搜出了国民党长春行营颁发给顾鸿彬的委任状。

周振邦和张越仔细搜查了教堂内外，唯独不见顾鸿彬的踪影。

通过审讯被抓获的国民党特务，周振邦他们得知顾鸿彬谋划的反革命暴动时间就定在当天夜里11时，诡计多端的顾鸿彬当天上午在教堂里秘密召开了会议，安排布置了行动后就不知去向了。是周振邦当机立断，赶在敌人动手前几个小时采取了行动，迅速粉碎了敌人的暴动阴谋。行动结束时，彼得洛夫走到周振邦面前，竖起了大拇指："周将军，你是对的！"

## 23

1947年下半年，东北民主联军转入战略性反攻，经过夏季攻势和秋季攻势，歼灭了大批国民党军队，攻破了一大批城市，进一步掌握了东北战场的主动权。因为解放战争的需要，大量的油料进口占到了进口物资的一半以上，边城车站原有的几辆油槽车已经远远满足不了进口油料的需要了。周振邦紧急与谢辽沙商谈，谢辽沙爽快地与苏联后贝加尔铁路方面联系，调来了大量的油槽车用于边城车站的油料换装。因为谢辽沙的慷慨帮助，让周振邦很感动，两人之间因为粮食退运问题带来的不愉快也化解了。

周振邦特意来到谢辽沙的住处，送上两瓶东北白酒表示自己的感谢。谢辽沙高兴得手舞足蹈，照例将自己在卫国战争时的功绩吹嘘了一番。周振邦因为心情舒畅就随着附和了几句，两人都非常高兴，此时的谢辽沙不知道，认真的孙学文已经要开始找他算账了。

苏联后贝加尔铁路方面提供的油槽车在第一次换装的过程中就出现了问题：苏联铁路方面将已经淘汰不用的旧油槽车提供给了中国，很多甚至是沙皇俄国时代的产品，大量油槽车存在漏油的问题。换装工人发现问题后赶紧报告给了孙学文，孙学文到现场一看，停在准轨上的油槽车都破旧不堪，满是油污，什么样的都有，长长的一溜，快成了油槽车博物馆了。更糟糕的是漏油问题，有的油槽车像医院里的输液瓶，一滴一滴，漏得不紧不慢，有的像一个大沙漏，细细的一条线漏个没完，更有严重的漏得哗哗作响，像小孩儿撒尿一般。孙学文气得直跺脚："这叫油槽车，这整个就是漏勺！不等运到地方就得漏光。"

孙学文顾不得报告周振邦，就和翻译董志军一起找到了谢辽沙。谢辽沙正准备去中苏街上一个俄罗斯侨民开的酒吧里喝酒，被孙学文拦住，心里很是不快，他皱着眉头听着面前这个鲁莽的中国人快速地说着什么，听了董志军的翻译才明白发生了什么事。

"亲爱的中国同志，我当是什么大不了的事，这有什么大惊小怪的？在我们国内，这种情况也不是没有。"谢辽沙轻描淡写地说。

孙学文急了："我们要的是燃料，不是让它们在路上漏光。

你们不是说一列车的粮食有一个什么样本检验不合格就整个退运吗？那给我们的油料漏光了怎么算？"

小董犹豫了一下，只把前半句翻译给了谢辽沙。

谢辽沙傲慢地看看孙学文一眼，不紧不慢地说："没有我向我们的后贝加尔铁路部门要来的这些油槽车，你们一滴油料也得不到，你应该像你们周振邦关长一样感谢我才对，而不是在这里冲我大喊大叫。"

不等小董翻译完，谢辽沙就披上风衣，扬长而去。

孙学文气呼呼地跑到周振邦的办公室报告了情况，周振邦沉吟半晌："孙学文，你不要着急，事情没那么简单，谢辽沙作为苏联首席贸易代表，协调苏联铁路方面提供给我们油槽车，也是好意，问题可能出在苏联铁路方面，我马上联系东北税务总局，请他们出面联系中长铁路局，争取尽快解决这个问题。在问题解决之前，我们要想尽一切办法争取能将油料运到前线去，学文，在战争中，油料就如同我们的血液啊！没有油料供应，再现代的飞机、坦克也只能是一堆废铜烂铁，我们的战友正在前线流血牺牲，我们耽误不起啊！"

孙学文挠了挠脑袋："老周，你说得对，我这就回换装现场，看看想什么办法能把漏得不厉害的油槽车修好，那些漏得严重的先不用，推到支线上去。"

"对，你一定要检查好，油槽车如果在行进中漏油，不仅仅是漏光浪费的问题，也太危险了，一旦遇火发生爆炸，后果不堪设想啊。"周振邦严肃地说。

孙学文回到换装现场时，几十个换装工人正急得满头大汗，往往是油槽车换装到一半发现漏油，就赶紧再换另一辆油槽车，要是再漏油就还得换。这样一来，折腾了一个上午，仅仅换装了几辆油槽车，换装中出现的问题彻底打乱了车站的列车编组，列车不能按时发车，急得陈永胜团团转。

周振邦感觉到了事态的严重，找到谢辽沙交涉，谢辽沙不情愿地联系了苏联后贝加尔铁路方面，对方根本不当一回事——出口给中国的油料进入中国边城车站，他们苏联铁路部门的任务就完成了，出现损失是中国人的事，谢辽沙放下电话也是满脸的无奈："周，你看，我能做到的都已做了。"

当时的边城连一家像样的修理部都没有，更不用说维修油槽车了。人们想尽了办法，大的漏洞就用棉絮堵，小的沙眼抹肥皂，各种土办法都想尽了。尽管这样，还是每天都有一两列货车不能准时发车。在哈尔滨的中长铁路局苏联方面的负责人对边城火车站屡次出现压车不发事故很恼火，向苏联后贝加尔铁路方面询问是怎么回事。后贝加尔铁路方面面对中长铁路局的质问，根本不提油槽车存在的问题，把责任全推给了中国方面，说中国人不愿意加班，换装效率低下，耽误了列车正常发车，双方为此争论不休。中长铁路局苏联方面不详细了解情况就上报了苏联对外贸易合作部，苏联方面听说中方无故压车不发很是恼火，通知中长铁路局按照当初双方共同经营中长铁路的协议，要求中方赔偿损失。

周振邦召集关税局的主要负责同志开了个会，参会的人都对中长铁路局苏联方面的做法很不满，但也没有什么好办法。周振邦感慨地说："等我们赢得全国的解放，建立起人民当家作主的国家，有了自己的现代工业后就好了，到那时我们谁的脸色都不用看。"

# 24

这天上午，中长铁路局苏联方面一个负责人从哈尔滨来到边城，在谢辽沙的陪同下来到边城火车站。见到陈永胜就是一顿劈头盖脸的指责，要求边城火车站赔偿中长铁路局苏联方面的损失。陈永胜和苏方人员爆发了激烈的争吵。最后，陈永胜说，我虽然负责铁路车站的运输，但这里的最高长官是驻铁路军代表兼关税局负责人周振邦同志，我们一起去关税局商谈此事吧。

在边城关税局的会议室里，有备而来的苏联人盛气凌人地指责中方，说中国方面的低效率，给中苏合营的中长铁路运输造成了巨大的经济损失，苏联方面要求赔偿。

周振邦耐心地向苏联同志解释了因为油槽车漏油，造成换装困难，导致延误发车的情况，希望苏联方面理解，并请求苏方提供帮助，不料话还没说完，苏联人就不耐烦地打断了周振邦的话："好了，我来这里是来通知你们赔偿损失的，我没有时间听你的狡辩，我们还是来算一算你们具体应该赔偿的金额吧……"说着就从皮包里掏出记事本，摇头晃脑地念了起来，某月某日，边城火车站延误发车三个小时，按照规定罚款多少多少，某月某日，边城火车站延误发车两小时十分钟，按照规定罚款多少多少，等等，最后一算，总计要赔偿一亿多元（当时的东北币）。

周振邦面色铁青，打开自己的工作笔记，刚说了一句"你们不能听后贝加尔铁路方面的一面之词"，忽听"砰"的一声响，人们都吃了一惊，原来是刚听完翻译的孙学文拍案而起，桌上的搪瓷茶缸跟着跳起老高，孙学文几乎是指着苏联人的鼻子大声说："你他娘的摇头晃脑，张口罚款闭口罚款的，老子还想罚你们呢，少在这儿指手画脚的，我负责换装和安全保卫，我有发言权吧！走，跟我到换装现场去看一看……"

还没等人们反应过来，孙学文已经一个箭步冲到了苏联人面前，一只大手如抓小鸡一般抓住对方的手臂就往外拽。

"Что ты делаешь , выпускай меня ! Я представитель российского железнодорожного управления.（你干什么，放开我！我是中长铁路局的苏方代表。）"苏联人用俄语惊恐地喊着。

"闭上你的鸟嘴！等一会儿睁大你的眼睛给老子好好看看。"孙学文怒不可遏地喊着。

"孙学文！你干什么，你冷静点，快放手！"陈永胜冲着孙学文喊。

"老陈，你忍得，我可忍不得，想蹬鼻子上脸到咱中国人头上来拉屎撒尿，门儿都没有！我就是要让这小子看看他们援助我们的那些破烂油槽车！"孙学文怒吼着。

"这太不像话了，快放手！"惊得目瞪口呆的谢辽沙缓过神来，气呼呼地去拉孙学文。

孙学文铁钳一般的大手一把又把谢辽沙揪住了:"还有你这个每天就知道吹牛的家伙,你也得去!看看你给我们要来的油槽车是不是从垃圾堆里捡来的!"

孙学文像发怒的豹子,会议室里乱作一团。

"周,你们不能这样!"谢辽沙冲着周振邦喊。

周振邦从容地合上手里的记事本,站起身来面无表情地说:"孙学文同志说得有道理,毛主席说过,没有调查,没有发言权,两位苏联同志是应该到换装现场去看一看,我提议,我们一起去看看吧,算是开个现场会!"

孙学文愣了一下,随后咧嘴笑了,也感觉到了自己的莽撞,松开了手。

听了董志军的翻译,两个苏联人无可奈何地表示同意。

一行人一路争吵着来到准轨换装线路上。真是不看不知道,一看吓一跳,一长溜儿破旧的油槽车几乎没有不漏油的,整个准轨站区的铁路路基和枕木上都铺满了厚厚的一层油污,空气中充斥着油料刺鼻的气味,换装工人个个都是满脸满身的油渍,像掉进油桶刚爬出来一般。刚刚换装到一半的几辆油槽车正在像小孩儿撒尿一般哗哗地漏个不停,换装工人们手忙脚乱地用棉絮、破布去堵,可压力太大,根本堵不住。工人们看着用粮食、大豆换来的宝贵油料白白浪费,心疼不已,纷纷找来水桶、脸盆来接,接满了就飞跑着倒入不漏的油槽车里。

中长铁路局的苏方代表被眼前的情景惊呆了,瞪着眼睛张着嘴怔在那里。终日坐在办公室里的谢辽沙也傻眼了,他没有想到情况比想象的要严重得多。两人醒过神来，耸了耸肩，摊了摊手，转身想走。

孙学文大手一伸，拦住了他们的去路。

"别走，我们的会还没开完呢，现在接着开！"周振邦大声说。

谢辽沙和那个代表只好垂头丧气地转过身来。

"尊敬的苏联同志，情况你们都看到了，你们说说看，这样的油槽车能正常发车吗？这样下去要白白损失多少油料？给行车安全带来多少隐患？在这种情况下，我们边城车站和关税局已经尽了最大努力来减少损失，保证发车。刚刚你们已经说到了让我们赔偿损失的事，我想我们是该好好算一算。"周振邦从口袋里掏出了记事本，"我这里也有个详细的记录，每天损失的油料、浪费的人力我这里都有记载，我初步估算了一下，就已经接近三亿元，我们准备再详细算一下，上报东北税务总局，通过税务总局要求中长铁路局苏联方面按照双方合营的协议赔偿我们的损失！"

中长铁路局的苏方代表吃了一惊，用俄语低声和谢辽沙说了几句什么，谢辽沙气急败坏地将他拉到一边，一脸无奈地低声说了好一阵子。等他们再回到"会场"的时候，两人脸上傲慢的神情都不见了，中长铁路局的苏方代表一脸笑容地对周振邦说："周，我们不要再提罚款的事情了，让这个不愉快的话题见鬼去吧！我得承认，是我们苏联铁路方面的工作没有做好，对于给你们带来的损失，我感到很遗憾，我会马上要求后贝加尔铁路部门解决这个问题，我会及时向中长铁路局报告，建议将所属三分局在牡丹江、四分局在长春铁路的油槽车都调到这里来，因为这里更需要。"

苏方代表的坦诚让周振邦很感动，他真诚地表示感谢。

困扰了边城关税局和车站两个多月的油料运输问题终于见到了曙光。人们的脸上都露出了笑容。苏方代表还夸张地揉着胳膊对孙学文说："您的手太有力了，我猜想您曾经是一个出色的军人。"

听了小董的翻译，孙学文不好意思了，为自己的莽撞向两人道歉。

谢辽沙看了看孙学文，看了看周振邦，又看了看换装站场上一身油污忙碌的换装人员，真诚地说："应该道歉的是我们，你们为自己的国家负责的精神让我很感动，好了，时候不早了，我请客，让我们共进午餐吧。"

在回边城关税局的路上，孙学文高兴得像个孩子："我说老周，我今天算是豁出去了！我还以为你得把我赶回野战部队呢！"

周振邦笑了笑，说："我可舍不得你啊。"

"对了，老周，你真神了，你什么时候统计的那些损失情况，比我掌握得还清楚，我看看……"孙学文边说边从周振邦军服口袋里掏出记事本，翻了半天也没有找到记录损失情况的那页。

"周主任，你说的那份详细记录在哪儿呢?"孙学文疑惑地问。

　　周振邦笑了："不是你提供给我的吗?"

　　"我提供的? 我什么时候提供的?!"孙学文越发迷惑不解了。

　　"你不是冲苏联人喊要罚他们吗?"周振邦笑嘻嘻地说。

　　人们恍然大悟，都忍不住笑了起来。

## 第八章

## 25

粉碎了国民党反动派组织的反革命暴动图谋后，边城获得了一段时间难得的平静。可是随着时间的推移，边城公安队监测到又有不明电台开始在边城活动，张越书记及时将情况通报给边城关税局，提醒周振邦一定要提高警惕，注意防范。周振邦也得到孙学文和陈永胜的报告，说几次发现站场有可疑人员出没。

"这个顾鸿彬挺有本事啊，这么快就要还阳了。"连孙学文都禁不住感慨起来。

"此人不可小视啊，我们一定要抓紧了解敌特的动向，他们对我们的威胁太大了，边城担负着支援解放战争的重担，我们大意不得啊！"周振邦提醒孙学文说。

随着大量军用物资的进境，潜伏在边城的国民党特务组织在上峰的秘密指令下也空前活跃起来。巡逻的护路军再次发现了道钉插在铁轨连接处的险情，好在都被及时发现。由于大量的军用物资贸易，周振邦和陈永胜在边城口岸建立了严格的保密制度，军用物资的换装和查验全部由政治上可靠的干部、战士来完成，每一种类的军用物资只有编号，没有品名和其他信息，就连换装的工人都不完全知道这些物资的详细情况。可就在这样严格保密的情况下，顾鸿彬还是窃取了大量的情报，很多时候，装载军用物资的列车刚刚停靠在宽轨上，还没来得及换装，国民党反动派的广播电台里怪声怪气的女播音员已经将此次进口的军用物资情况播报了出来。中共中央东北局十分恼火，一天早晨，东北税务总局张副局长打来了电话说："振邦啊，我们太被动了，这个问题很严重啊，并不仅仅是军事机密的问题，当前国际形势错综复杂，美苏对立越来越严重，这更是一个关系到国际关系的政治问题啊。"

放下张副局长的电话，周振邦的心里像压了一块大石头一样沉重，他将孙学文叫到办公室问："学文，你说说，问题到底出在哪儿？国民党广播里说的那些情况你核对过吗？是不是属实？

孙学文红着脸说："基本上属实。"

周振邦禁不住大怒："孙学文，你的保卫工作是怎么做的？我告诉你！再发生这样的事，你就回你的野战部队去吧！！"

孙学文脸都紫了："王八羔子们，我就不信他们还长了千里眼和顺风耳了，看我怎么收拾他们，不把国民党特务一网打尽，我就不姓孙了！"孙学文怒气冲天地转身走了。他将车站负责安全保卫的同志和护路军战士分成几个组，在车站附近和铁路沿线昼夜巡逻，盘查可疑人员，还在一些重要的地方布置了暗哨，观察周围的情况。边城工委的张越书记也在全市展开行动，抓捕国民党特务和残余分子。几天过后，局势平静了下来，一切看起来都按部就班起来。孙学文暗暗得意，但他没有想到，就是在这样高压的态势下，顾鸿彬再次组建起来的国民党胪滨县党部的特工人员正在酝酿一场更大的阴谋。

# 26

在边城车站南边不远处有一座土黄色的哥特式小楼，是当初一名富商的住宅，苏联红军进驻边城后逮捕了这名曾经支持高尔察克白匪叛乱的白俄商人，没收了他的全部财产，把他押回了苏联国内。一名在中国经商的俄国侨民从苏联红军手里以低廉的价格买下了这座小楼，成立了一家贸易公司。顾鸿彬派遣国民党特工人员趁机打入了公司内部，那座小楼实际上成了国民党胪滨县党部的另一个秘密据点，在圣依利亚教堂的据点被拔除后，顾鸿彬及几个骨干成员就隐藏在这座小楼里，他们白天通过小楼的窗户窥视车站的进货和换装情况，夜里就通过设在小楼地下室里的秘密电台发出情报，这里成了国民党特务的行动指挥部。在接到上峰"以一切必要之手段阻止苏俄援匪军用物资"的指令后，几次密谋破坏边城的铁路军事物资运输，但都没有得逞。孙学文加大了铁路站场保卫力度后，国民党特务转而密谋暗杀管理军事运输的共产党高级官员。在他们讨论的暗杀名单上，周振邦作为共产党西满军区关税局负责人、驻铁路军代表和中共西满军区对苏贸易首席代表，无可争议地排在了第一位。顾鸿彬拿出一张周振邦的照片给特务们传看着。当照片最后回到他手里时，他眯着眼睛仔细看了看，禁不住笑了，他在想，他和周振邦算是老相识了，他在军统哈尔滨站的时候，为了破坏民主联军与苏联红军的联系，就曾经按照上峰的指令组织过对周振邦的暗杀，让他没想到的是，暗杀没有成功，还白白损失了两名训练有素的行动人员。有了上一次失败的教训，顾鸿彬不敢轻举妄动，一连几天，他派出的国民党特工人员化装成小商贩、三轮车夫等盯着边城关税局的动静，特别是观察周振邦的行踪。

解放战争进入大决战阶段，东北解放区成了重要的大后方，边城是重要的战略物资补给基地，每天都有几列满载着弹药、药品、布匹等军用物资的列车从超负荷运转的边城车站发往前线，边城关税局终日繁忙，办理对苏联进出口货物的交接、换装、调拨、国内押运、落地货物保管和警卫等工作，"一切为了前线"是当时最响亮的口号。周振邦深感肩上的责任重大，几乎每一趟列车换装到发车他都要全程跟着，不时地叮嘱孙学文做好安全保卫工作，帮助陈永胜协调车皮调度，核对李宝来报东北税务总局的物资日报表，忙得不可开交。这天夜里，又一列军用物资列车停在了站北的宽轨上。周振邦披上衣服就要赶往车站。陆勇提醒说："振邦，等一阵再去吧。列车一到你就去车站，太有规律了。这两天战士报告说关税局周围常有可疑的人出现，我担心暂时的平静后面是不是有大阴谋。敌人在暗处，我们不可不防啊!"

周振邦迟疑了一下,笑了:"没事,我的命大着呢。当初刚从延安来东北的时候,国民党特务们为了编译科的密码来暗算我,我中了两枪还亲手击毙了凶手,现在还有一颗子弹卡在我的腰骨上呢,不也没事!就是一遇到变天就腰疼。"

陆勇也笑了,还是有些不放心:"振邦,你等等。我们一起去。"

两人检查了一下手枪,装好了子弹,出了关税局大门,像往常一样抄近路往车站方向走去。前半夜刚下过一场大雨,空气清新凉爽,四周一片寂静,甚至能听到水滴从树叶上滴落的声音。周振邦因为犯了腰疼病走得慢了些。陆勇走在前面,两人穿过稀疏的树林间泥泞的小路,眼看就要走到车站了。忽然两条黑影从路旁树丛中闪了出来。陆勇机警地喊了一声:"振邦,快隐蔽……"边喊边拔出腰间的手枪。

"砰……砰……"两声低沉的枪响。陆勇身体晃了两晃,倒在了雨后潮湿的土地上。周振邦喊了一声:"陆勇!"拔出枪侧身躲在树后,对准黑影连开两枪,那人"啊呀"一声被击中倒地,另一人躲在树后连连开枪,子弹"噗噗"地打在树干上。怒火中烧的周振邦瞄准时机一枪打去,树后那人一声怪叫,扔了手枪,捂着胳膊跌跌撞撞地向城区方向跑了。

周振邦顾不上追凶手,呼喊着冲到倒在地上的陆勇面前。

"陆勇……陆勇……你怎么样?伤到哪里了……"

陆勇急促地喘息着,胸前的棉衣已经被血洇透了。嘴角满是血沫，还故作轻松地说："振邦，别紧张，就是……中了一枪……"

正在铁路站场巡逻的孙学文听到枪声，带领几名警卫战士匆匆赶来，看见眼前的情景惊呆了。他急忙和周振邦一起用担架将陆勇抬到护路军卫生队，陆勇已经昏迷不醒了。周振邦一直握着陆勇的手，大声喊着他的名字。陈永胜、孙学文、李宝来都默默围在床前。天快亮时，沈琴抱着陆小勇匆匆赶来，一直不会说话的陆小勇看着躺在担架上的陆勇忽然小嘴动了动，喊着"爸……爸……爸……"，在场的人眼泪都刷刷地流了下来。

在儿子稚嫩的呼唤声中，陆勇慢慢地睁开了眼睛，看见儿子亮晶晶的眼睛，无声地笑了。

周振邦泪流满面："陆勇，是我害了你呀！他们是冲我来的，悔不听你的提醒……"

"振邦，哭什么，干革命哪有不流血牺牲的……"陆勇说。

"爸……爸……"孩子清脆地喊着。

陆勇暗淡的双眼中焕发出幸福的光彩："儿子，你会喊爸爸了，爸爸真高兴啊！"

一阵喘息之后，陆勇紧紧握住周振邦的手："振邦，我……怕是过不了这一关了，小勇……就托付给你了……替我带好他，让他永远干革命……"

周振邦流着泪不住地点头。

陆勇留恋地看了看身边的战友们，最后充满留恋的目光定格在儿子身上，咽下了最后一口气。

"陆勇……"

"陆勇……"

人们都哭了。一遍遍呼唤着陆勇的名字。孩子被眼前的场面吓住了，也跟着大哭起来。他不知道，从他刚学会喊"爸爸"那一天起，就成了孤儿。

# 27

孙学文的脸都痛苦地扭曲变形了。他带领一个班的警卫战士在市区各家客栈、饭馆逐一搜查，终于在一家郎中诊所的内室里发现了那名来治疗枪伤的特务。那人见孙学文凶神恶煞般闯进来，知道不妙，刚掏出一把匕首就被孙学文一个虎步抢到眼前，一拳打得他下巴脱了臼，匕首飞出老远。

"说吧！顾鸿彬那个王八蛋在哪儿？！"孙学文抓小鸡一般将特务从地上拎起来，随手操起一把拔牙的大钳子。

特务托着下巴流着口水呜呜直叫。

"不说是吧，看我把你的牙一颗颗拔掉。"孙学文瞪着血红的眼睛怒吼着。

郎中提醒说："长官，他……他下巴掉了，说不了话了……"

孙学文这才醒悟过来："那你还愣着干什么？还不快给他安上。"

郎中吓得直哆嗦，忙了半天也不见效果。气得孙学文一把推开他，扔下大钳子，照着特务的下巴就是一巴掌，"咔"的一声响，还真给接上了。

"长……长官，我说了，你可饶我一命！"吓得面无血色的特务托着下巴结结巴巴地说。

孙学文咬牙切齿地将枪口抵在特务冷汗直流的脑门上："兔崽子，死到临头还和我讲条件是吧！信不信我现在就一枪崩了你！"

特务吓得瘫软在地上："长官饶命，我说……我说……在道南石头楼……"

孙学文命令两名战士将特务押走，自己带领战士们越过铁路向道南那座石头楼冲去。

快接近石头楼时，粗中有细的孙学文仔细观察了一下地形，命令战士分成两路，一组将石头楼包围起来，他自己带领另一组向正门冲去。

躲藏在石头楼里的国民党特务们不见执行暗杀任务的同伙回来，感到情况不妙，都慌了手脚。顾鸿彬不屑一顾地看了看慌乱的同伙，说："你们抓紧时间自寻生路吧，晚了就来不及了，把密码本给我留下。"

特务们匆忙地收拾东西正准备逃走，没想到孙学文的动作这么快，几个战士用一根原木猛地撞开了厚重的木门，正坐在客厅里喝咖啡的苏联商人大吃一惊，伸开手操着生硬的汉语喊着："你们是什么人……"

孙学文顾不上理睬这个苏联人，带领战士就要冲上楼去。

"砰……砰……"几声枪响，困兽犹斗的国民党特务抢先开了枪。孙学文灵敏地躲在楼梯口，指挥战士们开枪猛烈还击。苏联商人吓得抱头钻进了桌子底下。

一阵激烈的短兵相接后，几名国民党特务被打死，其余几个企图跳窗逃跑时被战士们抓获。孙学文带领战士们冲进阁楼，发现一个面色阴沉的中年人端坐在已经被砸毁的电台旁边，面前铁盆里纸灰还在冒着淡淡的青烟。

"你就是顾鸿彬？"孙学文大声问。

顾鸿彬看了孙学文一眼，说："周振邦怎么不来，我真想见他一面。"

"你马上就能见到了，给我带走。"孙学文冷笑着说。

顾鸿彬长叹了一口气，忽然一侧头，咬下了风衣衣领上的一粒纽扣。孙学文大骂着扑过去想掰开他的嘴，可是已经晚了，顾鸿彬抽搐了一下，一头栽倒在地上，嘴角流出鲜血。

"混蛋，便宜了你！"孙学文气呼呼地喊着。

孙学文和战士们仔细搜查了阁楼，发现了一些来不及销毁的车站站场照片，还意外地发现了一张周振邦的照片。

"我抗议，你们私自闯入苏联公民的住宅……我会报告苏联领事馆的……"孙学文和战士们走下楼来，惊魂未定的苏联商人才从桌子底下钻出来，气急败坏地冲孙学文喊着。

孙学文冷冷地看了苏联商人一眼，将缴获的电台往他面前一放："你的住宅里窝藏破坏中苏贸易的反动特务，不用你去报告，我也会把你交给苏联领事馆的！"

苏联商人闻着满屋呛人的火药味，看着搜查出来的潜伏电台和从楼上抬下来的尸体，愣了半晌，慢慢明白了是怎么回事，吓得浑身发抖，冷汗直冒："长……长官同志，我不知道这些人的身份，是我的错，他们利用了我，感谢你们把我从危险中解救出来……"

# 第九章

## 28

　　在东北税务总局和中长铁路局的协调下，苏联后贝加尔铁路局在半年多的时间里陆续调来了上百台崭新的油槽车，中长铁路局也将在牡丹江、长春铁路支线上运营的油槽车都调到了边城车站所在的中长铁路一分局。这些措施极大地缓解了边城车站油料运输的紧张局面。周振邦长出了一口气，看到一列列满载燃油的油槽车驶出边城车站开往解放战争前线，周振邦和他的战友们心里都非常高兴。

　　哪知道几列油槽车发出去，东北税务总局就打来电话了，出现了新的问题：油槽车溢油！

　　"振邦啊，你们支援前线的心情我理解，可一定要尊重自然规律啊，前方反映，油槽车到了目的地，每个油罐都溢油几十斤到上百斤的油料，你也看到了，返回边城车站的空油槽车外面都是油污啊。"张副局长在电话里焦急地说。

"张副局长，我向东北税务总局检讨，这是我们的工作失误。我也是刚刚想到这一点，边城地处北疆，气温低，南北温差大，我们总是想充分利用运力支援前线，每节油槽车能多装些就多装些，可是欲速则不达啊，列车越往南走温度越高，热胀冷缩，油料体积膨胀溢出，给我们带来了损失。"周振邦心情沉重地说。

"振邦，你也不必太自责，我们没有这方面的经验，我请教了中长铁路局的苏联运输专家，他说这是个很复杂的问题，重油、柴油、航空煤油等不同品种的油料在温度变化时膨胀的比例都不一样，就算是同一种类的燃油，目的地不一样，膨胀程度也不一样，很难确定一个统一的装载标准啊，你们在实践中总结摸索吧。"张副局长说。

"我明白了，请张副局长放心，我们一定认真总结经验，当前宁可少装一些，也要坚决避免浪费，这些油料都是我们用宝贵的农副产品、日常用品换来的，白白损失掉，我们就成了罪人！"周振邦说。

接完张副局长的电话，周振邦召集战友们开了一个会，专门研究油料装载标准问题，大家听了周振邦介绍的情况，心情都很沉重。怎样既充分利用运力，又保证油料不外溢损失是解决问题的关键，可是正像张副局长说的，这是个非常复杂的问题，大家讨论了半天，也没有好的办法，只能是凭估测换装，尽量保证不溢油。

"看样子只能牺牲一些运力了。"陈永胜无奈地说。虽然边城车站的油槽车数量与半年多前相比已是大量增加，但还是满足不了大量进口油料的需要，而且装载不同品种油料的油槽车不经过洗槽不能混装，边城车站还是时常出现无油槽车可换装的运力紧张现象。

"要不问问'科学家'有没有什么好办法？前一阵子我在换装现场还听到他对换装工人说油槽车不能装得太满，工人们都不以为然，我没想到后果有这么严重，当时也没往心里去。"李宝来扶了扶眼镜说。

"你是说梁立波？我看行，你的这个学生不错，我那个破闹钟还真让他给修好了。"周振邦眼睛一亮，笑着说。

"对，梁立波同志喜欢研究思考，没准能有办法。"陈永胜说。

"死马当活马医吧。"孙学文咧着嘴说，他有些不相信一个年轻人能解决这样复杂的问题。

当天晚上周振邦和陈永胜一起来到梁立波的宿舍。梁立波刚刚从车站查验现场回来，没想到两位首长会忽然来自己的住处，窘迫地站起身来。狭小的宿舍里零乱不堪，满是油泥的脏衣服，简单的生活用品，各种各样的瓶瓶罐罐和不知从哪里找到的零件摆了一地，简直连下脚的地方都没有。

"我们的'科学家'把这里改造成自己的实验室了。"周振邦笑着说。

"首长，让您见笑了……"梁立波红着脸说。

"你怎么对这些这么感兴趣呢?"陈永胜看着满地的瓶瓶罐罐好奇地问。

"从小就爱摆弄,家里的东西没少被我拆坏了,没少挨我父亲揍。"梁立波说。

"你在摆弄什么呢?"陈永胜发现这些瓶罐上还标着刻度,散发着刺鼻的燃油气味。

"首长,咱们的油槽车灌装得太满,难免出现溢油的情况,我这几天正在琢磨这些油料的特性,看看能不能摸索出规律来。"梁立波不好意思地说。

周振邦和陈永胜惊讶地互相看了一眼,禁不住笑了。

"我们正在为这事发愁呢。你要是能解决了这个问题就是立了大功啊。"周振邦说。

"首长,我已经找到窍门了。我用重油做了试验,测量了它在不同温度时的体积变化,重油的特性很稳定,气温每升高一度,容积膨胀万分之四左右,我们的油槽车容积是固定的,在灌装时只要大概知道目的地的气温情况,就能计算出合理的灌装量。这样就能充分使用运力,保证少溢油、不溢油。"梁立波兴奋地说。

周振邦和陈永胜惊讶地望着这个纯朴的年轻人:"小同志,你真是名副其实的'科学家'啊!这个任务就交给你了,你尽快测出各种油料的膨胀特性,最好能列出一套简单的公式来,这样我们的油料灌装就有了依据,我们每节约出一升油,就是为解放战争贡献一份力啊!"

"是，请首长放心，我保证完成任务！"梁立波高兴地说。

在以后的几天里，完成了站场上的工作，梁立波就飞跑回住处，顾不上吃饭睡觉，像一个真正的物理学家一般在他的"试验室"里摸索着各种油料的特性，列出初步的灌装容积公式后马上到实际灌装工作中检验，周振邦命令负责油车押运的战士将每次运输不同品种油料溢油的情况及时报告回来，梁立波再根据实际情况对公式进行修正。一段时间后，油槽车溢油的现象就很少发生了。张副局长打来电话说："老周，你们得到哪位高人的指点了？你们边城车站的油料灌装水平，让中长铁路局苏联方面的运输专家都赞叹不已呢。"

周振邦激动地将情况介绍了一番。张副局长也很惊讶："老周，这位同志真是难得的人才啊，这要是让苏联那位白头发铁路运输专家知道，一定会大跌眼镜啊。要好好表扬这位同志。"

"是，还得感谢东北局首长和东北税务总局领导为我们选了人才啊！"周振邦说。

# 第十章

## 29

1949 年 10 月 1 日，中华人民共和国成立了，消息传来，地处北疆的边城成了一片欢腾的海洋。"解放区的天是明朗的天，解放区的人民好喜欢，民主政府爱人民呀，共产党的恩情说不完呀呼嗨嗨……""没有共产党就没有新中国，没有共产党就没有新中国……"——歌声嘹亮，锣鼓喧天，红旗飘扬，欢欣鼓舞的人们自发走上街头，举行盛大的群众游行，载歌载舞庆祝新中国的诞生。

周振邦和边城关税局战友们汇集在群众游行的洪流中，流下了激动的泪水。

"我们终于盼到这一天了！"孙学文激动得像一个孩子。

"这一天来得太不容易，我们可以告慰牺牲了的战友了！"周振邦热泪盈眶，他的目光越过繁忙的车站，停留在城外远方的草原上，陆勇牺牲以后，就埋葬在那里，那是边城周围草原上的一处高岗，能俯瞰整个边城，终日能看到口岸的繁忙。

那个夜晚成了狂欢之夜，关税局的所有同志和苏联同志们一起联欢，庆祝一个崭新的社会主义国家的诞生。谢辽沙在致贺词时还不忘强调自己对新中国成立做出的贡献。周振邦笑了，他知道这个可爱的苏联贸易代表今后一定多了一项自我吹嘘的功绩。

在新中国成立之前的两个月，东北民主政府为了适应对苏联贸易的需要，成立了东北海关管理局以统一管理东北各口岸的海关工作。按照东北海关管理局的命令，边城关税局正式更名为边城海关。伴随着清晨初升的太阳，鲜艳的五星红旗在寒风中飘扬，在一阵震耳欲聋的鞭炮声里，边城海关的牌匾挂了起来，人们冒着刺骨的寒风，戴着厚厚的手套"呼呼"地鼓起掌来，很多人都激动得热泪盈眶。

周振邦激动地站在边城海关门前的台阶上："同志们，东北海关管理局任命我为边城海关关长，是组织对我的信任，我借这个机会讲几句，从来到身后这座石头楼那天起，我们就一直盼望着这一天。张越书记告诉我，这里曾经是伪满洲国的日伪税关，再往前追溯，这里曾经是沙皇俄国的海关，旧中国海关的百年变迁，就是我们民族屈辱的近代历史的缩影。今天，我们中国共产党领导下的人民的海关终于建立起来了，今天的海关，才是真正的我们自己的海关！"

人们都欢呼起来了。沈琴在人群中使劲地鼓着掌。作为苏联嘉宾的柯兹洛捷卡娅穿着厚厚的制式大衣，一双美丽的大眼睛热切地望着慷慨激昂的周振邦。

"同志们，我们终于盼来了这一天。我们的担子还很重，我们英勇的人民解放军正在向中南地区和西南地区进军。胜利来之不易。新中国海关来之不易！这是无数烈士的鲜血换来的。'雄关漫道真如铁，而今迈步从头越'，我们要继承先烈们的遗志。忠于祖国、忠于人民、忠于海关事业，为全中国的解放而努力工作……"

"打到台湾去，活捉蒋介石，解放全中国……"孙学文热血沸腾，禁不住挥起手臂喊起了口号。

"中国共产党万岁……"

口号声此起彼伏，响彻云霄。

随着解放军解放海南岛和舟山群岛，位于北疆的边城对苏贸易空前繁忙起来。为了解放台湾，抓紧组建人民空军和海军，大量的飞机、大炮、深水炸弹等军用物资昼夜不停地从苏联运输到边城车站站北的宽轨上。为了换取这些战略物资，更多的粮食和农副产品整列车地停靠在站南的标准轨上。东北海关管理局从东北各地雇佣了几千人的换装队伍支援边城的军用物资运输。

面对帝国主义国家对新生的人民共和国的经济封锁和禁运，毗邻社会主义苏联的边城变得尤为重要。边城海关也在挂牌后几个月划归刚刚成立不久的中央人民政府政务院海关总署领导。

忙碌的工作让周振邦消瘦了很多，大量的农副产品和战略物资潮水般涌进边城，远远超过了边城口岸的承载能力，整个边城口岸成了一个大货场，铁路沿线到处都是积压的货物和战略物资。周振邦、陈永胜和孙学文心急如焚，昼夜组织海关人员查验放行，但还是赶不上货物进入车站的速度。

柯兹洛捷卡娅在海关楼里一直等到深夜，周振邦才疲惫不堪地回到宿舍，见到柯兹洛捷卡娅，强打起精神笑了："卡佳，这么晚了还不睡，找我有事吗？"

"当然，我对现在的局面很担忧，如今这口岸，更像是一家被挤兑的银行。"柯兹洛捷卡娅一脸忧虑，沮丧地对周振邦说。

"卡佳，快进来！不用这么忧虑，你是海关专家，什么样的场面没见过啊，一切都会好起来的。"周振邦故作轻松地说。

柯兹洛捷卡娅苦笑了一下，说："我可不是什么海关专家，情况真是糟透了，我很想帮到你，我让奥特波尔海关的同事们捎来了两本关于海关管理的书，可是，我在书里也找不到答案。"

周振邦说："卡佳，谢谢你。不用着急，其实，问题很容易解决的，就是提高通关效率。海关查验通关的效率直接影响着进出口货物的运输效率，边城海关的通关查验很细致，一批货物要两三个小时才能放行，这在一开始是必要的，可是如今面对蜂拥而至的货物，就不适应了，这是当前问题的根源。"

柯兹洛捷卡娅想了想，说："你说得有道理，我也正为这件事困惑，我一开始觉得是因为边城海关刚建立，各项制度和工作流程还不健全，加上人手不足。"

周振邦说："你说的这些是一些客观存在的原因，但我觉得这不是主要的。"

柯兹洛捷卡娅说："是啊，在我们奥特波尔海关，除了没有换装这道程序，海关的查验放行工作都是这样的，我本来觉得这套流程已经很成熟了。"

周振邦说："卡佳，我觉得我们边城海关当前主要是快速通关放行的问题。要解决这个问题有两个出路，一个是扩大海关监管区，对暂时查不清单证的货物指定沿线一些站点临时存放，待查清后再内运，这样能避免堵塞口岸。二是改革报关制度流程，理顺海关与铁路、海关与陆运公司之间的关系，各司其职，高效运作，提高效率。"

柯兹洛捷卡娅不住地点头，说："你的思路是对的，虽然关于海关业务的教科书里没有这方面的表述。"

周振邦说："没有一成不变的教科书。我们中国共产党人一直在说把马克思主义与中国革命实践结合起来，结合得好就是真理。"

柯兹洛捷卡娅说："就像你们的革命是农村包围城市？"

周振邦笑了："你什么时候变成中国通了？"

"怎么？不可以吗？我还想下半生就生活在中国呢，你欢迎吗？"柯兹洛捷卡娅说。

"当然欢迎，到时候你就来做我们边城海关的顾问。"周振邦说。

"好啊。"柯兹洛捷卡娅高兴了起来。

"卡佳，我们真是太需要你这样的海关专家了。我们有满腔的工作热情，但是经验不足，东一把子西一扫帚的，战争年代里那种军号一响，全体冲锋的做法在海关工作中是行不通了。"周振邦感慨地说。

"好了，我该走了。我让奥特波尔海关的同事捎来的关于海关管理的书，送给你。你的俄文水平是完全能看懂的。一些专用名词我已经进行了标注。但愿这两本书对你有启发。"柯兹洛捷卡娅微笑着将两本厚厚的俄文书放在周振邦的床头柜上。

"谢谢，真不知道怎么感谢你。"周振邦说。

从那一天起，每当没有工作任务时，周振邦都要叫上李宝来和陈永胜在办公室里讨论扩大海关监管区和改革报关流程的问题。三个人时常通宵达旦，为一些问题争得面红耳赤。从海关与铁路等各部门的职责分工到海关内部查验放行程序，各部门之间的单证流转和互相审核，几乎能想到的方方面面都提了出来。

财贸学校教师出身的李宝来发挥了重要作用。他不但积极参加讨论，发表自己的意见，还将每次的讨论结果都详细记录下来。海关换装簿记录、列车预到通知、装载货物明细单、商务记录等规范性单证的海关审验等都记录在案。

经过一个多星期的讨论，李宝来像整理教案一般，连续几个晚上点灯熬油到凌晨时分，终于整理制定出边城海关与口岸各部门联合作业暂行规定，周振邦高兴极了："行啊！宝来，到底是知识分子！我看看，上报海关总署和市工委组织实施。"

新办法的实施迅速打开了边城海关的工作局面，边城海关在铁路沿线几个规模较大的车站增设海关监管区，周振邦和陈永胜带领干部战士和铁路职工将暂时单证不清的进口货物全部暂卸在指定的监管区，由专人负责核对清查后再内运，口岸堵塞的情况迅速缓解了。海关与口岸部门之间的配合开始顺畅起来。单证的流转和进出口货物的查验放行开始井然有序。

## 30

那是一个艰苦、紧张却充满战斗激情的年代。每个人都在为全中国的最后解放而努力工作着。那也是一个充满了欢乐的年代，每当闲暇的时光里，人们聚在一起谈革命、谈理想。边城海关的小礼堂里甚至举办过几次舞会，边城海关干部和苏联方面的贸易代表都兴致勃勃地去跳舞。爷爷虽然在延安时就参加过窑洞里的舞会，可他似乎不具备这方面的协调性和天赋，加上腰有旧伤，他成了跳得最差的一个，但在舞会上他却是最受女同志欢迎的。记得有一次我们全家在一起聊天时谈到这件事，我逗爷爷说："爷爷，那些女同志都愿意找你跳舞，是不是因为你是关长？"爷爷笑了："我们那个年代人们不论这个，什么关长不关长的，工作上我是指挥员，工作之余大家都是平等友爱的革命同志。"我有些疑惑："那是因为什么呢？"爷爷笑得很骄傲："大概是因为我当时很帅吧！"一家人都笑了起来。

是的，爷爷当时真的是一个英俊帅气的男人，在当时的工作记录塑料皮的夹层里，我发现了那个年代拍摄的爷爷唯一的一张单人照，背景是在边城海关楼门前。

照片上爷爷穿着军服，方正的国字脸棱角分明，浓眉下一双热情的眼睛炯炯有神，目光中充满了与当时年龄不相称的坚毅、成熟和稳健。在照片右下角是钢笔标注的隽秀的字迹：1950.6。我对着照片看了许久，我想，这张照片和字迹一定出自那位多情的苏联海关女化验师之手吧。

每次舞会上，柯兹洛捷卡娅都与工作中的海关化验室主任判若两人。俄罗斯女子活泼、大方、率真的性格在她身上显露无遗。她总是热情地邀请周振邦跳舞，伴随着老式留声机时而走调的乐曲，柯兹洛捷卡娅拉着周振邦翩翩起舞，她高兴地笑着，摆动着美丽的长长的裙裾飞快地转着圈，一双美丽的大眼睛火辣辣地望着周振邦，丝毫不掩饰她的爱慕之情，每当这个时候周振邦都非常尴尬，一曲下来早已满头大汗了。

这个时候，几乎所有参加舞会的人都看出了柯兹洛捷卡娅的心事，只是人们都心照不宣。

沈琴是晚会上边城海关女同事中最让人注意的一个。她虽然比不上柯兹洛捷卡娅那样靓丽，但在那个年代的女同志中已经很是惹人眼了。李宝来也是每次舞会的积极参与者，每次总是殷勤地邀沈琴跳舞，可沈琴总是盯着周振邦看，柯兹洛捷卡娅频频地邀周振邦跳舞，让沈琴心中很是失落和不快，她不情愿地和李宝来跳舞，不时偷眼望着周振邦，她在心里悲哀地想，自己对这个男人一往情深，他为什么感觉不到呢？她又忽然想到，自从自己来到边城海关，还没像样地和周振邦说上一会儿话，对方怎么会知道自己的心思呢？想到这里，禁不住和自己生气起来，说了句："李老师，我不舒服先回去了，对不起。"就撇开李宝来先回宿舍了。宿舍里没有去跳舞的姐妹看见沈琴垂头丧气地回来，都明白是怎么回事，互相做个鬼脸，假模假样地问沈琴："怎么了？哪儿不舒服啊？"沈琴没好气地嘀咕一句："哪儿都不舒服。"就蒙上被子睡下了。

## 31

因为国内建设的需要，边城口岸开始进口大量的原木。可是原木进口从一开始就出现了麻烦，中国政府与苏联签订第一批大宗进口原木合同中明明约定在一年内按月平均交货，边城海关和铁路联运部门早早做好了验放、运输进口原木的准备，可是八九个月过去了，还不见一根原木进境。

周振邦找到谢辽沙，询问苏联方面迟迟不予发货的原因。

谢辽沙一脸的不高兴："周，你以为我们苏联人会不信守合同吗？"

"我没有这样以为，但我受上级委托向您询问具体的原因，或是贵国方面遇到了什么困难，毕竟合同约定是按月供货，你知道，我们正在进行火热的社会主义建设，这些原木能否及时到货对我们很重要。"周振邦不动声色地说。

周振邦的质疑有理有据，还很真诚，谢辽沙张了张嘴，一时不知说什么好，沉默了一会儿，很不高兴地说："好吧，我会以驻边城商务代表处的名义与我国有关部门联系，你会得到满意的答复的。"

"那我就告辞了。"周振邦说。

还没等谢辽沙传来明确的答复，苏联方面的原木出口就开始了，而且像决了堤的洪水一般涌进来，边城口岸似乎一夜之间就被进口原木塞满了。周振邦明白了，苏联方面是在玩集中突击发运的"把戏"，这让他对进口原木的品质和数量能否符合合同的规定很是担忧。

让周振邦始料不及的是，与苏联方面关于原木进口的第一场争吵却不是因为品质和数量，董志军拿到第一批原木的进口单证后，禁不住吃了一惊：在货物品质证明书到达栏里，出口目的地国家赫然写着"中华民国"字样。

董志军拿着进口单证向周振邦报告发现的问题。周振邦十分恼火，带上董志军匆匆赶往苏联驻边城商务代表处。

谢辽沙正在房间里兴致勃勃地哼着一首俄罗斯小曲，他手舞足蹈地打着节拍，胸前的几枚奖章一晃一晃的，一副陶醉的样子。看见周振邦急匆匆地赶来，不等周振邦开口，谢辽沙就跳起身，指着窗外铁路站场上装载着原木的车皮喊了起来："周，怎么样，这回你和你的上级领导都放心了吧？我说过我们是最信守合同的，我已经看过那些原木了，雪松、枞木、樟松，对了，还有落叶松，都是上好的木材，带着西伯利亚原始大森林的气息……"

周振邦禁不住苦笑起来："尊敬的谢辽沙先生，我正是为了这批进口原木而来，我很遗憾地告诉您，这批原木的进口单证出现了不该发生的错误，货物我们暂时还不能接收。"

谢辽沙简直不敢相信自己的耳朵："周，你说什么？你不是在开玩笑吧！"

"是你们跟我们开了个国际玩笑。"周振邦说着将手中的进口单证递给谢辽沙。

谢辽沙瞪着眼睛将单证看了几遍，甚至看了看单证的背面，居然没有发现问题的所在，疑惑地问周振邦："周，我没觉得有什么问题啊。"

周振邦无可奈何地指了指品质证明书的到达栏，谢辽沙这才恍然大悟，随后就一脸色轻松的表情："周，我还以为出了什么大事。"

"这还不算大事吗？中华人民共和国已经成立了，所谓的'中华民国'已经是历史了。"周振邦说。

"周，这我知道，全世界都知道，是我们的经办人出现了小小的疏忽，我会把情况反馈给我们奥特波尔海关的，让他们通知发货人。我们现在要做的就是抓紧时间换装发运，不要纠缠这些细枝末节的问题。"谢辽沙将单证塞回周振邦手里，轻描淡写地说。

周振邦火了，"啪"地一声将那摞单证扔在谢辽沙的办公桌上："谢辽沙同志，请你尊重我们的感情，中华人民共和国是我们千千万革命先烈用鲜血和生命换来的，不允许任何人诋毁她或是忽视她的存在！这绝对不是你所说的什么细枝末节，这是关系到国家尊严的大是大非，我代表边城海关正式通知你，这批货物必须更换单证，否则我们决不接收，如果由此造成供货合同不能按期完成，你们还要赔偿我们的损失！"

"周，你这是小题大做，耽误了我们之间的贸易，你是要负责任的！"谢辽沙也提高嗓门喊了起来。

"耽误了贸易进度的是你们，合同清楚地约定每月平均供货，为什么在合同临到期突击抢运？小题大做？你认为我是无理取闹了是不是？我告诉你，我现在就去苏联驻边城领事馆提出抗议！"周振邦气愤地说着，站起身来就要走。

谢辽沙愣了一下，自知理亏，也不想把事情闹大，赶紧拦住周振邦："好，好，周，既然如此，我马上联系更换海关单证，这样总行了吧。"

"那我就先谢谢了，您最好能将情况反馈给贵国有关部门，避免今后再发生这样的错误，我们耽误不起啊。"周振邦也缓和了语气。

谢辽沙以驻外商务代表处的名义紧急协调，苏联外贸公司更换了出现错误的海关单证，在边城口岸站线上滞留了两天的第一批进口原木总算起运了。

周振邦松了一口气，谢辽沙也松了一口气，大家都期盼着原木贸易的一帆风顺，可是，一场新的更复杂的纠纷随后而来。

这天，又一列车原木缓缓停靠在换装站台上，周振邦和孙学文正在站台上商量安全保卫的事，望着装得高高的车皮里那又粗又直的原木，孙学文禁不住对忙着整理海关单证的董志军发起感慨来："我说小董，这西伯利亚大森林里的木材就是好啊，看这些落叶松，最少都得有两三百年的树龄。"

董志军看了看手里的单证，对着孙学文笑了："首长，这是雪松，不是落叶松。"

"什么？雪松？！"孙学文咧着嘴笑了，"这就是落叶松，我在兴安岭的大森林里转了那么长时间还不认识？"

"可是苏联方面提供的载货清单明细里明明写的是雪松啊。"董志军迷惑不解地说。

周振邦和孙学文感觉不对劲了，周振邦拿过董志军手里的海关单证，货物名称一栏里的确标注着雪松，周振邦盯着孙学文问："你确定这些都是落叶松？"

孙学文凑近车皮仔细看了看，再看看原木的横截面，说："没错，这就是落叶松！我带着搜炮部队在大森林里转的时候，别的见不着，就见着树了，部队里有一个参加过抗联的老战士，什么树都叫得出名来，讲给我们听。你想啊，抗联战士当初'天大的房子地大的炕，火是生命森林是家乡'，还能不认识树？"

周振邦沉吟半晌，问董志军："小董，这两种原木的交易价格是不是有差别？"

"中苏原木贸易合同约定，每实积原木雪松 118.73 瑞士法郎，落叶松 89.58 瑞士法郎，品种不同，差近 30 瑞士法郎呢。"董志军回答说。

正说着，又一列车原木停靠在宽轨上，周振邦问孙学文：

"老孙,你看那一列原木是什么树种?"

孙学文看了一眼,不假思索地说:"是枞木和冷松。"

周振邦对董志军说:"你去把那列原木的单证拿来。"

董志军心领神会,跑了过去,不一会儿就跑回来,气喘吁吁地报告说:"周关长,单证里列的品名都是樟松!"不等周振邦再问什么,董志军又补充说,"枞木和冷松每实积合同价都是102.75瑞士法郎,樟松108.83瑞士法郎。"

"真是买的不如卖的精啊!我的乖乖,咱这买卖可赔大发了。"孙学文喊了起来。

周振邦脸色很不好看,他对董志军说:"小董,这批原木在品种确定之前不能发运。你马上取一些原木样品送上火车到哈尔滨,我与东北海关管理局联系请他们让林业专家给鉴定一下,我不是不相信老孙的眼力,但咱们要尊重科学,要有真凭实据。从现在起,孙学文你和小董一起在口岸盯着,每进一次原木都要确定品种,并与海关单证核对,我觉得出现这种情况不是偶然的。"

情况正如周振邦所料,东北海关管理局反馈回来的鉴定结果证实了孙学文的说法——连续三天进口的大量原木普遍存在以低价原木虚报高价品种的情况。

周振邦再次来到谢辽沙的办公室时,谢辽沙被咽了一半的伏特加呛得连连咳嗽,脸都憋紫了,终于缓过气来,吃惊地问:"周,我们又把目的地给写错了吗?"

周振邦说:"那倒没有,不过我想这次你们是发错了货物。"

"什么意思?"谢辽沙问。

"商务代表同志，我从来没有怀疑过我们两国之间的诚意，可是在原木进口上，您了解实际的情况吗？你们的外贸公司虚报品名，以次充好，让我们国家损失大量的外汇。"周振邦直截了当，把发现的问题说了出来。

谢辽沙挠了挠脑袋，耸了耸肩膀："或许是我们的出口公司混淆了原木的品种吧，你知道，在西伯利亚的亚寒带原始森林里，那些不同品种的树木几乎看不出什么大的差别，反正我是分不清。"

"商务代表同志，这绝不是像您所说的那样是一种偶然。如果说混淆了品种，那怎么没有出现将高价格的原木填报为低价位原木的情况呢？恕我直言，您在远东地区工作生活多年，是不会看不出这些树的品种的。正像您兴致勃勃地说的那样，'那些原木，雪松、枞木、樟松，还有落叶松，都是上好的木材，带着西伯利亚原始大森林的气息……'"。

谢辽沙的脸红了，沉默了半晌，说："周，我知道瞒不过你，我相信你一定会为这件事来找我的，只是没有想到会这么快。我感到很遗憾，我也没有想到我们的那些外贸公司会做出这样的事情。"

"那你说现在怎么办？"周振邦问。

"周，你看这样好不好，已经进境的原木就按照目前单证上列明的品种交易吧，我马上致电国内，保证不再发生这种情况。"

"那不行！我不能眼睁睁地看着我的国家遭受损失。"周振邦回答说。

谢辽沙站起身来从厨柜里拿出一瓶酒，说："周，这瓶酒归你了，上好的伏特加，我带它到中国来，还一直没有舍得喝呢，给我一个人情好吗？"

周振邦笑了："商务代表先生，您以为一瓶酒就能让我出卖自己国家的利益？国家利益在你眼里也太不值钱了吧？这批原木必须明确品种才能放行，您看着办吧！我先告辞了。"

周振邦走了，谢辽沙气得拧开瓶盖，仰起头"咕咚""咕咚"连喝了几大口伏特加，坐在办公室里大骂周振邦。

正巧苏联驻边城领事馆彼得洛夫先生来看望谢辽沙，两人推杯换盏地喝起了酒。几杯酒下肚，谢辽沙又开始骂了起来。

彼得洛夫先生说："好了，我只能说你对周还不了解，在齐齐哈尔工作时，几乎所有与他打过交道的苏联红军军官都管他叫'好斗的公鸡'，他是一个有头脑的人，更重要的，他是一个爱国者。"

"周是个混蛋！混蛋……"酒气熏天的谢辽沙还在骂骂咧咧。

"好了，快闭上嘴吧，让周听见，他会拧断你的脖子的，他可不管你是苏联人或是什么人……"彼得洛夫先生说。

谢辽沙清醒过来，感觉到了自己的失态，沉默了一会儿，问彼得洛夫："那你说怎么办？"

"这件事情本来就是我们做得不对，当然应该我们来改正错误，我想这不会损害您作为商务代表的形象的。"彼得洛夫说。

谢辽沙说沉默半响："那好吧。你是对的。来，我们再喝一杯。"

# 32

九月中旬的一天上午，一场草原上罕见的大暴雨袭击了边城，短短的半个小时，雨水瓢泼一般倾泻而下，大街小巷都变成了汪洋的世界。周振邦、孙学文和陈永胜带领海关干部和职工冒着倾盆大雨，将刚刚卸下站台来不及换装的货物用苫布盖起来。狂风卷起人们身上破旧的雨衣，把人们都浇得落汤鸡一般。

周振邦回到宿舍，刚刚换好衣服，柯兹洛捷卡娅就进来了。她一脸焦虑的神色，疲惫地坐在椅子上直叹气。

"你怎么了，卡佳，谁惹你生气了？"周振邦问。

"周，你说这个世界为什么总是有没完没了的战争？"柯兹洛捷卡娅好像是在问周振邦，也好像是自言自语。

周振邦笑了："卡佳，你是说朝鲜战争吧？等朝鲜人民军赢了，我们的社会主义阵营里不就多了一个成员吗？'试看将来的环球，必是赤旗的世界'！"

柯兹洛捷卡娅苦笑着直摇头："周，我刚刚收听了莫斯科广播电台的广播，美国军队在朝鲜半岛一个叫仁川的地方登陆了，平壤马上就要被合围了。"

周振邦大吃一惊："你说的是真的？"

"那还有假？他们已经向我国和你们中国政府求救了。战争越打越大。真不知将来会是什么样子？"柯兹洛捷卡娅忧虑地说。

周振邦急忙摊开地图，在朝鲜半岛上找到了那个叫仁川的地方，长叹一声："朝鲜危险了，形势真是急转直下啊，看样子朝鲜战场上的战火要烧到鸭绿江边了。"

"周，你说第三次世界大战是不是要爆发了？虽然你们不会出兵朝鲜，但我们的国家一定会参战的。"柯兹洛捷卡娅说。

"你们国家能否参战我不知道，可是如果战火真的烧到鸭绿江，我想我们中国不会坐视不管的。"周振邦说。

柯兹洛捷卡娅一脸倦容："周，我真的厌倦了。这没完没了的战争。"

"卡佳，帝国主义对新生的社会主义国家充满了仇恨，亡我之心不死啊，我们要一起为保卫社会主义而战斗。"周振邦情绪激动地说。

"周，我不想去当什么战士，不想去战斗，战争已经让我一无所有了，我只想做一个普通的女人，像所有的普通女人那样生活。"柯兹洛捷卡娅情绪低落地说。

周振邦沉默了。

"周，我想和你一起生活，我很孤独，我感觉这世界上只有你一个亲人了。"柯兹洛捷卡娅说着，眼泪流了下来。

周振邦心头一震，不敢面对柯兹洛捷卡娅充满了渴望的眼睛："卡佳，别说傻话，我拿你当亲妹妹。"

"我不要你做我的哥哥，我要你做我的丈夫，周，我爱上你了，这你知道。"柯兹洛捷卡娅说。

周振邦吃了一惊："卡佳，这是不可能的，我知道你对我好，也感谢你对我们边城海关的帮助，可是……"

"你不喜欢我吗，周？"柯兹洛捷卡娅问。

周振邦脸红了："你是个可爱的姑娘，我很欣赏你。"

"那还有什么犹豫的呢？"柯兹洛捷卡娅深情地望着周振邦。

"卡佳，这是不现实的，请原谅！"周振邦说。

"这有什么不现实的呢？"柯兹洛捷卡娅惊讶地问。

周振邦心乱如麻："卡佳，我……我还有事，你先回去吧。"

"好吧，我先回去了，我相信有一天你会改变想法的。"柯兹洛捷卡娅在与中国人打交道的这段时间里，已经了解了中国人的性格，她以为周振邦只是暂时转不过来，将来会接受自己的。

柯兹洛捷卡娅回自己的房间里去了。周振邦呆坐在椅子上，心情很复杂。长年的军旅生活，加上妻子不知下落，儿子在山东老家远亲家里寄养，给周振邦的内心带来很多伤痛，他以为自己不再会有儿女情长，可是自从见到柯兹洛捷卡娅，在她火辣辣的目光照耀下，他那颗沉寂的心也情不自禁地泛起波澜。但他清醒地知道自己肩负重大责任，不是谈情说爱的时候，更何况柯兹洛捷卡娅是外国人，是苏联公民。在他的意识里，从没想过与外国人结婚。当初自己在山东老家是奉叔婶之命娶了童养媳秀芬，根本不知道什么是爱情，在老家年轻人的结合都是这样，自己也就顺其自然。结婚不到两个月，秀芬怀孕了，可自己接到命令紧急赶往东北，没想到就再没有妻子的消息了。再次回首往事，周振邦失眠了。他披上衣服，拿上手电筒出了边城海关的楼门，来到铁路站场检查了一下盖着苫布的物资。天已经放晴了，满天的星光笼罩着苍茫大地，清凉的夜风扑面而来，还带着丝丝水汽。周振邦慢慢地走回边城海关，发现柯兹洛捷卡娅房间的灯还亮着，周振邦点燃一支烟，默默地望着那窗口，感觉心里很温暖。

柯兹洛捷卡娅也度过了一个不眠之夜。她披着大衣坐在窗前。静静地望着窗外如水的夜色，感觉无边的夜幕中到处闪动着周振邦那充满阳刚之气的笑脸。柯兹洛捷卡娅迷醉了。在无数个夜晚她梦见躺在他温暖的怀中，享受着他热切的爱抚，醒来之后她总是耳热心跳地在黑暗中坐上许久。她知道自己不可救药地恋爱了。至于将来是什么结果，她顾不得去想，也想不明白。

## 33

在那个夜晚，同样因为爱情而度过一个不眠之夜的还有一个人，就是孙艳霞。在接触翻译小董的过程中，她被董志军打动了。这个南方小伙虽然一副弱不禁风的样子，但文质彬彬的，话不多，一脸腼腆的神色，和女同志说话还脸红呢。

第一期粮谷检验培训班结束后，周振邦就不再担任柯兹洛捷卡娅的翻译了，是董志军一直在培训班上跟着，将周振邦已经翻译的部分整理成中文讲义，再不断地添加进柯兹洛捷卡娅在以后的培训中新增加的内容。孙艳霞写字速度很慢，几乎每次听课都跟不上，董志军成了她的课外辅导老师，董志军写得一手漂亮的钢笔字，让孙艳霞羡慕不已，用完了讲义还借回宿舍看个没完，像一个收藏家面对一件书法珍品一般赞叹不已。

"沈姐，你说，同样的字，他怎么就能写得这么好看呢？"一天傍晚，孙艳霞捧着小董誊写的讲义忍不住问沈琴。

沈琴凑过来看了看讲义，再看了看孙艳霞那一副痴迷的样子，笑了。

"沈姐，你笑什么？"孙艳霞奇怪地问。

"我笑你啊，我看你不只是喜欢他的字吧。"沈琴说。

孙艳霞愣了一下，醒悟过来，脸一下子红到了耳根，举起讲义挡住脸喊："哎呀，沈姐你说什么呢！"

沈琴看着孙艳霞娇羞的样子，笑着说："古人说'文如其人'，我看小董人不错，我听说车站上好几个姑娘都对小董挺好的，卫生队还有女护士给他写信呢，你可要抓紧啊。我去化验室了，你好好研究讲义吧。"

沈琴走了。孙艳霞一个人在宿舍里捧着小董的讲义禁不住发起呆来。沈琴的话似乎一下子将孙艳霞心里那层窗户纸捅破了，让她陷入一种甜蜜的苦恼之中。

从那天起，孙艳霞再和董志军在一起时，心里就有了一种异样的感觉。两人似乎一下子疏远了，不再那样无拘无束谈笑风生了。

这天下课后，孙艳霞鼓起勇气对董志军说："你晚上有事吗？我想让你帮忙给我补补课……"

董志军一下子涨红了脸，连连推辞，说："我可补不了，我只是翻译了所有的讲课内容，你要是补课，就去找柯兹洛捷卡娅老师吧。"不等孙艳霞再说什么，董志军已经慌慌张张地跑了。

孙艳霞被董志军可爱的样子逗乐了，反而在心里更坚定了自己的想法，不断地找机会接近董志军，可是董志军每次都是避而远之。

沈琴注意到了孙艳霞情绪的变化，知道这个善良的姑娘恋爱了，从心里为自己的姐妹高兴，哪知道几个月过去了，看不到两人有什么进展。沈琴着急了，一天晚上忍不住问孙艳霞："艳霞，你们进展怎样了？"

"什么进展怎样了？"孙艳霞不好意思了。

"你和小董啊！当我不知道？"沈琴说。

孙艳霞沉默了一会儿，忽然之间眼泪就流下来了。

"怎么了你？"沈琴吃惊地问。

孙艳霞不说话，就是哭。

沈琴琢磨了半响，说："行了，你就知道哭！我知道怎么回事了，你等着，我现在就找他去，问问他到底什么意思？"

"这……这行吗？"孙艳霞抽抽搭搭地问。

"那有什么不行的，你等着。"沈琴风风火火地出门了，正巧看见董志军办公室的灯还亮着。

董志军正在办公室里忙着整理白天从车站站场取得的数据，看见沈琴这么晚了来到自己的办公室，很是吃惊，慌忙起身给沈琴让座。

沈琴也不坐，开门见山地说："董志军，我找你有事。我问你，孙艳霞这个姑娘怎么样？"

董志军脸红了，说："是……是个好姑娘"。

"那你到底是怎么想的？"沈琴问。

"我，配不上她，组织上不会同意的。"董志军低声说。

"为什么?"沈琴奇怪地问。

董志军犹豫了一下,说:"我家庭出身不好,我父亲曾经是江浙一带的大资本家,当初还出钱资助国民党反动派围剿红军。我上大学后接触了中国共产党,就和父亲决裂了。"

沈琴愣了一下,沉默了一会儿,说:"他是他,你是你,你不是早就和反动家庭决裂了吗?"

"那不一样,我的入党申请书写了好几年了,党组织还在考察……"董志军低声说。

沈琴沉默了半晌,说:"你喜欢孙艳霞吗?"

董志军涨红着脸说:"喜……喜欢,可现在不行。"

沈琴长出了一口气,笑了:"那就好。"

# 第十一章

## 34

朝鲜战争的爆发和美国海军第七舰队进驻台湾海峡，打乱了中国人民解放军发起解放台湾战役的部署。边城群情激昂，人们自发地走上街头，"抗美援朝，保家卫国"成为当时最响亮的口号。大量运往朝鲜前线的军用物资涌入边城口岸。苏联方面将中长铁路第一分局从海拉尔迁到边城，任命谢辽沙为主管军事运输的苏方副局长。为了快速换装，东北军区调来一个师的兵力投入换装和安全保卫工作。周振邦带领边城海关的干部战士夜以继日地工作在查验监管一线。但这些还是远远满足不了朝鲜战场上的需要，大量的军用物资积压在铁路换装站台上。

随着边城口岸人员的大量增加，粮食、食品供应出现了严重的短缺，到了冬季，主食除了窝窝头就是玉米面粥，能吃的菜除了冻土豆就是冻大头菜，很多同志都营养不良，面黄肌瘦的。最可怜的是陆小勇，每天喝玉米面糊糊粥，瘦得皮包骨，小胳膊小腿如柴棒一般，小胸脯上肋骨一根根能数得清。同志们都看在眼里急在心里，大家把能找到的适合孩子吃的东西都拿出来交给沈琴，孩子还是饿得时常哭叫。

让沈琴感动的是，那位善良的俄罗斯老妈妈没有忘记这个可怜的中国孩子，隔上一段时间，漂亮的俄罗斯小姑娘伊琳娜就来到边城海关宿舍，小姑娘穿着厚厚的棉衣，裹着一条大围巾，忽闪的睫毛上挂着晶亮的霜雪，怀里揣着一块热乎乎的黑面包或者一小瓶牛奶。小姑娘中文说得不太好，常常是把东西放在陆小勇身旁，羞怯地笑一笑，就跑回去了，有的时候，赶上陆小勇在熟睡，小姑娘会趴在床前，好奇地看上一会儿。

沈琴和孙艳霞都喜欢这个漂亮的俄罗斯小姑娘，亲切地管她叫"洋娃娃"。这天下午，工作结束得早一些，沈琴忽然想起已经有很多天没有看见"洋娃娃"了，就喊上孙艳霞说一起去看看俄罗斯老妈妈和"洋娃娃"。

"你能找到她们家吗？"孙艳霞问。

"放心吧，我去过一次，而且我也打听好了，在四道街西头，而且是住俄罗斯'木刻楞'，很好找的。"沈琴蛮有把握地说。

两人从地窖里拿了几个平日里舍不得吃的新鲜土豆，用报纸小心地包好，放在大衣里面，冒着寒风来到街里，沈琴凭着来过一次的模糊记忆，加上询问路人，费了好大劲才找到那座"木刻楞"，当时在边城的侨民太多了，四道街西头是俄侨的聚居区域，一模一样的"木刻楞"随处可见。

沈琴轻轻地敲了敲木刻楞的门，没有回音，过了许久才听见房间里传来疲惫的脚步声，俄罗斯老妈妈步履蹒跚地打开房门，看见站在门口的沈琴和孙艳霞很惊讶，随后礼貌地打着手势让两人进门。

沈琴一进房门就感觉到空气中飘着一股淡淡的酒精味道，心里很是奇怪。随后就看见小姑娘伊琳娜似睡非睡，迷迷糊糊地躺在床上。

"孩子怎么了？"沈琴吃惊地问。急切地走到床前，伸手一摸，小女孩的额头火炭一般烫手。

"孩子在发高烧！吃药了吗？"沈琴焦急地问。

俄罗斯老妈妈一脸焦虑地说了些什么，沈琴和孙艳霞听不懂。

"艳霞，你快回卫生队叫个大夫来看看，这么小的孩子，这么热，烧成肺炎就麻烦了。"沈琴对孙艳霞说。

"好，我马上就回来。"孙艳霞急匆匆地出了房门。

孙艳霞走了，沈琴默默地站在小姑娘的床前，环视简陋的小木屋，心里禁不住很是吃惊，上次来请老妈妈为陆勇的爱人接生，急匆匆的，没有留下什么印象，这回才发现小木屋里基本上是家徒四壁，只有几件破旧的家具，一些简单的生活用品，虽然摆放得井井有条，却也掩饰不住小屋的空旷，小姑娘的床头桌上是一杯清水和放在小碟子里的一小片面包，她没有想到在中国边城的俄侨生活也这样困苦。想起老妈妈和小姑娘隔一段时间就接济陆小勇一些食物，沈琴的眼泪一下子涌了出来。

老妈妈端起桌案上的一个铜碗，用药棉蘸了蘸里面的液体，沈琴再次闻到酒精味，明白了是怎么回事，就从老妈妈手里接过碗，蘸着里面的酒精轻轻地擦拭小姑娘火烫的脑门和手掌心。

小姑娘迷迷糊糊地睁开了眼睛，猛烈地咳嗽起来。沈琴轻轻地拍着小姑娘的后背。小姑娘慢慢看清了站在床边的沈琴，露出一丝感激羞涩的笑容，沈琴也笑了，说："洋娃娃，阿姨来看你了……"话音未落，眼泪禁不住落在小姑娘滚烫的小手上。

孙艳霞和卫生队的大夫赶来了。大夫用听诊器听了听小姑娘前胸和后背，对沈琴说："是重感冒引起的肺炎。"

"怎么办？"沈琴和孙艳霞几乎同时焦急地问。

大夫看了一眼药箱，说："如果能打青霉素，会有效。"

"有青霉素吗？"沈琴问。

"有……"大夫说。

"那你还等什么？！"沈琴喊着。

大夫瞅了瞅俄罗斯老妈妈，低声对沈琴说："现在药品紧张，这药太金贵了，没有几瓶，是不是和首长汇报一下……"

沈琴急了："药再金贵能赶上人的生命金贵？不用汇报了，首长会同意的，听我的，赶紧给打针！"

"好，我这就做试敏，但愿这孩子能打。"大夫说。

十几分钟后，试敏结果出来了，没有过敏反应，大家都长出了一口气，大夫麻利地配好药，给小姑娘打了针。

俄罗斯老妈妈感动得热泪盈眶，不断用手在胸前划着十字，感激地用俄语说着什么。

打完了针，小姑娘又睡着了，呼吸似乎平稳了许多。沈琴、孙艳霞和大夫一起离开了小木屋，大夫连说带比划叮嘱俄罗斯老妈妈："多给孩子喝水，我们明天再来给打针，别担心，孩子体质不错，会很快好起来的。"

第二天上午，沈琴在办公楼里遇见周振邦，把前一天的事情讲了一遍，周振邦也很感动，说："沈琴，你做得对。我和食堂说一声，再接济她们一些粮食，你一会儿再和大夫一起去看看。"

下午，沈琴拎着一小袋玉米面，大夫挎着药箱，两人冒着严寒一起来到俄罗斯老妈妈家，惊喜地发现小姑娘已经好多了。

打完针，俄罗斯老妈妈眼泪直流，说什么也不留那小袋玉米面，沈琴说："老妈妈，你要是不嫌少就留下吧，别的我们也帮不上你们什么，可不要再给陆小勇送吃的了，我们这么多人照顾他，孩子们会渡过难关的。"

老妈妈虽然听不懂沈琴的话，但看见她诚恳的态度，就不再推辞了，流着眼泪将沈琴和大夫送到大街上。

饥饿和严寒考验着边城海关的每一个职工，但是没有一个人因为饥饿、寒冷离开工作岗位，每当一列列火车呼啸着进入站台，人们都毫不犹豫地走向自己的岗位，虽然每个人都被饥饿折磨得虚弱不堪，甚至连爬上火车查验的劲都没有，厚重的棉衣加上吃不饱饭没有力气，每一次简单的登车验货都让人感觉筋疲力尽，但是每个人依旧充满了乐观，充满了革命豪情。只是在工作之余，人们交谈的话题更多地与吃饭联系在了一起，人们互相交流着有哪些东西可以吃，能吃的东西怎样吃才能发挥最大的充饥作用。人们还发明所谓的玉米面水发法，就是将玉米面用水泡上一段时间，体积会膨胀许多，能多做出很多大饼子。可是那样做出的玉米面饼又松又软，吃上好几个也不饱，吃完了去干活，不一会儿又饿了。

这天，陈永胜偶然听到一个蒙古族换装工人说，城外草原牧场上有户蒙古族牧民的牧业点上在卖"奶坨子"（冬季时用鲜牛奶冻成的冰坨），这让他喜出望外，要是能买到几个"奶坨子"，就够陆小勇喝一冬了。陈永胜向那个换装工人详细打听了那户牧民蒙古包的位置，把自己省吃俭用攒下的钱都装进口袋里，晚上一下班，他就穿上大皮袄和毡嘎瘩（毡靴），戴上皮帽皮手套，推出边城车站那辆平时舍不得使用的破自行车，带上手电筒出发了。

天空不知什么时候变得阴沉沉，不一会儿，纷纷扬扬的雪花飘落下来。陈永胜骑着哐当乱响的自行车摇摇晃晃地出了城，城东就是草原，没有道路，好在地势平坦。北方的冬天，白天太短了，天色迅速暗淡下来，陈永胜使劲蹬着自行车，终于赶在天完全黑之前看到了那座牧民的蒙古包。

两只高大的蒙古牧羊犬见有生人来，离老远就狂吠着冲了过来，吓得陈永胜头发都竖起来了，拧亮手电筒大喊大叫。好在蒙古包的门开了，一个壮实的蒙古汉子从蒙古包低矮的门口走出来，打了声响亮的呼哨，两只大狗立刻停了下来，转过身摇着尾巴跑回主人身边去了。

进了蒙古包，陈永胜连说带比划费了好长时间总算让蒙古牧民明白了自己的意思。女主人爽快地搬来了三个大"奶坨子"，陈永胜高高兴兴地从兜里掏出了钱，放在地铺上。可是他忽然发现蒙古牧民夫妇对钱没有多少兴趣，他们的眼睛热切地落在陈永胜手里的手电筒上。陈永胜明白了，在草原上放牧的牧民太需要这样一件东西了，他犹豫了一下，还是将手电筒递到蒙古汉子手上，蒙古汉子摆弄了一下，很快就知道怎么用了。一束明亮的光柱照亮了蒙古包里的一切，蒙古汉子打开蒙古包的门向外面照去，雪花在光柱中飞舞着，羊哈栅（羊圈）中的情形看得一清二楚，一只紧挨一只的羊依偎在一起，一双双蓝幽幽的眼睛惊奇地望着主人手里的新奇物件。

蒙古牧民夫妇激动地叫了起来，当他们明白陈永胜要将这个神奇的东西送给自己时，都高兴得不知所措。他们将地铺上的钱都装回到陈永胜的口袋里，还是觉得过意不去，又从木箱里掏出很多牛肉干，和"奶坨子"一起为陈永胜装在麻袋里。这下轮到陈永胜过意不去了，他知道肉干是蒙古牧民的过冬储备，推辞了半天。淳朴的蒙古牧民不高兴了，红着脸用蒙语喊着什么，陈永胜只好收下。

陈永胜将装着"奶坨子"和牛肉干的麻袋搬到自行车后架上，准备返回边城海关。蒙古汉子看着越刮越大的风担心地打着手势，想挽留陈永胜住一宿。陈永胜指了指远处边城隐约可见的灯火，请蒙古牧民放心，就骑上自行车慢慢走了。

风比来时猛了，而且来时是顺风，回去是顶着凛冽的西风。

那辆破旧的自行车"吱嘎"直响，又驮带着重物，没走出多远，陈永胜就蹬不动了，只好下了车子冒着风雪推着走。风更大了，狂风裹着暴雪呛得陈永胜喘不过气来。他弓着腰，几乎是趴在车把上，使劲地推着自行车往前走。麻袋里装的东西太多了，放在自行车后座上一点儿都不稳当，走不了多远就会"扑通"一声跌落在积雪里，陈永胜就得停下来，从雪堆里抱起麻袋重新放到自行车上。草原上的积雪越来越厚，陈永胜感觉越来越吃力，好几次连人带自行车滚进雪坑里。

天全黑了，气温迅速下降，风雪吹在脸上，刀割一般疼。陈永胜不禁在心里暗自庆幸自己穿得厚实，有了上次被冻伤的经历，陈永胜可算知道边城冬天的厉害。可是皮手套太旧了，而且破自行车的硬塑把套都没了，手套直接握在铁车把上，不一会儿就冻得双手火辣辣地疼，陈永胜只好不断地停下来使劲搓手，再把手伸进大皮袄里暖和一阵子。

草原上视野开阔，望着不远的距离其实是很远，正像草原上流传的俗语"望山跑死马"。风雪中还能看见边城朦胧的灯火，可是走了一个多小时了，累得陈永胜气喘吁吁的，那片灯火似乎还是那样遥远。气温越来越低，足有零下四十多度，老羊皮袄也被凛冽的寒风打透了，陈永胜感觉越来越冷，禁不住直打哆嗦，他不敢停下来，他知道，在这风雪交加的草原上，一旦停下来就会被冻僵。

又不知走了多久，陈永胜渐渐地似乎感觉不到冷了，他只是推着自行车机械地向前迈着步子，走上几步就下意识地回手摸摸车后座上的麻袋是不是还在，他的头脑中只有一个想法，就是一定要把"奶坨子"推回去，可怜的陆小勇正饿得哭叫，他的爸爸为了革命牺牲了……

风雪中隐隐约约传来呼喊声，几道手电筒的光线在黑暗中晃动。陈永胜以为自己是在梦中，使劲眨了眨眼睛，抖掉眼睫毛上的冰雪，终于看清楚了，他心中一热，知道一定是自己的战友来接应自己了，他张开冻得发麻的嘴想回应一声，却脚下一滑，一头栽倒在厚厚的积雪中。

陈永胜醒来时，已经是第二天早晨了，自己正躺在卫生队的床上，双手都包着纱布，火烧火燎地疼，头晕沉沉的。周振邦、孙学文和李宝来都焦急地围在床边。

"老陈，你不要命了？也不和我们打个招呼，要不是孙学文问到换装工人，我们都不知道你去哪儿了，你发了一宿高烧，多危险啊。"周振邦心痛地说。

陈永胜咧了咧嘴，笑了："我以为个把小时就回来了，谁想遇到风雪了。对了，'奶坨子'和肉干都拿回来了吗？"

"老陈，说你什么好啊，你的两只手都冻伤了，还想着'奶坨子'呐。"周振邦苦笑着说。

"我没事，只要小勇能吃饱，我冻掉一只手都值，得给我留一只手，还得干革命事业呢。"陈永胜还开起了玩笑。

围在床前的人们都没能笑出来，想起陆勇，周振邦的眼睛湿润了。

# 35

那一年冬天，老天似乎也在考验战斗在边城的海关人，进入十二月份，连续十几天零下五十多度的严寒席卷了呼伦贝尔大草原。边城火车站站台上寒风刺骨，滴水成冰，罕见的严寒甚至将铁轨连接处的鱼尾板都冻裂了，冻得蒸汽机车在铁轨上喷着白汽，发动不起来，孙学文穿着翻毛大衣，大棉帽子的两翼上都结了厚厚的一层霜雪，他带领警卫战士不分日夜地忙碌着。为了防止敌特破坏，警卫战士分成几班，日夜不断地守护着积压在站台上的军用物资。

董志军已经在站台上连续工作了两个昼夜了，和新调来的其他几名翻译人员及时翻译运输清单，钢笔早就冻裂了，就用铅笔。孙艳霞几次到站台上取清单，看到小董被冻得浑身颤抖，心疼地说："志军，快进房间暖和一下吧。你不要命了，你是南方人，禁不住冻的。"

"我……我……没事，耽误……不得……这里耽误了，前线的志愿军战士就要……要多流血……"董志军冻得上牙嗑下牙。

"把我的围巾给你！你脸都冻白了！"孙艳霞解下自己的红围巾给董志军围上。

"红……红色的……我戴着不好看……"腼腆的董志军苍白的脸上隐隐地现出羞涩的笑容。

"行了，管它红的黑的呢，暖和就行呗，我还有一条，一会儿也围上。"孙艳霞从董志军哆哆嗦嗦的手里接过翻译完的列车编号和装载清单，在刺骨的寒风里飞跑回边城海关。

呼啸的西北风吹得更猛烈了，刀子一般割在人的脸上，董志军背对着风站在冰天雪地的站台上，感觉寒冷如冰水一般浸透了厚厚的军大衣，将自己身上的热量蚕丝一般抽走了，他渐渐地感觉全身都麻木了，他想跺跺脚，却发现双脚像灌了铅一般沉重麻木，没有知觉了。

"快到屋里暖和一会儿吧，这'鬼呲牙'的天气……和该死的美帝国主义是一伙的……"孙学文也冻得受不了了，他使劲地跺着脚对站台上的海关干部喊着。

就在这时，一声尖厉的汽笛声传来，一列满载着军用物资的列车喷着白烟进站了，刚刚准备离开的人们赶紧又回到了自己的位置上。

董志军一直没有动，他没有听到汽笛声，他只是看到那列火车无声无息地从那两条闪着寒光的铁轨上飘了过来，看到各种形状的大木箱装满了车厢，不规则地伸到车厢外面。董志军感觉到自己笑了，欣慰满足的笑容在自己冻得麻木的脸上慢慢展现出来。他知道这些大木箱里装的都是拆解后的最新式苏联米格—15 喷气式歼击机，他似乎看到了这些"战鹰"经过组装翱翔在祖国的蓝天上、战斗在朝鲜战场上。他感觉自己也像一架战斗机一样飞了起来，轻飘飘的，脚下是辽阔的大地，耳畔是呼呼的风声，转眼间已飞越千山万水，回到了江南山青水绿的故乡，杏花春雨，小桥流水，白墙黛瓦，一派静谧祥和的田园风光。他忽然看见了孙艳霞，看见她向自己飞奔而来，挥舞着手臂一脸惊慌地在喊着什么，汽笛声又短促尖厉地响了两声，隐约看见钢箍紧抱的车轮在铁轨上迸射出耀眼的火花。董志军似乎明白了什么，他挪动着冻得麻木的双脚，想往后退几步，可是已经太晚了，他看见孙艳霞围在自己脖子上的红围巾飘了起来，飘向了无边的黑暗……

列车在刺耳的刹车声中停了下来，人们惊呼着跑向倒在站台上的董志军，孙学文大声呼喊着董志军的名字，将他抱在自己怀里。伸出车厢外装载着机翼的长长的大木箱撞在了董志军的太阳穴上，一股殷红的血从他的鼻孔里缓缓地流出来，转眼之间就结成了一条暗红的冰凌。孙艳霞哭喊着扑倒在董志军身上，她感觉到他那似乎早已失去了全部热量的躯体在自己的怀抱中迅速僵硬起来。

第二天上午，东北海关管理局党组织同意吸收董志军同志为中国共产党预备党员的函件邮寄到了边城海关，这份函件从东北海关管理局所在地沈阳出发，经长春、哈尔滨和齐齐哈尔，行程几千公里，辗转了近半个月的时间，终于到了它的目的地。让人遗憾的是，晚了一天。

边城海关为董志军同志召开了简短的追悼会，周振邦关长含泪宣读了东北海关管理局党组织的公函，哽咽着为董志军致悼词，能离开工作岗位的所有海关人员、边城工委的同志们都参加了追悼会，很多人都流下了伤心的眼泪。

在那个奇寒的冬季，董志军牺牲在了监管现场，很多海关干部都出现了严重的冻伤，有的被冻掉了一截手指，有的被冻伤了耳朵、鼻尖，严寒和营养不足威胁着海关干部的生命和健康，但在口岸上海关干部忙碌的身影一刻也没有停歇过。

# 36

为了缓解边城铁路口岸压力，加快抗美援朝军用物资运输速度，中苏两国政府达成协议，在距离边城十二公里的边境线上开辟边城公路口岸。这里是地势平坦的草原，说是公路口岸，其实也没有路，双方的车辆进出几次，在草原上轧出了一条自然道路，就是公路。周振邦根据形势需要在边城海关成立了公路口岸监管组，任命孙学文担任组长，负责公路口岸进出境物资的监管和保卫工作。

每天天不亮，到公路口岸值勤的同志们就冒着刺骨的寒风爬上破旧的敞篷汽车，那个时间是一天中最冷的时候，人们穿着厚厚的棉衣和皮衣还冷得直哆嗦，大家随身携带的军用饭盒里装着玉米面大饼子、高粱米、咸菜等充饥的午饭。临近公路口岸有一排破旧低矮的小土房，据说是民国时期在边城做旅蒙对俄贸易的商人修建的交易场所兼货栈，日伪时期改造成了国境警察的哨所，已经废弃了好几年。公路口岸开通后，孙学文找了个泥瓦匠要求他修缮一下那排房屋，又黑又瘦的泥瓦匠说："首长，这寒冬腊月的，怎么收拾？"孙学文想想也是，就说："那你先好歹把炉子重新搭起来，怎么也得有个取暖、热饭的地方吧，余下的事明年开春再说。"

那段时间，苏联援助朝鲜战场的大量坦克和军用汽车就直接从公路口岸进境，海关人员根据上级发来的特货到站、收货人代号本核对运单后放行，坦克和汽车一直开到边城火车站的换装站台下，再通过边城海关用钢轨、厚木板架起的跳板栈道，直接开到中方平板列车上，装满一列车就即刻发车开往朝鲜战场，节省了大量的人力、物力和时间。

在公路口岸值勤的边城海关职工每天天不亮就出发，可是晚上根本没有下班的准点，赶上大量的军用物资进境，孙学文就和战友们一直忙到深夜。公路口岸开通之后，除了被称为特货的军用物资外，两国边民的贸易，如皮张、废铁、羊毛和粮油副食、日用品交易逐渐活跃起来。

公路口岸还没开通，孙艳霞就向周振邦提出了去公路口岸工作的申请。周振邦说："那里太艰苦了，我怕你吃不消。"

孙艳霞一甩辫子，倔强地说："我就要去！"转身就走了。

孙学文不安地问周振邦："老周，你看这行吗？"

周振邦叹了一口气，说："就让她去吧，她是为了小董的事心里难过啊。话可说在前面，你一定要照顾好她，出了问题我拿你是问。"

孙艳霞在痛苦中忘我地工作着，忙碌的工作能让她暂时忘记小董牺牲给自己带来的痛苦。可是一旦晚上回到宿舍，她就抱着那条血染的红围巾流泪。沈琴似乎一下子成熟起来，她总是不断地安慰着孙艳霞，其实她的心里更难受，她真切地感受到，即便是在战争的大后方，也会有流血牺牲，这里是没有硝烟的战场，这让她心里更加牵挂周振邦，出于女人的敏感，她早已知道柯兹洛捷卡娅对周振邦的感情，美丽的苏联海关粮谷化验室主任几乎一有闲暇就往周振邦那里跑，这让沈琴心里很痛苦。让她吃惊的是，柯兹洛捷卡娅也早已明白自己的心思。这天，柯兹洛捷卡娅从周振邦那里回来，看到沈琴一脸不快的神色，禁不住笑了，她认真地对沈琴说：

"沈，我知道是我让你不高兴，可这是没办法的事。"

"你说什么呢？我听不懂，我只是有些不舒服……"沈琴辩解说。

"可能除了周振邦，所有的人都知道你爱上他了，难道不是吗？"柯兹洛捷卡娅笑吟吟地说。

沈琴的脸骤地一下红到了耳根，一时不知道说什么好。

"你爱他，就该去接近他，了解他，关心他，向他表白，每个人都有爱的权利，你不该生我的气，你应该去争取，如果周真的选择了你，我会祝福你的……"柯兹洛捷卡娅真诚地说。

沈琴的脸更红了，她被这位苏联女子的真诚和直率弄得手足无措，逃一般跑出了化验室。

这天夜里，周振邦回到海关宿舍，看到柯兹洛捷卡娅还等在门口："卡佳，这么晚了，有事吗？"

"没事，就是想看看你……"柯兹洛捷卡娅说，周振邦忽然闻到一股伏特加的气味。

"你一直等在这里？你喝酒了……"周振邦吃惊地问。

"不，只是一点点，我估计你快回来了，才来的！"柯兹洛捷卡娅说。

"有什么重要的事?"

"不能让我进房间说吗?这里太冷了……"柯兹洛捷卡娅说。

周振邦打开房门进了房间,还没等他点亮灯,柯兹洛捷卡娅忽然紧紧地抱住了他。

"卡佳,你怎么了!你干什么,快松手!"周振邦惊慌地低声说。

"周,我爱你,我需要你,我等了你一晚上了……"柯兹洛捷卡娅忘情地说着。

周振邦平静下来,轻轻地掰开柯兹洛捷卡娅的手,转过身来看到她美丽的大眼睛在黑暗中闪烁。

"卡佳,我明白你的心思,但是我是不能接受的,我和战友们在这里战斗,这里需要的不是儿女情长,而是忘我的工作!"

"这有什么矛盾吗?我们忘我地工作还不是为了更好地生活?难道你们中国的革命者就不需要爱情吗?"柯兹洛捷卡娅惊讶地问。

"不,我不能,况且我妻子至今生死未卜……"

"你的妻子还会回来吗?您应该正视这一点,前几年我也会时常想,说不定我的丈夫哪天会回来,可是这是不现实的,你的妻子和我的丈夫都已经牺牲在战争中了。我知道你有一个可爱的儿子,等我们结婚后,我把他接过来,等他长大了我们把他送到莫斯科读大学……"柯兹洛捷卡娅急切地说。

"卡佳,谢谢你这些话,可是这是不可能的,你还不了解中国，不了解我……，我会把你当成最好的妹妹的……"

"我不要做妹妹，我们又不是十几年前的小孩子……今晚我留在这里吧，我需要……"柯兹洛捷卡娅忘情地扑在周振邦的怀里，呼吸急促地说着。

周振邦吓了一跳，赶紧推开柯兹洛捷卡娅："卡佳，不要这样，你知道自己在说什么吗？你喝多了，我送你回去吧，我要休息了。"

不等柯兹洛捷卡娅说什么，周振邦搀起她出了房门，柯兹洛捷卡娅摇摇晃晃地被周振邦送回房间，一路上将头依偎在周振邦的肩膀上。这情景碰巧被起夜的李宝来撞见了，他推着眼镜吃惊地侧过身，几乎是紧贴墙壁了，好让周振邦他们过去。

周振邦很尴尬，不好意思地向李宝来解释说："柯兹洛捷卡娅同志喝多了，我送她回去……"

李宝来说："哦，那好，那好！"心中禁不住一阵暗喜。

几天后，李宝来借故来到化验室，正巧柯兹洛捷卡娅不在，李宝来若无其事地将那晚看到的情形讲给沈琴听。

沈琴脸色越来越难看，失手打翻一支试管，愣了愣，气呼呼地说："关我什么事，你和我讲这些做什么？"

"没什么，想起来了随口说说，这是好事，我看两人很般配，现在我们和苏联关系这么好，没准组织上会同意，多好的一对儿，真让人羡慕啊！"李宝来笑嘻嘻地说。

"李老师，您要是没有别的事，我该开始工作了，几十个样本的化验结果还没复检呢。"沈琴心烦意乱地说。

"那好，你忙着，我走了。"李宝来很尴尬，起身离开了。

沈琴感觉到自己失恋了，痛苦得不能自持，再见到柯兹洛捷卡娅时，一副冷若冰霜的样子，除了工作上的事情必须交流之外，几乎很少和柯兹洛捷卡娅说话了。柯兹洛捷卡娅觉察到了沈琴的不快，也不放在心上，两人在工作上的配合还是那样默契。

陈永胜从牧民那里换来的"奶坨子"和牛肉干救了陆小勇的命，沈琴用锤子小心地将奶坨子砸成小块儿，装了几块奶坨子和肉干送到了"洋娃娃"家。伊琳娜已经完全康复了，看见沈琴就连蹦带跳地跑过来。老妈妈说什么也不留沈琴送来的"奶坨子"和牛肉干，沈琴好不容易放下东西跑了出来。没想到第二天老妈妈就让小姑娘又给送了回来，老妈妈只留下少量的"奶坨子"和牛肉干，还回赠了一个香喷喷的大面包。

沈琴将砸成小块的"奶坨子"装在塑料袋里冻在窗外，每天在搪瓷大茶缸里化开一块儿烧开给陆小勇喝，或者将肉干用锤子砸软，再剁成肉末煮玉米面粥给小勇吃。"洋娃娃"伊琳娜经常跑来和陆小勇一起玩，像个大姐姐一般哄陆小勇，陆小勇的小脸渐渐红润了起来，小胳膊小腿上也有了肉了，高高兴兴地和伊琳娜一起玩耍，看着两个无忧无虑的孩子，沈琴松了口气。

为了陆小勇，陈永胜付出了很大的代价，两只手都出现了冻伤，几根手指肿得像胡萝卜，不断地流黄水，这一次没能像上次冻伤脚趾那样幸运。十几天后，两只手各有一根手指指尖发黑坏死，大家都很难过，唯独陈永胜像什么事都没发生一样，每天照样忙碌地工作。

# 37

抗美援朝前线的需要让边城口岸的油料进口再一次达到高峰，而且大多数是汽油和航空燃油，这些珍贵的油料能否及时被转运到朝鲜前线，很大程度上关系着战争的成败，油料运输成了口岸工作的重中之重。为了保证油料的安全和转运，东北人民政府在边城火车站修建了专门的油料换装站台，并修建了一座临时油库。陈永胜负责指挥换装站台和油库的施工，他向周振邦提出让梁立波做自己的助手，周振邦欣然同意。

从油库开工建设那天起，陈永胜和梁立波就很少回海关宿舍了。为了节省时间，他们白天工作在站台上，晚上就睡在车站候车室里，吃饭是有一顿没一顿地对付，两人都一身油污，满面尘土，胡子拉碴的，像一对儿终日忙碌的小老头。

油料换装站台和油库建成后，在陈永胜的建议下，实行严格的军事管制。周振邦命令孙学文派出一个班的警卫战士专门负责油库的警卫工作，油料换装区拉起了铁丝网，陈永胜给经过考察合格的油料换装工人发放了特别通行证，出入接受严格的安全检查。警卫战士分成几班昼夜巡逻，防止火灾的发生和敌特的破坏。

油库重地，防火是大事，一旦发生火灾爆炸，后果不堪设想。从油库和换装站台启用的那天起，陈永胜和梁立波就没有睡过一个安稳觉。细心的梁立波制定了一份严格的防火规则，油库区严禁烟火当然不必说了，其他还有如进入油库区的车辆必须在距油库二十米外熄火，油料换装工人必须穿胶底鞋或布鞋，轻拿轻放铁器，每日检查机器设备和电气设备的温度等等，梁立波的细心和掌握的知识让陈永胜惊叹不已，他安排梁立波每日进行一次防火检查，心里安稳不少。

北方炎热的夏季到来了，干燥的天气加大了油料的挥发，整个油料换装区充满着刺鼻的汽油味。空气中充满了紧张的气氛，似乎随时会爆炸一般。陈永胜连续几天吃不下饭，睡不好觉，密切注意着油库区的情况，平日内向的梁立波倒显得开朗多了，他不断地安慰着陈永胜，请首长放心。陈永胜心里清楚，这个年轻人的压力比自己还要大，他没日没夜地工作在油料换装现场，随时提醒着换装工人规范操作。

一直到过了立秋，天气迅速转凉，到一场绵绵的秋雨淅淅沥沥地飘洒下来时，陈永胜和梁立波总算是松了一口气。

然而，有道是命运无常，就是在这场绵绵的秋雨的第二天，边城口岸油料换装时发生了重大险情，梁立波同志为了保护油库挺身而出，献出了自己年轻的生命。

那一天，雨停了，刮起了大风，一场秋雨一层凉，站场周围的树叶似乎一夜之间就落光了，光秃秃的树枝在寒风中有气无力地晃动着。一列油槽车进入换装站台，工人们小心翼翼地爬上油槽车，开始换装油料。这一列油槽车装载的都是航空燃油。工人们按照换装油料的规定将管子头轻轻放入油槽车中，再将其固定在油罐口的铁护栏上，防止出现脱落和摩擦。

陈永胜和梁立波早早来到了换装现场，他们知道，这一天的换装任务很重，另外一列待换装的油槽车马上就要进站台了。

忽然，有个工人发现一辆油槽车漏油，陈永胜听了赶紧通知调度增调一辆油槽车来，换装工人跳下油槽车，跑进工具室取了早就准备好的一个大油桶小心地接在漏油的油槽车下方。这是当时的惯常做法，谁都不忍心看着油料白白浪费掉，更何况是贵重的航空燃油。

这个简单的小问题没有中断油料换装的进程，工人们让过漏油的油槽车，继续换装。那辆漏油的油槽车中的航空燃油不紧不慢地漏到油桶中，忙碌的换装工人很快就把它忽略了。"呜"的一声汽笛响，另一辆满载的油槽车驶进了换装站台。就在这时，风忽然大了起来，瞬时风力有五六级，吹得油槽车的换装工人们站立不稳，纷纷蹲下身子抓着油槽车罐口的铁护栏来保持平衡，大风吹得换装站台上空架起的电缆线猛烈地摇晃着。梁立波扶住险些被风吹掉的帽子，抬起头望着头顶上被风吹得猛烈摇摆的电缆线，心中忽然有一种不祥的预感：因为物资紧缺，油料换装站台上用的都是原来站场上日伪时期的旧电缆，这么大的风，应该暂时停止换装，关闭电源……梁立波在头脑中猛地涌起这个想法，他大声命令站场上的警卫战士赶紧去拉下电闸，一名警卫战士转身向控制室跑去，可是已经晚了，就在那一刹那，站台上一个电柱顶端的电缆冒出一股黄烟，噼啪作响地打出一串刺眼的火花。这个电柱正在那辆漏油的油槽车旁边，"呼"的一声响，电火花引燃了接到油桶中的航空燃油，火苗猛地卷起一人多高，借着风势，像一条猩红的大舌头向油槽车舔去。从未见过这种阵势的换装工人都惊得目瞪口呆，不知所措。安排完调车工作正向换装站台走来的陈永胜远远地看到这恐怖的景象也一下子惊呆了：站场上停着上百辆满载的油槽车啊！一旦发生连环爆炸，整个边城口岸就将不复存在了！

在这千钧一发之际，梁立波箭一般冲到猛烈燃烧的油桶旁，脱下工作服裹在手上，猛地拎起燃烧的油桶就往站场外飞跑，燃烧着的航空油料溅到他身上，梁立波身上满是油污的衣服呼地燃烧起来，梁立波眨眼间变成了一个奔跑的火人。

"小梁，快扔下……"陈永胜大声喊着，和换装工人、警卫战士一起追赶着飞跑的梁立波。

"别管我，保护好油车……"梁立波声音嘶哑地呼喊着。

仅仅几秒钟的时间，后来在边城海关很多人的记忆中像几个世纪一样漫长。梁立波忍受着烈火焚身的痛苦，挣扎着跑到了站台外，拼尽最后一点力气将油桶扔出去，晕倒在地上。陈永胜和警卫战士们冲上来扑灭梁立波身上的大火，梁立波已经被大火烧得面目全非，惨不忍睹，人们流着泪水将梁立波抬到担架上往卫生队飞跑，梁立波的鲜血渗透了担架，一滴滴洒落在边关的土地上……

油槽车保住了，换装站场保住了。梁立波却在当天晚上痛苦地离开了人世，大火烧坏了他的声带，"别管我，保护好油车"成了他的遗言。

陈永胜伤残的手指轻轻地抚摸着梁立波烧焦的头发和黑漆漆的脸庞，大滴的眼泪滚落下来。

在梁立波的追悼会上，周振邦和边城海关的战友们都赶来为他送行，很多同志都泪流满面。

周振邦在这一天的记事本中写道："今天，我们送别了梁立波同志，我们又失去了一位好同志、好战友，从我们边城海关初建到现在，陆勇同志、董志军同志和梁立波同志为了革命事业献出了生命，我们和将来的海关人都会永远怀念他们，铭记他们所做的一切。更好地做好革命工作，是我们对烈士们的最好纪念。烈士们永垂不朽！"

# 38

随着边城海关工作量的不断加大，海关总署从全国各地海关抽调工作人员支援边城海关，后来成了陈永胜妻子的刘敏就是那时从大连海关来支援边城海关的。刘敏也是烟台人，陈永胜的同乡，是当地一户大家族的女儿。刘敏自小泼辣倔强，像个假小子。十六岁那年，父母之命媒妁之言为她定下了终身大事，是一个印染厂掌柜的儿子，刘敏偷偷跑到印染厂开设的布店去看，黑瘦黑瘦的，像个大烟鬼。刘敏回到家又哭又闹，说什么也不出嫁。母亲直流眼泪，可是父亲说已经收了彩礼换了庚帖，人无信不立，岂有反悔之理。倔强的刘敏当天夜里就离开家逃婚出走了。

刘敏辗转了一个多月，来到东北，进入辽南建国学院学习，一步步接受党的培养教育。不到二十岁就参加了革命工作，被分配到当时辽南贸易局下设的根据地海关——辽宁海关。大连解放后，东北人民政府从解放区各海关抽调人员接收大连海关，刘敏被东北税务总局关税科选中，成为大连海关一名稽征员。

刘敏是主动要求去边城海关支援工作的。当时海关总署要求大连海关临时抽调几名工作人员支援边城海关，支援工作时间为三个月。大连海关在办公楼前张贴了"支援边城海关工作，为抗美援朝做贡献"的倡议书，很多同志都跃跃欲试，刘敏第一个跑到人保科去报名。

人保科长吓了一跳："小刘，你可想好了，你一个女同志……"

"女同志怎么了？女同志就不能干革命工作了？"刘敏不服气地说。

"能，我没说不能，可这寒冬腊月的，你没听说吗？边城那地方，那才是真正的冰天雪地啊，冬天是零下四五十度啊！你想想，咱这地方零下十几度就够受的。"老科长善意地提醒着。

刘敏当时心里还真有了那么一两秒钟的犹豫，可是已经来报名了，被人家两句话吓住，岂不是临阵脱逃了，于是倔强地说："我就不信还能把人冻死？边城海关那些战友不都工作生活得好好的吗？再说不就是三个月吗！"

就这样，刘敏和支援边城海关的战友们一起踏上了北上的火车，连续几天几夜的行程，刘敏根本就想象不到世界上还有这样远的路程。从第二天开始，刘敏晕车了，那真是生不如死的感觉，在那似乎永远走不到尽头的行程里，刘敏吐得昏天黑地，胆汁都吐出来了，到了边城车站，刘敏已经接近虚脱，是被同事们背着下车的。在边城海关招待所里喝了一碗白糖水，一头栽倒在床上睡着了。

刘敏这一觉一直睡到第二天天亮。孙艳霞带领新来的同事在海关食堂吃了早饭，对他们说："周关长说了，你们先好好休息一天，明天再开始工作，你们今天可以在市里转一转，熟悉一下环境，但一定要注意安全，我先去上班了。"孙艳霞安顿完就匆忙地上班去了。

男同事们都兴高采烈地逛街去了。刘敏喝了两大碗热气腾腾的玉米面粥，恢复了元气，挪动着坐车坐得肿胀了的双腿，也慢慢出了海关招待所的门。刺骨的寒风迎面吹来，呛得刘敏喘不过气，捂着嘴连连咳嗽，寒冷像泼洒在海绵上的冰水一样倏地渗透了刘敏单薄的棉衣，让她连打几个冷战，她立刻打消了去街上的念头，望了望旁边的海关办公楼，就向办公楼跑去。

刘敏气喘吁吁地进了海关办公楼，正看到一个穿着皮袄、戴着大棉帽子、胡子拉碴的人从楼上下来，刘敏心里想，这一定是打更看门的老头了，就亲热地打招呼："老大爷，这就是边城海关的办公楼啊？"

那人愣了一下，随即笑着说："是啊，同志你有什么事？"

刘敏这才看清这人也就三十出头，不好意思地笑了："啊，同志……我叫刘敏，是从大连海关支援边城海关来的。"刘敏自我介绍说。

"是这样啊，你不会是山东人吧？听着像烟台口音。"被误认为"老大爷"的陈永胜说。

"你家也是山东的？咱们是老乡啊，你也在边城海关工作吗？"刘敏高兴地说。

"是啊，我叫陈永胜，欢迎你啊，今后我们就是同事加同乡了。"陈永胜说。

"我还以为你是……"刘敏差点说出以为他是看门老大爷，笑着忍住了。"今天这么冷，有零下四十度吧？"刘敏问。

陈永胜笑了："今天可不算冷，还不到零下三十度呢，怎么样？没经历过这么冷的天气吧？"

刘敏不相信地问："那零下四十度会是什么样子啊？"

陈永胜被面前这位直率开朗的姑娘逗乐了，禁不住伸出少了一节手指的右手，说："这就是零下四十度给我留的纪念。"

刘敏看了一眼，就惊叫着用手捂住了眼睛："天啊，太可怕了……"

陈永胜有些后悔，觉得自己吓坏了来支援边关的同志，赶紧缩回了手，说："没事，没事，我这是自己不注意才冻伤的，零下四十多度的日子毕竟是少数，再说只要注意穿着保暖，就冻不着。"

这时候，刘敏看见和自己一起来边城海关支援工作的那几位男同志，一个个冻得鼻子红红的，正从街道对面飞跑过来。几个人本来想在街上转一转，满心好奇地想看看边城这座久有耳闻却曾经远隔千里的城市，不料被北疆的严寒来了个下马威，几个同志跑进边城海关的办公楼，各自发表着自己的感慨。一位来支援工作的同志认识陈永胜，跑过来礼貌地打招呼："陈副关长好！"

"啊，是小冯同志！辛苦了。几年不见了，你们都好吧？"陈永胜认出小伙子曾经和自己一起在烟台人民东海关工作过，高兴地说。

其他几名男同志围着陈永胜，兴奋地问这问那的。刘敏惊讶得瞪圆了眼睛，她没想到面前这位衣着破旧，满眼红血丝，看着像打更老头的人就是自己早就听大连海关同事说起过的陈永胜同志。

"陈副关长，不好意思……我不知道是您。"刘敏脸红了。

"不要喊我副关长，我们都是同志，欢迎你们来支援边城海关的工作。边城海关现在是我们新中国业务最繁忙的海关，边城口岸是我们国家最大的陆路口岸，目前大量的抗美援朝军用物资和苏联支援我们社会主义建设的物资，都从这里进境后再转运朝鲜前线和内陆的，我们是责任重大，使命光荣啊！"陈永胜激动地说。

刘敏和支援边关工作的同事们当天下午就投入了繁忙的工作。周振邦关长本来想安排刘敏协助李宝来做好统计和报表工作，可是刘敏坚持要和男同志一起到海关业务一线工作，就把她分配在陈永胜领导的货运管理科。

刘敏兴高采烈地来到陈永胜的办公室，要求领导分配工作任务。陈永胜在心里暗暗叫苦，货管工作在边城海关异常艰苦，执行查验工作是冬天爬冰卧雪，夏天风吹日晒，忙起来没日没夜的，小伙子都吃不消，更何况一个年轻的姑娘。陈永胜说："那就先跟着我们查验登记货物吧，先干两天再说。"陈永胜本来是想说"干两天受不了了再安排其他工作"，怕伤了姑娘的自尊心，就没说出来。

没过几天，陈永胜就被刘敏的工作精神感动了。刘敏每天都穿着厚厚的棉衣，和男同志一起冒着零下三十多度的严寒查验货物，根本就看不出是个大户人家出身的姑娘，而且比男同志还心细。刘敏凭借自己在解放区海关和大连海关的工作经验，将原有的海关查验台账做了改进，按照边城口岸的货物情况分成常货和特货两套台账，常货账登记普通贸易货物，特货账用来登记保密业务的军用物资和武器装备。除了原有的货物种类、名称、数量、目的地等项目外，台账上增加了很多栏目，如换装情况、存放地点等等，虽然比原来烦琐了一些，但是实践证明非常好用，海关查验货物的详细情况一目了然。有好几次铁路运输部门找不到货物的存放地，都是靠刘敏的台账帮忙，让铁路部门的同志们很感动。

刘敏记忆力惊人，那时边城海关进口的军用物资属保密业务，油料、坦克、炸药、深水炸弹、战斗机及武器部件等军用物资一律不能按货物名称登记，只能使用相应的保密代号。刘敏只用了一天的时间就将保密货物的保密代号烂熟于心，将高度机密的代号码本及时归还到陈永胜手里。

不到一个月，刘敏就和同志们打得火热，大家都喜欢这个表面风风火火，内心认真细致的姑娘，负责查验的小伙子们都愿意和刘敏一起工作。

三个月的时间转眼就要过去了，很多支援边城海关工作的同志都开始准备返回原工作单位了，有几个同志主动向组织提出再干三个月。让陈永胜惊讶的是，刘敏也提出了再工作三个月的申请。

"你不想回大连吗？"陈永胜问刘敏。

"怎么不想，这要是在大连，再过一两个月我就可以去海滨浴场游泳了。"刘敏笑着说。

"那你怎么还提延长申请呢？"陈永胜不解地问。

"我想多学些东西，三个月太短了，我觉得自己刚入门就离开太可惜了，而且在这里工作，虽然条件艰苦，可我觉得每天都是充实的。"刘敏真诚地说。

陈永胜心里一热，禁不住认真地看了看刘敏，刘敏不算漂亮，眼睛不大，单眼皮，鼻子旁边还有几个雀斑，满脸认真的样子，还带着几分孩子气。刘敏发现陈永胜在看自己，不好意思地低下头："首长，我说得不对吗？"

陈永胜回过神来："对，对，你说得对……"

## 39

春天来了。千里冰封的北疆依然是滴水成冰，寒风刺骨，让人们感觉不到春天的气息，积攒了一个冬天的积雪盔甲一般覆盖着大地。能够感觉出的变化是，凛冽的西北风少了，天空开始变得湛蓝起来，飘荡了一冬天的铅灰色的沉云也开始变得洁白轻柔起来。但是，在边城工作、生活了几年的人们都知道，这个季节，正是暴风雪频繁的时候，严冬还要耍一下余威。

春节过后，大量货物忽然潮水一般涌入边城口岸，而且绝大多数是特货。大量的坦克、装甲车、牵引车、汽车不分昼夜地涌入边城，公路口岸变得异常繁忙。孙学文将在公路口岸值勤的海关人员分成两组，吃住都挤在那几间经过简单修缮的口岸房里，两班倒昼夜不停地工作。这天早晨，天空阴沉沉的，不一会儿就纷纷扬扬地飘起了雪花，随后变成了鹅毛大雪，到了下午雪越下越大，地面积雪有一尺多厚。孙学文几次让孙艳霞回口岸房里暖和一会儿，孙艳霞就是不听。到了傍晚，不知是因为下大雪的缘故，还是有别的情况，苏联方面停止了军用物资的发送，人们长出了一口气。孙学文再次让孙艳霞去休息，这次孙艳霞没有拒绝，她说："行，我先回去，把炉子生起火来。"说完踏着厚厚的积雪向口岸房走去。

孙学文和两名同志冒着风雪在口岸上巡查了一番，觉得没有什么异常情况了，就都拖着疲惫的脚步向口岸房走去。太阳已经下山，周围安静下来，厚厚的积雪在脚下"嘎吱"作响，三人一步一滑，快走到口岸房的门口了，忽然听到一阵"嘎吱"的声音从房顶上传来。孙学文愣了一下，猛地回过神来，撒开腿向门口跑去，边跑边喊："孙艳霞，你快出来——"话音刚落，"轰"的一声，破旧的口岸房半边屋顶因为承载不住积雪的压力塌了下来，尘土伴着积雪飞扬。

"孙艳霞——孙艳霞——"孙学文脚下一软，摔了一跤，爬起身来冲到房门口，声嘶力竭地喊着。

门已经被塌下来的屋顶挡住，推不开，孙学文连喊几声，里面一点回音都没有。

孙学文疯了一般冲过去把泥块瓦片往外扔，回过头看到两个站在雪地里惊得目瞪口呆的海关关员，禁不住咆哮如雷："你们还不过来挖人？！"

两个同志回过神来，冲过来一边奋力清理废墟，一边高声喊着孙艳霞的名字。

积雪和瓦砾填满了房框子，三个人又没有工具，孙学文看到情况危急，赶紧命令一位同志去附近的边防连队求援。

碰巧几名边防战士正在附近巡逻，听了情况飞跑过来，几把军用小铁锹派上了用场。

十几分钟过去了，一点声息都没有，人们都已经累得气喘吁吁，一位战士直起腰来说："首长，怕是不行了……"

"闭上你的嘴，没人把你当哑巴，快给我挖！"孙学文眼睛都红了，像一头狂暴的豹子。

孙学文毕竟是野战部队出身，临危不乱，头脑还算清醒，他想起孙艳霞说的先回去烧炉子，判断她一定是在有火炉的那间屋子里，就向那个方向挖过去。

忽然，孙艳霞微弱的声音从废墟下传了出来："我在这里……"

人们都激动起来，孙学文大声喊着："孙艳霞，你给我坚持住，马上就能出来了！"

终于，在火炉旁边，人们齐心协力将孙艳霞从废墟中拉了出来。爬出废墟的孙艳霞满头满脸泥水，棉衣刮得露出了棉花，连惊带吓，浑身颤抖，站立不住，看到孙学文，终于忍不住了，不管不顾地扑到他的怀里，"哇"地一声大哭起来，哭得天昏地暗，涕泪纵横的。孙学文也是一脸泥水，双手都被磨破了，几个手指直滴血，他喘着粗气轻轻拍着孙艳霞颤抖的后背："好了，没事了，没事就好，没事就好！"

孙艳霞回到口岸房就忙生火点炉子，她在炉子里填好木桦子和干草，火柴受潮了，划了几根也不着火，她焦急地蹲在炉门口正想再划火柴点火时，"吱——嘎，轰"的一声，屋顶就塌下来了。孙艳霞本能地一低头，落下的木头椽子砸在炉子上，正好在炉门口架起了一块小小的空间。孙艳霞除了头上的一块擦伤外，没受别的伤，幸运地逃过了一场劫难。

孙学文找了副担架，将孙艳霞送回边城，到卫生所仔细检查了一番，确定真的没有受伤，才松了一口气。

# 40

工作在边城海关的人员已经上百人，在口岸执行换装任务的战士和工人近千人，可是仍然忙碌不堪，大量的弹药、火箭炮弹等军用物资没日没夜地停到宽轨上，军用汽车和坦克等装备源源不断地通过公路口岸进境，在换装站台旁边排得密密麻麻一片，边城口岸上的气氛异常繁忙紧张。而且整个边城都笼罩着紧张的气氛，有情报显示，在朝鲜战场上被打得焦头烂额的美帝国主义恼羞成怒，企图派远程轰炸机轰炸边城铁路车站，破坏抗美援朝战争的后勤供应。东北军区紧急抽调了两个高射炮营进驻边城，挂着伪装网的高射炮阵地就设在车站附近，高炮部队的战士们时刻守在炮位上，整个边城一片临战的气氛。

周振邦和陈永胜正在为如何加快货物验放，避免出现积压商量对策，谢辽沙走了进来："周关长，我刚刚接到中长铁路局儒拉夫廖克中将的通知，按照苏维埃对外贸易部的要求，所有进入边城火车站的货物列车，必须在到站后五分钟就完成换装，以便车皮迅速返回苏联奥特波尔车站。"

周振邦和陈永胜都大吃一惊，陈永胜着急地说："谢辽沙先生，这怎么可能，您对边城口岸的情况应该了解！五分钟就完成换装根本不可能，交接手续怎么办？那样的话大量的货物都要落地，口岸就要被堵死！"

"很抱歉，或许会出现您所说的情况，但我们必须执行上级的命令，我来这里就是以中长铁路一分局局长的身份向你们通报上级命令的。"谢辽沙摊了摊手说。

"那好吧，上级的命令肯定有理由，我们无条件执行，但是边城口岸的具体情况上级未必全都清楚，我们应该及时向上级反映，我们的目标是一致的，就是尽快将从边城口岸进口的货物转运到目的地。"周振邦说。

"周关长，感谢您的理解，您说得对。我先走了。"谢辽沙说。

"这是怎么回事？"陈永胜望着谢辽沙离去的身影，疑惑不解地问。

"中长铁路局下达的货物落地即换装的命令我想是有原因的，它的初衷就是想把苏联援助抗美援朝的军用物资抓紧转运到前线去，虽然这会给我们的工作带来很多困难，但非常时期，必有非常之举啊！我估计朝鲜战场上要有大动作了，我们面临的后勤保障任务严峻啊！"周振邦走到墙上的地图前，目不转睛地望着边城所在的区域和朝鲜半岛的位置。

陈永胜恍然大悟："对啊，老周，一定是我们的志愿军在准备夏季攻势呢！"

大量的军用物资潮水一般涌进边城口岸，一列列满载着枪支弹药、汽车火炮的列车蜂拥而来，停靠在站场北面的宽轨上，按照中长铁路局苏联方面的要求，苏联方面铁路人员在第一时间要求换装工人开始换装，交接手续还没有办，中方的车皮还没有安排妥当，大量的军用物资就这样卸在了站台上，苏联方面的车皮是及时地返回奥特波尔了，可是大量货物积压在了边城车站的换装站台上，边城海关和车站的所有职工都紧急动员起来，加班加点地核对货物的目的地，办理交接手续，可还是赶不上物资涌入的速度。因为绝大多数是军用物资，为了保证安全，防止敌特破坏，孙学文带领战士们三班倒，不分昼夜看护着站场上的货物。十几天下来，孙学文累得几乎脱了相，一脸的大胡子，眼睛通红通红的。

又过一个星期，整个边城口岸成了一个堆积如山的大货场，整个口岸几乎被塞死了，有满满的三车皮炸药因为苏联方面没办交接手续就匆匆卸货，因不知道到达地而无法起运，在站台上整整积压了三天，这要是出了意外，整个边城口岸都得炸成齑粉！陈永胜紧张得手心直冒汗，将孙学文从公路口岸喊回来，两人带着十几个战士在站台上寸步不离地守了三天三夜。一直到炸药车顺利换装发走，两人才松了口气。

周振邦心急如焚地找到谢辽沙，这位中长铁路一分局的局长正悠然地在宿舍里喝酒呢。

"谢辽沙先生，请您联系中长铁路局和奥特波尔方面，一定要与我们的海关、铁路部门办理货物的交接手续。非常时期，手续可以简化，但不可以不办。当前边城口岸出现严重的阻塞，与不办理交接手续就卸车有直接关系。"

谢辽沙看了看周振邦，显得很不耐烦："货物到了边城车站就卸车，是我们共同的上级中长铁路局的命令，这有什么不对吗？"

"中长铁路局为什么下达这样一个命令？就是为了加快边城口岸的货物转运速度！可是你们不顾边城口岸的实际情况，片面地执行中长铁路局的命令，不与中方办理交接手续就卸货，致使大量的货物因目的地不详而无法及时转运，堵塞了口岸，这与中长铁路局的初衷是背道而驰的！"周振邦情绪激动地说。

刚喝了几两伏特加的谢辽沙不高兴了，跳起身来喊着："周，你这是诬蔑我，你竟然说是我堵塞了边城口岸！我还说是因为你呢！就是你们海关要办那些手续才耽误了货物运输。"

周振邦也火了："谢辽沙同志，你要实事求是！要不是边城海关做了详细的货物清单，情况会更糟。"

"我建议你们撤销边城海关，企业都是国有的，有什么征收关税的必要？你们紧邻着我们社会主义苏联，又不会有走私，设海关干什么?"谢辽沙听不进周振邦的话,继续喊叫着。

"那你们设海关干什么? 你们的奥特波尔海关怎么不撤销呢?"周振邦气愤地反问。

两人面红耳赤地吵了起来,最后不欢而散。

# 41

周振邦将口岸堵塞情况紧急汇报给海关总署和东北人民政府。不到一个星期,东北军区一个师的部队紧急赶到边城,负责协助边城口岸军用物资的换装和疏运,中长铁路局苏联方面也根据运输中出现的问题,要求谢辽沙主管的一分局做好货物的交接工作。边城口岸成了一个大兵营,充满了前线的紧张气氛。整个车站临时划为军管区,荷枪实弹的警卫战士昼夜巡逻,部队战士和换装工人分为几个班组,一刻不停地进行换装和抢运。

大量的积压货物让铁路方面措手不及,很多匆忙卸下的货物有的找不到卸在了哪里,有的记录不全。在这关键时刻,刘敏改进的海关查验台账发挥了重要作用,刘敏的常货和特货两套台账,将货物种类、名称、数量、目的地、换装情况、存放地点甚至摆放情况等,都记载得清清楚楚,成了疏通边城口岸的一把钥匙。刘敏顾不上休息,抱着两套台账终日在现场忙碌,将一批批积压的物资核对清楚。

刘敏延长的三个月工作期转眼就到了,还没等刘敏提出返回原单位的申请,陈永胜找刘敏谈话,说:"刘敏同志,当前边城口岸的情况你也了解，我想你能不能再延长三个月？"

一列满载着军用物资的列车汽笛长鸣驶出边城车站，刘敏笑了，大声说："陈关长，你要是不说我都忘了，时间过得真快啊。现在这个时候，就是组织上让我回大连海关，我也不能回去，与大连相比，这里更需要我。"

陈永胜看着列车出站远去，望着阳光下一脸汗水的刘敏，心中涌起一阵莫名的感动。

# 42

自从董志军牺牲之后，沈琴和孙艳霞的宿舍就一直笼罩着伤感的气息，在孙艳霞为失去董志军而伤心落泪的日子里，沈琴给了她极大的安慰，让她从失去心爱的人的痛苦中重新振作起来，几个月过去，宿舍里气氛发生了微妙的变化。现在轮到沈琴一回宿舍就愁眉苦脸唉声叹气了。

"你是怎么了，这几天一直长吁短叹的，看你都瘦了！"这天晚上，孙艳霞关心地问沈琴。

"没什么，工作太紧张了吧。"沈琴懒洋洋地回答。

孙艳霞意味深长地笑了："女人憔悴，绝大多数都是因为感情问题。"

"你胡说什么啊！真难听。"沈琴脸红了。

"你瞒得了别人，可瞒不过我，沈琴，你听我的，看准了就要大胆表达，否则过后会后悔的。"孙艳霞说。

"谁瞒你了，你今天莫名其妙的。"沈琴还嘴硬。

"好！好！算我没说，我可不管了，反正那个苏联女教官人也不错！"孙艳霞说。

沈琴一骨碌爬了起来："艳霞，你都知道了！你说我该怎么办？"

孙艳霞笑了："就你那小女子的情绪，谁看不出来啊！"

"我怎么办啊！？"沈琴着急地说。

"沈琴，这事得依靠组织，我看得出来，虽然那个女教官对周关长有意思，可周关长根本没有这方面的心思，我听说那个苏联女人是周关长在苏联学习时的老相识。况且，你想过没有，组织上是不会同意的，我们都是革命者，我们的一切得服从组织不是！"

"那你说我怎么办啊！"沈琴还是没听明白。

"唉啊，人都说恋爱中的女人最笨，可真不假！我说过了，要依靠组织，怎么办，你自己去想。"孙艳霞笑着翻了个身，睡着了。

沈琴辗转反侧几乎一夜没睡，琢磨着孙艳霞说的话，一个大胆的计划在心里成型了。

第二天一早，沈琴就找到了孙学文："首长，我想申请结婚！"

"结婚？跟谁？"孙学文愣住了。

"我想照顾周关长的生活。"沈琴红着脸说。

孙学文的眼睛都瞪圆了："周……周振邦？"

"怎么？不可以吗？"沈琴问。

孙学文回过神来："当……当然可以，可是，周振邦同意吗？"

"同意了我还用来找你吗？你是边城海关负责政治和保卫工作的首长，我想请你做媒……"沈琴说。

孙学文擦了擦脑门上的汗："啊，好，好，这是好事，我去说，周振邦也的确需要有人照顾。"

当天晚上，孙学文就跑到周振邦房间里来了。周振邦正忙着写关于监管抗美援朝物资情况的报告，看见孙学文进来，放下笔惊讶地问："学文，有什么事吗？"

孙学文见了周振邦就把一路上想好的话全忘了，磕磕巴巴半天才说："没……没有，找你聊聊！"

周振邦莫名其妙："工作这么忙，你还有心思找我聊天？有什么事？说吧。"

孙学文说："振邦，咱们一起来边城三四年了，是不是？看你累得，比我刚认识你时瘦多了，你看，也没有人照顾你的生活……"

周振邦更莫名其妙了："你这个搜炮英雄今天怎么了，咋变得婆婆妈妈的？"

孙学文不好意思地笑了："振邦，我直说了吧，我是来做媒的，咱们边城海关有个女同志很不错，政治上绝对过关，对你也有意思。"

周振邦总算听明白了："我说孙学文，现在是什么时候？支援抗美援朝的任务多重啊！你还有心思跑这儿来保媒拉线？"

孙学文辩解说:"振邦,革命工作要做,家也要成嘛,咱们还得有下一代干革命不是,再说,也的确该有个知冷知热的女人照顾你的生活了。"

"去去去,看不出你还一套一套的呢,我自己能照顾好自己,你就别操这份闲心了。"周振邦不耐烦地说。

"自己照顾自己?你看你这宿舍,都快成猪窝了,袜子脏得在地上能站住,熏得老鼠都往我屋里跑。"

"行了行了,你也没比我强哪去,你要没别的事就回去睡觉,我还要写给海关总署的报告呢,我看你是吃饱了撑的。"周振邦说。

孙学文火了:"我说周振邦,你别狗咬吕洞宾不识好人心啊,你当我爱管这闲事?也就你吧,换了别人我还不管呢,看你那样,拉拉着脸,好像我欠你几百吊大钱似的,不同意就算了。"

孙学文垂头丧气地回了自己的房间,才想起连姑娘是谁都没来得及说。

沈琴等了两三天,不见动静,忍不住跑去找孙学文。孙学文脑袋摇得像拨浪鼓:"沈琴啊,你可把我害苦了,那周振邦心里只有工作,快不食人间烟火了,我刚一提这事,就让他劈头盖脸地给训了一顿,我看你就断了这门心思吧。"

"组织上出面也不行?我自己找他去。"沈琴来了犟劲。

"小姑奶奶,你快消停点吧,组织都出面了,不行就算了。周振邦那脾气,他能拉动九头牛,可九头牛也拉不回他,要是上级组织出面……"孙学文说到这里停住了,想了想,忍不住笑了，"对了，我给你找个媒人，保证能行！"

"谁呀？"沈琴迷惑不解。

"东北海关管理局的张局长，他和周振邦是同乡，做税务总局副局长时主管关税工作，是咱们的直接领导，如今当了海关管理局局长，做个媒人还可以吧。"孙学文说。

"现在咱们归政务院海关总署管理了，张局长不再领导咱们，周关长能听他的？"沈琴高兴起来，但还是不放心地问。

"嘿，这你就不懂了，真要是管咱们，这方面倒不好说话了，如今不管咱们，以老上级的身份关心同志的生活就顺理成章了！行了，你回去吧。我给张局长打个电话。哎，我可说好了，可不能让周振邦知道是我的主意。"孙学文说。

沈琴来到站台上。北国的早春还很寒冷，但她感觉到在自己的心里，春天已经到来了。

## 43

几天后，刚回到办公室的周振邦接到电话。张局长的声音很洪亮："振邦啊，你可真是大忙人啊，打了几次电话都找不到你，当了关长了，直属政务院海关总署了，不归我管了，也不给我打电话了是不是？"

周振邦很惊喜："张局长，看你说的，这不是每天忙得不可开交吗，你那里怎样？有什么事吗？"

"当然有事了，我惦记你啊，想给你找个老婆。前几天忽然想到了你们的沈琴，对，就是化验室那个姑娘，东北财贸干部学校的高材生。"张局长说。

"张局长，我哪有心思考虑这啊？是不是孙学文那小子……"周振邦急了。

"谁？孙什么文？啊，那个搜炮英雄啊，跟他有什么关系啊？沈琴是我选拔到海关的，当时我就觉得姑娘不错，和你挺般配的，这不，一忙就忘了提了……"张局长在电话那头装傻。

"张局长，我还不打算成家……"周振邦说。

"男大当婚，女大当嫁，你不打算成家？什么意思，是不是嫌组织上把你派到条件艰苦的边关，委屈了你，想着调动工作方便啊？"张局长说。

周振邦哭笑不得："张局长，看您说的，把我说成什么人了？"

"好了，振邦，不跟你开玩笑了，我跟你说，人家小沈可是对你有意思啊。你可不能辜负了人家。边城海关的工作太重要太忙了，但不能耽误生活，给你一个月的时间，到时我给你们当证婚人。好了，就这样吧。"张局长的电话挂断了。

周振邦苦笑着挂了电话。太阳已经西斜了，阳光从窄窄的窗子照进来，房间里很安静。这是在周振邦繁忙的工作中少有的安静的下午，但他的内心却并不平静。他默默地望着窗外，想起了自己苦命的妻子和至今还未曾见过面的儿子，心里很不平静。墙上的俄式挂钟传来清脆的打点声，打断了周振邦的思绪，他从回忆中惊醒过来，轻轻叹了口气。干革命就要有牺牲，那么多战友牺牲在战场上，没能看到新中国的诞生，自己这点儿牺牲算什么呢，周振邦禁不住在心里自责起来。他站起身向车站的方向望过去，车站上繁忙的工作秩序井然，周振邦禁不住欣慰地笑了。

一阵轻轻的敲门声传来，没等周振邦回应，门轻轻地推开了，沈琴走了进来。刚刚接过的电话让周振邦看到沈琴禁不住内心一阵慌乱。沈琴察觉到周振邦情绪的变化，禁不住一下子脸红了，两人一时间很尴尬。

"沈琴，有事吗？"周振邦平静下来，回到办公桌边。

"周……关长，我写了一个报告，想改进一下粮谷化验流程，拿来给您看看……"沈琴的心怦怦直跳，小声说。

"好，这样最好。我们要学习苏联方面的先进经验，但也不能不顾实际情况照抄照搬，你说吧。"周振邦高兴地说。

说起工作，沈琴平静下来，将自己从事粮谷化验工作的感受和中苏双方人员联合检验以来的工作情况向周振邦作了详细的汇报，还就当前工作中存在的一些问题谈了自己的想法。

沈琴对化验工作的迅速掌握和深刻思考让周振邦很吃惊。听了沈琴的汇报，周振邦禁不住激动起来："好啊！小沈，你提的一些具体的化验工作细节我不太掌握，过几天我们再开会详细讨论，不管你提出的建议是否可行，都是难得的，我们终于有了自己的粮谷化验专家。"

沈琴的脸又红了："周关长，我可不敢当，柯兹洛捷卡娅才是真正的专家。"

周振邦笑了："有一天你会超过她的，我对你有信心！"

"真的？！"沈琴激动了，眼睛里闪烁着光彩。

"真的！"周振邦肯定地说。

"谢谢周关长，我一定努力！"沈琴羞涩甜美地笑了。

从那天起，沈琴开始找机会接近周振邦。周振邦对沈琴刻苦钻研检验业务的精神很赞赏，也对这位年轻姑娘的善良、泼辣的性格很有好感。

每次见到周振邦，沈琴都更加深深感到自己爱上了这儒雅中带种霸气的男人。她总是全身心地投入到工作中，工作之余照顾好陆小勇，可是每当夜晚来临，她都被一种思念的情绪折磨着。睡不着觉，就在昏暗的灯光下写日记，把自己对周振邦的思念倾述在那本塑料封皮的日记本里。那些从自己的内心深处流淌到日记上的文字那样大胆热烈，让沈琴自己都禁不住感到耳热心跳。

工作中，她像一个勤勉的小学生一样向柯兹洛捷卡娅请教。两人虽然彼此都洞悉对方的心事，但谁也不再提起。柯兹洛捷卡娅从心里喜欢这个聪明上进的中国姑娘。

经过几次讨论，沈琴提出的关于联合检验方面的很多建议，都得到了柯兹洛捷卡娅的认可，双方重新修订了联合检验的流程，将检验方式方法的细节问题都完善起来。这样一来，检验工作的效率明显提高了，检验结果更具有了权威性和科学性。柯兹洛捷卡娅赞许地对沈琴说："你们中国人真可怕，在我们国家，一套方法、制度一旦形成，大家总是在想要如何遵守成规，而你们首先想到的是创新，你们会把它改得面目全非，但却更加严密高效。"

沈琴谦虚地笑了："您过奖了，我只是让它更适合这里的工作而已。"

# 44

　　繁忙的海关工作压抑不住人们对美好生活——包括对爱情的憧憬。沈琴和柯兹洛捷卡娅都生活在一种美好的期待中，而李宝来却生活在一种痛苦的煎熬中。从沈琴来到边城海关，李宝来的心就开始不平静了，而沈琴对周振邦的一往情深，让李宝来痛苦万分，他开始没命地吸烟，人也消瘦了许多。

　　沈琴的性格中有大胆泼辣的一面，但对周振邦的感情却是含蓄内敛的，除了孙学文、李宝来和同宿舍的孙艳霞，几乎没有人知道沈琴内心深处的秘密，即便是周振邦也早把张局长的电话忘到了九霄云外，把沈琴的频频来访看成是工作中的正常沟通。

　　但柯兹洛捷卡娅不一样，不同的国度和不同的文化背景，人表达感情的方式也不一样，她从不隐讳自己的感情，人们从异国女子顾盼生辉的眼波里，从她热情洋溢的话语中知道她有爱恋的对象。

　　边城海关周振邦关长与苏联海关美丽的粮谷化验室主任恋爱了——这种说法开始在边城海关、铁路联检部门，甚至在普通市民中传播开来。

　　在边城海关，只有一个人对这件事还不清楚，他就是传言中的主人公周振邦。他每天像一架不知疲倦的机器忙碌着。虽然也时时被柯兹洛捷卡娅的热情弄得不知所措，但革命者的理智，让他将全部精力都投入到了火热的工作中。每天看着无数装载着坦克、飞机和弹药的列车通过边城海关奔向朝鲜战场，他感到自己也和从前的战友一样英勇战斗在朝鲜那片让全中国牵魂的土地上；看到满载着苏联援助的大型工业设备的列车离开边城海关，隆隆地开往目的地，他觉得自己也投身于火热的社会主义建设之中。一直到东北海关管理局张局长再次打来电话，他才意识到自己是该妥善处理好个人问题了。

那是个忙碌的下午，周振邦刚回到办公室电话就响了，听筒里传来张局长洪亮的声音："振邦，你这个大忙人，害得我摇了一天的电话才找到你，真是找你比找东北局首长还难啊！"

"张局长，看您说的，这不是忙吗！真不好意思，我刚从车站上回来。"

"你那里忙好啊，振邦，你们可是为抗美援朝战争和社会主义建设出大力立大功了，不过只忙工作也不行啊，我上次跟你说的那件事考虑得怎样了？我还等着喝你的喜酒呢！"

周振邦忽然想起了上次电话中提媒的事，苦笑了："张局长，你看我现在哪顾得上考虑这事啊！等忙过这一阶段再说吧！"

"革命工作永无止境！个人问题也不能耽误，要革命生产两不误，你自己不着急，也得为培养革命下一代着想啊！"张局长说。

"张局长，我真的没时间考虑这事啊，等抗美援朝战争胜利了再说吧！"周振邦说。

"嘿，看你说的，那朝鲜战争要是打上个几十年，还把你成家的事耽误了呢！"张局长笑着说。

俩人一起在电话里笑了起来。

沉默了几秒钟，张局长放低声音说："振邦啊，我这边没有别人，我问你个问题，你要如实回答。"

周振邦笑了："什么问题，你尽管问，怎么还神神秘秘的？"

"你一再推辞，是不是真的有相中的了？最近我听人说你和苏联奥特波尔海关粮谷化验室主任柯兹洛捷卡娅在处对象，真有这事吗？"

周振邦觉得头"嗡"地一响，脸红了："张局长，没有的事，你不要听信传言……"

"振邦啊，我也是听人说，实际情况你自己最清楚，不过我可要提醒你，这件事在边城传得沸沸扬扬，你看，都隔着上千里地传到我耳朵里来了，而且还不止一种说法呢！所谓无风不起浪，我知道你与那位苏联海关粮谷化验室主任是在苏联时的旧相识，如今在一起工作，有了感情也在情理之中，你如果真的喜欢她，就抓紧向组织提出申请。柯兹洛捷卡娅是位好同志，对我们边城海关的建设和商品检验工作有很大贡献，我想组织上会考虑的，不能像现在这样弄得满城风雨啊，这样下去不是长久之计啊！"

周振邦沉默了一会儿："张局长，您提醒得对，我不能忽视这件事情了。"

"振邦啊，咱俩是同乡，说心里话，我劝你还是找个中国姑娘结婚吧。其实沈琴同志挺适合你的，对你也有这方面的意思。柯兹洛捷卡娅毕竟是苏联公民，况且还是苏联海关工作人员，有些事情可能不太现实，组织上可能要有所顾虑啊。振邦，振邦，你在听吗?"

"张局长,你接着说,我在听。"

"我不说了,何去何从你自己把握吧!好了,有事给我打电话。"张局长挂了电话。

周振邦放下电话,心中感到烦乱不安,他没有想到自己与柯兹洛捷卡娅的交往被传得满城风雨,尽管这些传言未必是恶意的。他感到自己虽然在战场上冲杀多年,遇事斩钉截铁从未犹豫过,但在面对柯兹洛捷卡娅火热的感情时,自己太优柔寡断了。

## 45

新的一年到来了,周振邦在边城海关举行了一场简朴而热烈的元旦联欢晚会,请来了苏联驻边城领事馆领事彼得洛夫上校和苏联驻边城商务代表处的全体贸易代表,双方共同欢度新年。边城海关的所有人员都兴高采烈地参加了联欢会,频频向苏联朋友敬酒致意,感谢苏联方面无私的国际主义精神。周振邦热情地致了新年贺词,感谢苏联方面对新中国的无私援助,感谢苏联海关同仁对边城海关的大力指导。彼得洛夫上校也热情地致辞,回忆起与周振邦在齐齐哈尔共事的日子和在边城的美好岁月。谢辽沙代表苏联贸易代表处和苏联海关表达了新年的祝愿。这一次他没有长篇大论地吹嘘自己在边城工作的成绩。

柯兹洛捷卡娅依旧打扮得光彩照人,舞会刚开始就频频地邀请周振邦跳舞,但周振邦都以和领事先生谈事情为由礼貌地拒绝了。柯兹洛捷卡娅也不生气，和孙学文、陈永胜等边城海关人员一起跳得兴高采烈。

彼得洛夫上校不胜酒力，不一会儿就喝多了，领事馆人员赶紧搀扶着领事先生提前离开了。

周振邦送别彼得洛夫上校回来，发现沈琴正笑吟吟地等在门口。

"周关长，我能请您跳舞吗？"

"当然可以。"周振邦与沈琴在礼堂里跳了起来。昏暗的灯光下，沈琴的大眼睛闪烁着幸福的光亮。沈琴虽然很泼辣，经常参加边城海关举办的舞会，但这一次她感到无比的幸福，她能清晰地感觉到周振邦身上让她迷醉的男人气息，她感觉在这个男人有力的手臂的引领下，伴随着旋转的舞步，自己的心也飞了起来。

一直到最后一支舞曲响起，柯兹洛捷卡娅才抓住机会邀请周振邦跳舞。周振邦略微犹豫了一下，可柯兹洛捷卡娅白皙柔软的手臂已经搭上了他的肩头。周振邦不好当众拒绝，勉强跳了起来，他感到自己的脚步变得凌乱而僵硬。

柯兹洛捷卡娅感觉到周振邦的心理变化，抬起红润的脸笑了："周，你怎么了，和我跳舞让你不快吗？"

"不，说哪里话？怎么会不高兴呢，今天是个难忘的日子。"周振邦说。

周振邦觉得这最后一支欢快的舞曲是那样漫长难捱，终于熬到舞会结束了，意犹未尽的人们纷纷散去。周振邦礼貌地向柯兹洛捷卡娅道了晚安，正准备离开，不料柯兹洛捷卡娅握住了自己的手："周，你能去我房间吗？我给你准备了新年礼物。"

"卡佳，太晚了，我不去了。谢谢你，真不好意思，应该送礼物的是我！"周振邦说。

"不要拒绝我好吗？拒绝女士的邀请是不礼貌的，况且我还有重要的事情和你说。"柯兹洛捷卡娅不高兴了。

"这样吧，你先回去，我还要打个电话，一会儿过去，是工作上的事情吗？"周振邦问。

柯兹洛捷卡娅笑了："去了你就知道了，我等你！"

不等周振邦再说什么，柯兹洛捷卡娅已经轻盈地离开了。

周振邦回到房间里静坐许久，心情烦乱地在房间里踱来踱去。他也感觉到有必要认真地和柯兹洛捷卡娅谈一谈，就出了房门，轻手轻脚地向柯兹洛捷卡娅的房间走去。

周振邦到门前站住了，犹豫了一下，稳定了一下情绪，轻轻敲了敲那扇厚重的木门，门轻轻地开了。柯兹洛捷卡娅笑吟吟地站在门边，房间里炉火正旺，暖洋洋的空气和异国女子的气息扑面而来。柯兹洛捷卡娅伸出手臂将周振邦拉进房门。还没等他站稳脚跟，她已经扑在他的怀抱里："周，等你的时间每一秒都像一个世纪一样漫长，真让我受不了，我们结婚吧，你让我等待得太久了……"

周振邦挣脱了柯兹洛捷卡娅的拥抱："卡佳，对不起，不要这样，你听我说……我们是不可能的……"

柯兹洛捷卡娅愣了一下："周，为什么？你不爱我吗？"

"卡佳，我们是同志，是好朋友。请原谅，我不能接受你的感情……"周振邦说。

"因为我是苏联人吗？"柯兹洛捷卡娅美丽的眼睛里盈满了泪水。

"或许有这方面的原因吧。"

"我明白了，你不爱我。看样子到了我离开中国的时候了。奥特波尔海关关长同志几次让我回国，我都没有离开，我以为我会永远生活在这里，看来是不可能了……"柯兹洛捷卡娅的泪水流了下来。

"卡佳，别这样说，你是我最好的同志、朋友，你为边城海关所做的工作我永远都不会忘记，要是因为我的原因让你离开，我的内心太难过了。"周振邦诚恳地说。

"你会难过不安吗？你知道我有多难过？我来中国四年了，期盼四年了……"柯兹洛捷卡娅说不下去了，泪如泉涌。

面对自己给这位美丽善良的苏联女士带来的痛苦，周振邦心里很难受："卡佳，对不起，我让你失望了，伤了你的心，我先走了……"

周振邦慢慢地向门口走去。

柯兹洛捷卡娅停止了哭泣，幽怨地低声说："周，不想问问我给你准备了什么新年礼物吗？"

周振邦回过身来，看着柯兹洛捷卡娅的泪眼不知说什么好。

"我本来以为今天是我难忘的一天，我们的国家把中长铁路归还给了它的主人，我想今天把自己交给我爱的中国男人。"柯兹洛捷卡娅说。

周振邦很尴尬，慌乱地说："对不起，我走了……"

看着周振邦的身影消失在门口，柯兹洛捷卡娅扑倒在床上，一头秀发凌乱地遮住了她美丽伤感的脸庞，大滴的泪水滚落在绣着鸳鸯戏水图案的枕巾上。

# 第十二章

## 46

那一年春节前后的一件大事是，孙学文和孙艳霞恋爱了。介绍人是沈琴，或者说是沈琴帮忙捅破了那层窗户纸。那天下午，孙学文来找沈琴，一向风风火火的搜炮英雄在沈琴面前吞吞吐吐了半天，弄得沈琴很奇怪。

"首长，您怎么了？有什么事吗？"沈琴好奇地问。

"小沈，我……我想找你帮个忙。"孙学文说。

"什么事？尽管说。"沈琴爽快地说。

"我想……我想和孙艳霞……你和她关系好，想让你给做个媒……"孙学文红着脸说。

沈琴吃了一惊，瞪圆了眼睛看着孙学文："首长，您说的是真的？"

"当然是真的，这事还能开玩笑吗？"孙学文梗着脖子说。

"这是好事啊，首长您放心，我去说。自从小董牺牲后，孙艳霞一直不快乐，我怕她是还在思念小董。"沈琴说。

"沈琴，不瞒你说，我总是想起孙艳霞扑倒在小董身上那伤心欲绝的样子，我喜欢这样有情有义的姑娘。"孙学文说。

想起小董牺牲时的情景，想起孙艳霞一年多来憔悴消瘦的样子，沈琴的眼泪流下来了："首长，我真为孙艳霞高兴。我今晚就去找她谈，我相信她会答应的。"

"好好，那就拜托你了。对了，可要给我保密啊，尤其是不能让那个不食人间烟火的周振邦知道。要不，他又得骂我。"孙学文千叮咛万嘱咐。

沈琴笑了："我知道了。"转而伤感起来，"周关长可不是不食人间烟火的人，你看他对柯兹洛捷卡娅多好啊！"

"小沈，我敢打赌，周振邦不会娶'达妮娅'的，我太了解他了。"孙学文说。

"'达妮娅'是谁?"沈琴奇怪地问。

孙学文不好意思地笑了："啊，是我给柯兹洛捷卡娅起的名字。"

"什么意思?"沈琴没有听过孙学文讲述的那个美丽的苏联女工程师的故事，好奇地问。

孙学文来了兴致，把达妮娅的故事兴致勃勃地又讲了一遍。

沈琴被这个离奇的故事深深地感动了，她相信这是真的。她想起这段时间里柯兹洛捷卡娅面色憔悴、精神萎靡。女性的敏感让她感觉到一定是和周振邦有关，禁不住对柯兹洛捷卡娅充满了同情。

孙艳霞听了沈琴的话很意外，她是从心里敬佩孙学文的。这名从野战部队来到海关的首长豪爽率直，身上充满了男人的胆气。进入边城海关以来，他已经通过自己的努力和刻苦，迅速掌握了海关工作的规律，出色地完成了他分管的工作。孙艳霞对孙学文敬佩有加，但是她从未想过这方面。

"沈琴，你说我该怎么办？"孙艳霞问沈琴，一副六神无主的样子。

"这有什么好犹豫的，孙首长多好啊！直率、风趣，又不失幽默，还会关心人，谁不说他好，我听同事们说，上次你被埋在公路口岸土屋里的时候，孙首长眼睛都急红了，就差掏枪打人了，为了救你手指都磨伤了。哪像周关长每天板着脸，难得见到个笑脸。唉，要是有个男人对我这样好，我就是被大雪埋死也心甘情愿。"沈琴半开玩笑半认真地说。

孙艳霞的脸"唰"地一下红到了耳根，想起自己那晚上九死一生，扑在孙学文怀中痛哭的情景，心怦怦直跳，可嘴上还是犹豫不决："沈琴，我再考虑一下，我的心里很苦。"

沈琴说："艳霞，我知道你在想什么，离去的人永远不会再回来了，我们活着的人好好工作、生活，才是对过去的最好纪念。"

孙艳霞的泪水无声地流了下来……

两个多月后，经组织批准，孙学文和孙艳霞结婚了。

　　我曾经极力想从爷爷那里探究一下他们的恋爱过

程，可惜没有成功。或许就像爷爷说的那样吧，这有什么好问的，孙学文看上了孙艳霞，孙艳霞开始时犹豫，后来同意了，组织上也同意了，两人张罗请大家吃一顿饭，把铺盖卷往一起一搬，就完事了。

我刨根问底："他们的爱情是不是从公路口岸监管房被大雪压塌那个晚上开始的呀？"

爷爷想了一下，回答得模棱两可："或许是吧，也未必。我们那个年代的人，没有你们那么多想法。"

一条红纱巾是孙学文特意托人从哈尔滨给孙艳霞捎来的新婚礼物。沈琴跑遍了边城的小卖店，买了两个红铁皮的暖水瓶，这算是最贵重的礼物了。同事们你送一个脸盆，他送一对儿香皂盒，一个简朴的小家就在边城海关后院外一座低矮的小土房里组建起来了。

因为工作繁忙，两人的婚礼定在晚上举行。整个白天孙学文都在公路口岸上忙碌着，下了班匆匆赶回来。周振邦是证婚人，张越书记也赶来祝贺，一对新人郑重其事地向国旗敬礼。周振邦致了简短的贺词："我宣布，孙学文同志和孙艳霞同志从今天起正式组建了革命家庭，他们结的是革命的婚，希望他们永远跟着毛主席，把革命进行到底。"

人们都欢呼起来，陈永胜还带头喊起了"打倒美帝国主义，抗美援朝，保家卫国！"的口号。孙艳霞穿着一件崭新的红棉袄，突然来临的爱情让她原本憔悴的面容焕发出羞涩幸福的光彩。平日里大大咧咧的孙学文也是一副拘谨幸福的样子。闹洞房的人们让新郎新娘表演了吃喜糖，人们在欢声笑语中一直到深夜才散去。

是的，正像爷爷周振邦说的那样，那个时代的爱情简单淳朴，与一切浪漫的色彩和奢华的物质无关。或许正因为这样，才更能经受时光的磨洗和人生风雨的考验。

## 47

孙学文和孙艳霞结婚那天傍晚，沈琴一个人孤零零地躺在宿舍的床上，辗转反侧难以入睡。为好友孙艳霞美满的婚姻而高兴，也为自己遥遥无期的单相思而顾影自怜。她翻开自己的日记，一页页看着，这才发现厚厚的日记中每一页里都有周振邦的影子。虽然这个男人的名字在她的记述中总是以只有自己才明白含义的符号代替。脑海里闪现过她跳下火车时那双大手有力的搀扶，海关商品检验培训班上翻译课程的男中音，坚强而棱角分明的脸，看着想着，沈琴的眼泪下来了，热热地在她俊俏的脸上奔流，是苦涩，更是甜蜜的思念。她忽然感觉到不能这样下去了，她下定了决心，明天就去找周振邦，向他表白。即便是遭到拒绝，也比这样煎熬好受。打定了主意，沈琴拿起笔，又写了一篇长长的日记，将自己火热的感情倾泻在日记洁白的纸上。

第二天上班后，沈琴揣着自己的日记本向周振邦的办公室走来。在办公室门前，她犹豫了，心禁不住怦怦直跳。

她终于鼓足勇气，红着脸走到了周振邦面前。正在查阅资料的周振邦看到沈琴局促不安的神情，很是诧异："小沈，你怎么了？有什么事吗？"

"周关长，我……没事，啊，是这样，我把我的工作记录带来了，里面有很多我自己解决不了的问题，想让您看看……"沈琴红着脸说。

"那好啊，我一定看，有问题我们共同研究。只是很抱歉，我这两天正在赶写一份重要的报告，可能要拖两天再看了！"周振邦高兴地说着，接过沈琴的日记，轻轻放在办公桌上。

"谢谢周关长，您这么忙，那我先走了！"沈琴逃也似的出了周振邦的办公室，几乎与走进来的李宝来撞了个满怀。沈琴很是尴尬，匆匆与李宝来打了个招呼，面色绯红地离开了。

李宝来拿着一摞厚厚的统计报表，兴冲冲地对周振邦说："周关长，我刚看了海关总署的统计数据，我们边城海关已经是新中国业务量最大的海关了。"

"是啊，我们努力工作就是对抗美援朝和社会主义建设的有力支援，我们肩上的担子重啊。"周振邦感慨地说。

"振邦，你看朝鲜战争还能打多长时间？"李宝来推了推眼镜问。

周振邦情绪高昂地指了指桌上的报纸："美帝国主义在上甘岭发动的所谓金化攻势已经彻底失败了，中断了半年之久的停战谈判已经重新开始了，朝鲜战争不会打很久了，最终的胜利一定是属于我们的！"

"太好了！太好了！"李宝来激动得直搓手。

"我们不能有任何懈怠的情绪，现在正是关键时刻啊。"周振邦说。

"振邦你放心，所有在边城口岸工作的同志们都精神振奋啊！"李宝来说。

"那就好！众志成城，美帝国主义就是纸老虎。"周振邦说。

"对了，沈琴怎么了，慌里慌张的。"李宝来随口问。

"没什么事，忙的吧，她把工作记录拿来给我看。"周振邦说。

李宝来看了看桌上那个颜色鲜艳的塑封笔记本，似乎明白了什么，难看地笑了笑，心里有一种说不出的滋味。

沈琴陷入了甜蜜的期待之中。她感到周身充满活力，感觉到生活充满了阳光。在失眠的夜里，她甚至已经开始憧憬将来美好的生活了。她不知道，随后发生的事情彻底击碎了她美好的憧憬。

# 48

春夏之交，难得的一个好天气。太阳出来了，暖暖的阳光普照着大地，一如沈琴温暖的心情。她来到化验室，对粮食样品进行了化验，高高兴兴地在检验单上签上了自己的名字，忽然发现柯兹洛捷卡娅签名的地方还空着。沈琴心里很是伤感，最近一段时间，柯兹洛捷卡娅日渐憔悴，每次来化验室都很少说话，总是在做完检验之后就离开，把自己关在房间里不出来。沈琴想她一定是忘记了签名，犹豫了一下，就拿着化验单出了设在车站附近的粮谷化验室，向边城海关小楼走去。

刚走到楼门口，一名年轻的战士忽然从后面跑了过来："沈主任，周关长在楼里吗？"

"在吧。早上下楼时我看他办公室的门还开着，有什么事？"沈琴说。

"周关长失散的家属从山东来了，刚下火车，我怕他们找不见，就送了过来。沈主任，您带他们上去吧，我还得值勤呢！"

沈琴吃了一惊，这才看见战士身后不远处站着一个面黄肌瘦的女人，一头凌乱的头发在脑后挽成髻子，穿着一件破旧的夹袄，挎着一个蓝布包袱，一脸惶恐无助的神色。在她的身后，一个五六岁模样的小男孩，穿着补丁叠补丁的衣裤，拖着两条黑蚯蚓一样的长鼻涕正躲在女人身后，怯生生地望着自己。

战士向呆若木鸡的沈琴敬了个军礼，飞也似地跑回去了。明晃晃的阳光下，沈琴分明感觉到一阵寒冷从脚下滋生起来："大嫂，你……你是周……周关长什么人？"她结结巴巴地问，感觉自己像浸在冰冷的水中一样浑身直打颤。

女人憔悴蜡黄的脸上现出一丝若有若无的红晕："大妹子，我是振邦的婆姨，振邦真的在这里吗？"两行泪水已经在女人的脸上流淌，随后被擦在脏乎乎的衣袖上。

沈琴如遭电击，后退了一步，几乎跌倒，软软地靠在厚重结实的门框上。正巧陈永胜来到海关大楼，疑惑地看了看站在楼门口的女人和孩子，又看了看面色苍白的沈琴。

"怎么回事？"陈永胜问沈琴。

沈琴喘息着缓过神来："陈首长，她说是周……关长的家属，你带……他们上楼吧，我还有事……"

沈琴强打精神，转身离开了。陈永胜莫名其妙地看了看女人和孩子，又看了看沈琴离开的背影，似乎明白了什么，犹豫了一下，还是领着陌生女人和孩子上楼了。

正在办公室里忙碌的周振邦抬起头来看到站在面前的女人和孩子，顿时惊呆了。他简直不敢相信自己的眼睛，妻子居然还活着，而且带着孩子不远千里找到这里。

"秀芬，是你吗？真的是你？！"周振邦站在办公桌后面喃喃自语着。

女人愣愣地看着周振邦，嘴唇哆嗦了半天说不出话来，忽然"哇"地一声蹲在地上哭了起来，哭得昏天暗地。手足无措的周振邦从办公桌后冲了过来，向那个惊恐的小男孩伸出手臂："儿子，是你吗？你……你都长这么高了？！"

小男孩被这阵势吓住了，看着面前陌生的男人向自己伸出手来，惊恐地躲到母亲身后，"哇"地一下哭了起来。一时间狭小的办公室里哭成一团。陈永胜、孙学文、孙艳霞和小楼里听到哭声的同事们都来了，很多人都流下了眼泪。沈琴也来了，突然发生的变化让她手足无措，她跑到街上，站了几分钟，感觉自己像是做了一场梦，忍不住返回楼里看个究竟。孙艳霞流着泪劝慰着哭得蹲在地上的女人，安慰可怜的小男孩。孙学文冲孙艳霞喊道："快，告诉食堂师傅煮上一锅面条，领他们去食堂吃点饭，这娘俩千里迢迢来到这里，一定饿坏了。"

孙学文的提醒似乎让一群手足无措的人们找到了行动的方向，人们忙着打来热乎乎的洗脸水，忙着张罗做饭。沈琴手忙脚乱地给孩子洗脸，忽然之间想起了什么，偷偷看了看周振邦的办公桌，发现那本承载自己美好感情的日记还在原处放着。她感到心中一阵刺痛，趁人们不注意，她偷偷地将日记拿起来装进了衣袋里。她知道，她的初恋，她一生中最美的感情就这样结束了。她的泪水在脸上奔流，为了这一家人失散多年后团聚的感人场面，更为了自己永远也不能再表达出来的感情。

夜晚，沈琴默默地流着眼泪，将日记看了一遍又一遍，最后把它用布包好，锁在箱子里。孙艳霞拉着孙学文来看望沈琴，孙艳霞看着自己的好朋友痛苦的样子心里很不是滋味。

"你说这是什么事呢，怎么会这样呢。"孙艳霞嘀咕着。

"这不是好事吗，周关长一家团圆，也有人照顾他了。"沈琴眼圈红红的，叹了口气说。

"沈琴，你就别硬撑着了，我还不了解你的心思吗？"孙艳霞说。

"学文，你说怎么办？"孙艳霞问孙学文。

孙学文沉默不语，使劲地抽着烟。

"问你话呢，学文。"孙艳霞没好气地说。

"还能怎么办？"孙学文说。

"学文，周关长革命离家这么多年，他们夫妻也没有感情啊，要不你私底下跟周关长问问。"孙艳霞小声说。

"问什么？就周振邦那脾气，他能拉动九头牛，可九头牛也拉不回他。再说你让我怎么说，让周振邦当陈世美？我不是找骂吗？"孙学文苦着脸说。

"艳霞，我知道你是为了我好，以后就不要再说这件事了，我们应该为周关长祝福，这些年他太不容易了。"沈琴说着，眼泪流了出来。

# 49

周振邦在边城海关后面的平房里安家了。同事们像当初为孙学文和孙艳霞筹办婚礼一般，每人送上一件小生活用品，也有几个人出钱买上一件大件的。一件最好的家具是孙学文和孙艳霞夫妇送来的一对儿木箱子，这是搜炮英雄用捡到的炮弹箱子经过简单加工做成的。

从那以后的半个多世纪里，这对儿木箱一直是爷爷珍贵的家具，其中一个是奶奶用来装重要家庭财产的，比如粮票，很少的钱，为儿孙准备的被面等；另一个就是爷爷的，所有留下来的工作日记、往来信件、老照片、奖状、荣誉证书等，正是这些构成了这篇小说的最原始资料。

秀芬是持家的好手。经过几年的颠沛流离，带着儿子辗转千里，终于和周振邦团聚，她已经感到无比的幸福和满足了。看着魔术一般组建起来的小家，她将自己全部的热情都投入进来了，每天忙里忙外，将简朴的家收拾得干净利落。

几天后的一个上午，周振邦将沈琴叫到办公室。沈琴有些局促不安，她发现周振邦比她更不安。

"沈琴，真对不起，这一阵太忙了，家里家外的，我记得前些天你把工作笔记送到我办公室，说让我看看，我一直没顾上，昨天才想起这件事，找了半天没找到，你看我这记性，人多手杂，不会是给弄丢了吧，真急死我了。"周振邦焦急地说。

沈琴脸红了："周关长，对不起，我忘了告诉你，工作笔记我已经拿回去了，一些问题我已经自己想明白了，这一阵我们都这么忙，忘了告诉您，真不好意思！"

"原来是这样，那就好。"周振邦如释重负。

沈琴笑了："周关长，看把您急的，这么急火火地叫我来，就为这事？"

"啊，不全是，还有一件事要和你商量。"周振邦表情凝重起来。

"什么事啊？"沈琴奇怪地问。

"我想好了，也和你嫂子商量过了，陆小勇就交给我们吧。陆勇同志牺牲几年了，小勇一直是你和同事们抚养照顾，辛苦你们了，尤其是你，这不是长久之计，现在我有家了，我就认小勇做自己的孩子了。"周振邦说。

沈琴愣了半晌，才回过神来："周关长，陆小勇和我在一起很快乐，我愿意做他的妈妈，抚养他长大。"

"沈琴，这不行。我和陆勇是亲如兄弟的战友。他不在了，他的孩子就是我的孩子，前几年我没有条件，对小勇没有照顾到，现在秀芬来了，她是居家过日子的好手，我的一件心事也可以了了。你的心情我理解，可这事儿不能难为你了，你还是没成家的姑娘，抚养一个孩子更不容易，再说会影响到你今后的生活的。"周振邦诚恳地说。

"让我再想一想……"沈琴犹豫不决。

"不用再想了。明天我就让秀芬把小勇接到我们家去住。正好还能和我家东晓一起玩，这两个小家伙这两天已经混熟了，亲哥俩似的在土坑里打滚呢。"

沈琴笑了："那好吧，别勉强了小勇，要是不适应就回我这来。"

"放心吧。我们家东晓晚上睡觉都在念叨他小勇弟弟呢！"周振邦说。

"你儿子叫周东晓？东方欲晓，真是个好名字，是嫂子给起的吗？"沈琴问。

周振邦笑了："这名字才用了不到一个星期，我给起的。五六岁的孩子，连个名字都没有，每天狗蛋狗蛋地叫！"

"叫狗蛋？没有名字也不能叫狗蛋啊！谁这么没……"沈琴感觉失言了，红着脸不说了。

周振邦哈哈大笑："小沈，山东农村人可比不上你们学校出来的学生，我们村里的习俗，专给小孩子起难听的名字，说是这样好养活，阎王小鬼嫌难听不惦记。我小时候的小名还不如狗蛋好听呢，就不告诉你了。"

沈琴哈哈笑了起来，笑得眼泪都要流出来了。

# 50

一场春雪之后，北疆的天气乍暖还寒，但春天的脚步已经很近了。天空开始变得高远蔚蓝。缓缓飘荡的云朵也开始变得更加洁白柔软。沈琴的心情一如这早春的天气一般，暂时忘却了一切烦恼。这是一个难得的星期天，沈琴漫步在边城街头，不知不觉走到了圣依利亚教堂附近。自从克柳切夫斯基被苏联领事馆押回国后，这座大教堂就没有了祭司和牧师，加上最近两年在边城居住的大量俄罗斯侨民陆续迁回苏联，教堂日渐冷清起来。虽然是礼拜日，但已经听不到往常那悠扬的钟声了，一群灰色的鸽子缩着脖子无精打采地蹲在教堂高高的尖顶上，依旧是红墙绿顶，依旧是起伏错落的格局，却隐隐透露出一种破败荒凉的感觉。

沈琴默默地看着教堂亮闪闪的尖顶，看着尖顶后面那蓝得炫目的天穹，心中有一种空灵的感觉。忽然，一个熟悉的身影出现在教堂门口，是柯兹洛捷卡娅。

柯兹洛捷卡娅也没有想到能在教堂门口遇到沈琴，禁不住愣了一下。

"您来这里做什么？"沈琴惊奇地问。

"我来这里祈祷啊。在这里能获得内心的宁静。"柯兹洛捷卡娅笑着说。这个美丽的俄罗斯女人气色好了许多，秀美的脸庞在明亮的阳光下挂着圣母一般的微笑。

"你怎么也来这里？"轮到柯兹洛捷卡娅发问了。

沈琴一时不知怎样回答了。是啊，自己怎么来这里了？她似乎很认真地想了想，还是没有想明白，只好说："随便转转。"

柯兹洛捷卡娅笑了："那我们一起随便转转吧。"

沈琴也笑了。

"你进过教堂吗？"两人默默地走了几步，柯兹洛捷卡娅打破沉默问沈琴。

"没有，我觉得这些都是迷信……"沈琴感觉说走了嘴，不好意思地笑了笑。

"人总是要有信仰的，找一个地方寄放自己的灵魂，在我们国家，最美的建筑就是教堂。"柯兹洛捷卡娅说，像是说给沈琴，又像是在自言自语。

"是吗？我以为会是当初沙皇的皇宫，像我们国家的故宫一样。"沈琴很惊讶。

"几乎在所有的国家，皇宫都是最引人瞩目的建筑。可是，工匠将皇宫修建得威严壮观，只是出于对皇帝生杀大权的恐惧，而教堂和寺庙就不一样了，它们寄托了建造者虔诚的信仰，建造者们在修建教堂和寺庙时不仅仅是用他们的双手，更是在用他们的心灵。"

沈琴心头一震，抬起头望着湛蓝的天空衬托下雄伟的圣依利亚教堂，望着那五彩缤纷美轮美奂的建筑，望着那错落起伏色彩斑斓的洋葱头式的尖顶，也不禁赞叹说："你说得真好，柯兹洛捷卡娅老师。看见教堂，我总是想起那些让人神往的童话故事，在你们国家，有很多这样美的教堂吧？"

"你知道基督救世大教堂吗？"柯兹洛捷卡娅问。

"没听说过，比这座教堂还大吗？"沈琴问。

柯兹洛捷卡娅笑了："大很多，那是我们国家最美的教堂，曾经是莫斯科的标志之一。那座教堂绝妙无双，中间突出的大尖顶耸入云霄，四周无数的小尖顶绚丽夺目。它的设计者是沙皇时代全俄罗斯最有名的建筑师，他是贫苦农奴出身，刻苦自学成才，他经历过童话般浪漫的爱情，有了名望，有了自己幸福的家庭。他呕心沥血设计建造了那座教堂，私下里说是献给他美丽的妻子。"

"他的妻子真幸福。"沈琴羡慕地说。

"可是，教堂竣工后他却再也看不见他美丽的妻子了，也再也不能从事他喜爱的建筑设计了。"柯兹洛捷卡娅伤感地说。

"为什么？"沈琴吃惊地问。

"教堂建成之后，沙皇陛下被那无与伦比的美惊呆了。为了保证那座教堂的空前绝后独一无二，沙皇派人烧毁了教堂的设计图纸，还编造谎言寻找借口刺瞎了那个建筑师的双眼。"柯兹洛捷卡娅说。

"天啊，真残忍。"沈琴惊呼起来。

"是啊，这样的事情太多了，在历史上差不多每一个震撼人心的建筑背后，都有一些悲惨的故事，就像你们国家的孟姜女哭倒了万里长城一样。"柯兹洛捷卡娅说。

"你真是个中国通，柯兹洛捷卡娅老师。"沈琴说。

柯兹洛捷卡娅苦笑了一下："这是很多很多年以前，周讲给我听的。"

"那只是个传说。"沈琴见柯兹洛捷卡娅一脸伤感的神情，禁不住安慰她说。

"过去了的事情，慢慢都会变成传说。"柯兹洛捷卡娅说。

沈琴一时无言以对，转移话题说："如果将来我能有机会去你们国家，你一定要带我去看看那座教堂。"

柯兹洛捷卡娅再次苦笑了："你看不到它了，在我很小的时候，那座教堂就已经被拆除了。"

"为什么？"沈琴再次瞪圆了眼睛。

柯兹洛捷卡娅不动声色地笑了一下："因为政治。"

两人沿着虽然狭窄但是仍显得很空阔的街道慢慢地走着，一阵沉默。

"沈，过了明年元旦，我就要回苏联了，时间过得真快，一晃来中国好几年了。"柯兹洛捷卡娅轻声说。

"您要离开？什么时候回来？"沈琴吃惊地问。

柯兹洛捷卡娅笑了："或许不会再回来了，我在这里的工作已经完成了，奥特波尔海关更需要我。"

"柯兹洛捷卡娅老师，我希望您能留在中国，和您一起工作我很愉快。边城海关的两国联合商品化验工作离不开您。我自己也向您学到了很多知识。"沈琴真诚地说。

"沈，你过奖了。你们中国海关已经有自己的商品检验队伍了，或许我为此做了些工作，但主要还是因为你们的同志高涨的工作热情、卓越的领悟力和难得的创新能力。现在，你们很多从事商品检验工作的海关人员都达到了专家水平，检验的结果都是可靠的，在边城海关，你就是这方面的代表。联合检验，我看可以成为历史了。"

沈琴脸红了，有些局促不安："老师，我还远远不够，而且，我这人……有些小心眼儿，平常工作中有不对的地方您别往心里去。"

柯兹洛捷卡娅无声地笑了："沈，没什么，这只能证明你的率真可爱。说心里话，前一段时间我曾经想过马上离开中国，离开这个让我伤心的地方，可每次真的下决心时，又舍不得了。这倒不是我对感情还存在什么希望——你知道，就算周的妻子已经不在了，他也不会选择我，他有你们中国男人的思维——我就是觉得在你们边城海关，一切都充满着热情和活力，虽然这里的生活条件这样艰苦，但我还是喜欢这样的工作氛围。"

"老师，您这样说我很高兴。我们来到边城海关，就是来干革命的，无论是最早来边城组建海关的周关长、孙副关长一行人，还是我们这批前前后后来到边城海关的人，我们的想法都是一样的，那就是为了革命，为了海关事业，我们不计较任何个人的得失，包括感情。陆勇同志，还有董志军和梁立波同志都是为了革命事业牺牲在工作岗位上的……"沈琴动情地说，眼睛里闪烁着泪光。

"沈，你说的话让我很感动，我觉得我比以前更了解你们中国人了。不论以后还能不能再回来，在中国工作的这段时间都会是我最难忘的记忆。"柯兹洛捷卡娅说。

"老师，我不想您离开中国……"沈琴说。

"前几次是我提出回苏联，我的上级不同意。而今形势不一样了，苏联海关的工作更需要我。我已经接到回国的通知了，半年后回去。我是苏联海关的工作人员，自然要听从祖国的需要，就像周不远千里来到边城组建海关一样。我非常敬佩周和你们这些中国海关的同行们。在你们的心里，祖国永远都是第一位的。就像你们常说的，来到这里就是要干革命，我觉得这几年我的灵魂也得到了洗礼。"柯兹洛捷卡娅动情地说。

沈琴禁不住流下了眼泪。

柯兹洛捷卡娅笑了："好了，小姑娘，不要这样多愁善感了。我有个建议，我们一起买些东西去看看周关长吧。他终于有了自己的家了，又收养了战友留下的孤儿，他太伟大了，我们去看看，怎么样？

"好，我一直想去，还没敢去呢！"沈琴笑着说。

柯兹洛捷卡娅忽然停住了脚步，望着街那边红军烈士陵园的方向出神。

沈琴顺着柯兹洛捷卡娅的目光望过去，端庄肃穆的红军烈士纪念碑静静地屹立在皑皑白雪中，那里埋葬着苏联红军解放边城战役中牺牲了的战士。纪念碑旁边稀疏的松树林里，两个孩子正在快乐地堆着雪人，沈琴一眼就认出他们是周东晓和"洋娃娃"伊琳娜。自从周东晓来到边城海关，活泼开朗的俄罗斯小女孩伊琳娜很快就与这个和自己同龄的小男孩处得火热，经常在一起玩耍。

两个异国小伙伴兴致勃勃地在雪地里忙碌着，又喊又叫，周东晓平日里沉默寡言，腼腆得像个小姑娘，如今变了一个人一般，一边兴奋地说着什么，一边踮着脚给雪人安上一枚松塔做成鼻子，一不小心安歪了，雪人滑稽的面部表情逗得伊琳娜笑弯了腰，银铃一般的笑声不断传过来……

柯兹洛捷卡娅静静地望着，一双美丽的蓝眼睛里漫上了一层伤感的泪光……

几天后，秀芬就带着周东晓来接陆小勇了，沈琴给秀芬讲了陆勇夫妇的故事，虽然秀芬已经听周振邦讲过了，可善良的秀芬还是被感动得流了泪，她一边不断地在衣襟上擦着眼泪，一边对沈琴说："大妹子，俺也听老周说过了，陆大哥两口子都不在了，咱不能让烈士的孩子受苦，这几年也难为你和艳霞了，两个没成家的姑娘带着个孩子。这回好了，有俺在，你们就都放心吧，从今天起，小勇就是俺和老周的亲儿子了。"

陆小勇就从那一天起走进了周振邦的家门，或者说，从那一天起，陆小勇就有了属于自己的家，有了自己的爸爸妈妈。秀芬善良朴实，待陆小勇真的比亲生母亲还好。周东晓从来到边城就和陆小勇一起玩耍，好得如亲兄弟一般，而且这种兄弟情谊一直没有改变。

在以后那些艰难的岁月中，是善良的秀芬支撑着这个家，在周振邦眼里，只有繁忙的海关工作，除了工作还是工作，每月把那几十元工资交到秀芬手里，家中凡事不管，也没有时间和精力去管。秀芬像一个出色的管家，安排柴米油盐，收拾家里院外，养好鸡鸭猪狗，种菜打鱼，什么活计都干。

在那物质匮乏的漫漫岁月里，秀芬将生活安排得苦中有乐、井然有序，甚至可以说是丰富多彩。过年自不必说，秀芬能给孩子们做出崭新的衣服，能变着花样做出一桌子菜来。八月十五中秋节，秀芬用在草原上采摘来的野果加点糖做馅，做出美味的月饼，引得孩子们晚上都跑到家里来，对着窗外的一轮圆月又唱又叫的。腊月二十三过小年，秀芬包上饺子和孩子们一起过年，海关那趟房里的孩子们都来吃，都会大声唱着秀芬教的童谣："灶王爷，本姓张，骑着马，挎着枪，上上堂，见玉皇，好话多说，赖话少说，多带粮米少带糠……"

## 51

盛夏的早晨，早早升起的太阳炙烤着大地。已经有一个多月没下雨了，干旱和燥热让包括柯兹洛捷卡娅在内的很多人中暑头晕发烧。

周振邦来到办公室还没坐稳，陈永胜的电话就打过来了：

"振邦，快，快！快听收音机，我们胜利了！"陈永胜激动的声音在电话里颤抖着。

"你是说……抗美援朝战争胜利了？！"周振邦跳起身。

陈永胜说了什么周振邦没有听清，因为孙学文举着报纸冲了进来："振邦，振邦，我们终于胜利了，美国佬在停战协定上签字了！我们胜利了！"

这位久经沙场的搜炮英雄眼睛里闪着激动的泪花。

周振邦顾不上再听陈永胜说什么，放下电话一把抢过报纸，激动地看了又看。看罢，一拳砸在桌子上："中国人民志愿军万岁！我们的胜利太不容易了，两年零九个月啊！"

听到消息的人们都涌进了周振邦的办公室。人们你争我抢地传看着报纸，很多人都激动得热泪盈眶。

整个边城的大街小巷一片欢腾，人们奔走相告，庆贺中朝两国人民的伟大胜利。人们敲锣打鼓，歌声嘹亮："雄赳赳气昂昂跨过鸭绿江，保和平为祖国就是保家乡。中国好儿女齐心团结紧，抗美援朝打败美帝野心狼……"

晚上，边城海关举行了一场简单热烈的庆祝晚会。胜利的消息激动着人们的心。周振邦感觉到自己很久没有这样兴奋了。人们都频频举杯欢庆胜利，跳着欢快的舞步迎接这胜利的日子。柯兹洛捷卡娅的重感冒似乎一下子就好了，似乎一下子又回到了光彩照人的少女时代。她拉着周振邦翩翩起舞，跳得满头大汗。看到周振邦高昂的情绪，她也从心里高兴："周，我很久没有看到你这样高兴了！"

"历史会记住这一天的！"周振邦大声说。

"你一下子显得年轻了，更让我想起我们一起在苏联的日子!"柯兹洛捷卡娅喘息着说。

"我本来也不老啊!"周振邦笑着说。


在爷爷的记事本里,还有一件事记得很详细。1952年秋天,朝鲜民主主义人民共和国最高人民会议常务委员会派代表来到中国边城举行授勋仪式,为了感谢中国边城口岸在抗美援朝战争中的贡献,授予中国边城口岸三级国旗勋章和锦旗。授勋仪式在边城工委会议室举行,口岸各联检部门负责人参加,边城工委书记张越代表边城口岸接受了勋章和锦旗。

望着熠熠生辉的勋章和鲜艳的锦旗,爷爷流下了激动的眼泪,他在记事本中写到,我们终于迎来了胜利与和平,这沉甸甸的荣誉属于英勇战斗在边城口岸的所有战友们,也属于为了支援朝鲜战场和我国的社会主义建设默默工作的苏联同志,更属于那些在边城口岸光荣牺牲了的战友们。


在那个欢乐的夜晚,收获最大的算是李宝来。他一改往日里知识分子的内敛和腼腆,不断地邀请沈琴跳舞。沈琴已经从失恋的痛苦中解脱出来,高兴地和李宝来跳舞聊天。这让李宝来很欣喜。在舞曲的间歇里,他不断地给沈琴抓来瓜子和花生,回忆沈琴和她们这批学生在东北财贸干部学校里的轶闻趣事。这让沈琴回忆起那难忘的学生时代,工作之后的忙碌几乎让沈琴无暇回忆起那段校园时光，而今和李宝来回顾往事，不禁让她心潮澎湃。她开心地笑着，对李宝来所讲的她们在学校的故事做着更正和补充。

我想，沈琴对李宝来的态度应该就是从那个夜晚开始转变的，以致后来有了他们痛苦的婚姻。或许就像奶奶在世时常说的那样吧，谁跟谁都是命中注定。当时我不这样认为，可是随着年龄的增长，我觉得太有道理了。人生的痛苦在于人永远无法预知将来，否则就不会有那么多悲欢离合和爱恨情仇了，可是换个角度来说，这或许也是生活的魅力所在。

# 第十三章

## 52

北方盛夏的夜晚本来就短暂，欢乐的时光似乎更是走得匆忙，在人们还都意犹未尽的时候，天已经蒙蒙亮了。上天似乎也被人间的欢乐所感染，隆隆的雷声伴着大雨从天而降，久旱逢甘霖，人们的情绪再次激动起来，很多人兴奋地在雨中呼叫奔跑，许久才散去。

周振邦一个人来到楼门外，雨还在下，晨光中的远山近景朦胧一片。周振邦深深地吸了一口清凉湿润的空气，一种久违的轻松和愉悦伴随着隐隐的疲惫涌上心头，让他感到一种莫名的感动和欣喜。

"周关长，您也休息一下吧，天亮了您还要上班，会受不了的。"门口卫兵的话打断了周振邦的思绪。

"哦，我不累，同志们都回去了吗？"周振邦问。

"都回去了，首长放心，我看见李副关长送沈琴主任最后离开的，楼里已经没有别人了。"战士说。

"那好，我上楼了……"周振邦说。

"对了，周关长，刚才我看见柯兹洛捷卡娅同志冒着雨出去了，没有回宿舍那边，往车站方向去了。"战士说。

正要转身上楼的周振邦站住了："见没见她回来？"

"没见她回来。"战士说。

周振邦望着外面蒙蒙的雨雾，想到柯兹洛捷卡娅重感冒刚好，禁不住担心起来。他出了办公楼门，先是匆匆来到后楼宿舍，上了楼就看见柯兹洛捷卡娅的宿舍门锁着，一把铁牛牌挂锁静静地挂在那里。周振邦下了楼，向车站方向走去，粮谷化验室的门同样紧锁着，透过木门上的小玻璃窗能看见各式各样的化验仪器、试管、烧瓶整齐地摆放在工作台上。

周振邦心里着急起来，他快步走上站台，站台上一片空旷静谧，不见人影。他焦急地四处张望，猛然看见远处横跨铁路的天桥上一个朦胧的身影，在雨雾中静静地伫立着。

周振邦急匆匆上了天桥，远远就认出那个身影正是柯兹洛捷卡娅。他走上前急切地说："卡佳，你站在这里干什么，你感冒还没好呢，快回去吧。"

雨还在淅淅沥沥地下，淋湿了柯兹洛捷卡娅金黄色的秀发，几绺头发湿湿地贴在她略显苍白的脸上："为什么要回去呢？你看这里多安静啊！难得的好景致。"

柯兹洛捷卡娅白皙的双手轻轻地抚在天桥的木质栏杆上，蓝色的大眼睛眺望着远方。

"你感冒没好，会冻坏的！"周振邦心疼地说。

"让我再看一会儿吧，过不了多久我就要回苏联了，我还没有走就开始想念这里的一切了！"柯兹洛捷卡娅用俄语轻声说。

周振邦沉默了，他站在柯兹洛捷卡娅身边，两人一时间都不知道说些什么好，一起向远方默默地望着。蒙蒙雨雾之中，往日繁忙的站区里显得难得的寂静，远方低矮起伏的山峦、站区内熟悉的建筑在雨幕中像一幅水墨画，清凉湿润的风吹在脸上，给人一种梦幻般的感觉。柯兹洛捷卡娅低下头出神地望着天桥下那一条条被雨水淋得湿亮的铁轨，瘦削的脸庞忽然间涌起一丝笑意。

"周，我真感谢沙俄时代的沙皇。"她说。

周振邦愕然不解地望着她。

柯兹洛捷卡娅笑了："我知道一提起沙皇你就会想起侵略、扩张，想起你所说的被沙皇俄国强占的土地，可是沙皇也修了这条举世闻名的西伯利亚大铁路，没有脚下这条绵延七千多公里的铁路，就没有中国的边城铁路口岸，没有边城口岸，我怎么可能来到中国呢？"

周振邦也笑了："我还以为你想回到沙俄时代，做一回叶卡捷琳娜二世那样的女沙皇呢！"

柯兹洛捷卡娅没有笑，她幽怨地望了周振邦一眼，伤感地摇了摇头："周，我想不论生活在哪个时代，我都会只想做一个普通的女人，和自己心爱的人一起平静地生活，只可惜仁慈的上帝总是不让我实现这一愿望。"

　　周振邦沉默了一会儿，低声说："卡佳，你不要这样伤感，你还年轻，回国后会找到称心如意的伴侣，重新开始幸福的生活……请原谅我伤了你的心，在我心里，你永远都是我最好的朋友。"

　　"我们就像这铁轨，有缘一路相伴，上帝却忘记了给我们一个交汇点……"柯兹洛捷卡娅望着天桥下的铁轨，眼睛里满是泪光闪烁。

　　周振邦望着柯兹洛捷卡娅，一时不知该说什么好。

　　"我会想念你的，你会想念我吗？"柯兹洛捷卡娅回过头来，美丽的大眼睛深情地望着周振邦。

　　"当然，不只是我，边城海关的中国同志们都会想念你，都会记得你给我们的无私帮助。"周振邦不假思索地说。

　　柯兹洛捷卡娅无声地笑了："别人我不管，只要你能想念我，就够了。"

　　"你放心，我们还会经常见面的，中苏两国人民会世代友好下去，边城海关和你们奥特波尔海关交流合作的机会太多了，我会经常向你请教苏联海关管理的成功经验的。"周振邦说。

　　"但愿如此吧。"柯兹洛捷卡娅伤感地说。

　　"一定会的！"周振邦自信地说。

　　雨忽然下大了，柯兹洛捷卡娅禁不住打了个哆嗦。

　　"我冷！"她低声说。

　　"我送你回去。"周振邦说。

　　"再陪我几分钟好吗？"柯兹洛捷卡娅转过头来望着周振邦，

眼光中充满了期待。

周振邦犹豫了一下，脱下外衣披在柯兹洛捷卡娅身上。

柯兹洛捷卡娅顺势轻轻倚靠在周振邦的怀抱里，轻声说："我以为你会主动拥抱我……"

周振邦心里不禁一阵慌乱，慌张地四处看看，好在下雨的早晨，四下里没有人："好了，我送你回宿舍吧，你在发抖。到年底还有小半年的时间呢，忙过这阵我去看你。"

柯兹洛捷卡娅轻轻摇了摇头，索性紧紧地搂住周振邦，忘情地依偎在他温暖宽阔的怀抱里，两人在蒙蒙细雨中相拥而立，过了许久，柯兹洛捷卡娅才在周振邦的搀扶下依依不舍地走下了天桥。

# 53

柯兹洛捷卡娅没能等到第二年年初才回国，几天后她就迫不得已离开了中国边城，因为淋了雨，她的感冒加重了，并引起了严重的肺炎，边城医院里缺医少药，柯兹洛捷卡娅的病情迅速加重，她虚弱地躺在宿舍里，发着高烧，不断地咳嗽。沈琴急匆匆地去找周振邦，周振邦心急如焚地拨通了苏联驻边城领事馆的电话。

"周将军，很高兴听到你的声音，有什么能为您效劳的吗?"彼得洛夫上校高兴地说。

"尊敬的彼得洛夫上校，我和谢辽沙同志请求您的帮助，贵国驻边城商务代表处的柯兹洛捷卡娅中校同志病得很重，我们这里的医疗条件很差，想请您帮忙将她送回苏联抓紧治疗。"周振邦焦急地说。

"是这样？好的，我马上让领事馆的车过去接，我再联系奥特波尔或者伊尔库茨克的医院，那里最好的医生都是我的好朋友。"彼得洛夫爽快地说。

周振松了一口气："上校，真不知道怎么感谢您，您看，我又欠了您一个人情。"

"周将军，您太客气了，别忘了柯兹洛捷卡娅女士是我们苏联的公民，帮助我们的公民是我的职责和荣幸！"

没过多久，苏联领事馆那辆伏尔加牌轿车就开到了边城海关门前，听到消息的边城海关工作人员纷纷赶来为柯兹洛捷卡娅送行。

沈琴和孙艳霞搀扶着虚弱的柯兹洛捷卡娅走下楼来，看见周振邦，柯兹洛捷卡娅的眼圈发红："周，我不想离开这里，相信我，我会很快好起来的……"

"卡佳，对不起，我们没有照顾好你，你不要想那么多，先抓紧时间回国治疗，等恢复好了我们都欢迎你再回来。"周振邦说。

"不，我不想回去，这里有我的工作……"柯兹洛捷卡娅的眼泪流了下来。

周振邦用俄语严肃地说："Катя, послушай меня, нельзя тянуть с твой болезнью.（卡佳，听我的话，你的病不能再拖

延了。）"

"Дайте мне несколько дней，у меня ещё много дел .（那让我再留两天，我手头还有很多事情没有做。）"柯兹洛捷卡娅说。

周振邦开玩笑说："卡佳，就算是为了我，你快回国治病吧，万一你有什么闪失，我的上级领导会处分我的。"

"那……好吧，我有很多东西就放在这里了，有一些书籍，对了，还有那部照相机，您替我保管吧，如果我的病治不好回不来了，就留给你作个纪念吧。"柯兹洛捷卡娅说完，虚弱地不断喘息着。

"卡佳，别胡思乱想了，你会很快康复的，别多说话了，上车吧。"周振邦的眼睛禁不住湿润了。

柯兹洛捷卡娅上了小汽车，周振邦轻轻地为她关上车门。柯兹洛捷卡娅忽然摇下车窗玻璃，目光柔柔地望着周振邦，喘息着轻声说："Я люблю Китай навсгда！Люблю тебя навсегда！（我永远爱中国，永远爱你！）"

周振邦心头一热，鼻子一酸，向柯兹洛捷卡娅挥手告别。

小轿车慢慢地启动了，驶出边城海关简陋的院门，转弯向西，消失在人们的视线里，沈琴、孙艳霞和很多送行的同志都流下了惜别的泪水。

周振邦默默地站在边城海关的门前，心里空落落的，他强忍着眼泪，在心里默默祝愿着柯兹洛捷卡娅。他隐隐感觉到，柯兹洛捷卡娅不会再回来了，等到她康复，也该到了她原定回国的日子了，匆匆告别，怕是一时难相见了。只是他没有预料到，那一次告别，他们再也没有能够见面。柯兹洛捷卡娅康复之后，就留在了苏联奥特波尔海关工作。几年后，周振邦带领边城海关代表团应邀赴苏联奥特波尔海关参加庆祝十月革命胜利四十周年庆典时，柯兹洛捷卡娅已经调往西伯利亚海关管理局工作了。短暂的出访和紧凑的外事活动安排让他们失去了唯一一次重逢的机会。再后来，中苏关系开始紧张，就再没有柯兹洛捷卡娅的消息了。

爷爷很喜欢向我讲起柯兹洛捷卡娅的故事，差不多每次讲完，总是话锋一转，向我讲起孙学文曾经讲述的"达妮娅"的故事。我想在爷爷的心灵世界里，柯兹洛捷卡娅已经和那个美丽缥缈的传说融为一体了。在边城海关初建的时期，是那个美丽的苏联海关粮谷化验室主任以她无私的爱和敬业精神，帮助边城海关的第一批工作人员在混沌的大森林里走出一条道路来。随后，她就消失了……

## 54

那一年，苏联政府与中国签订了关于侨民的协议，要求将居住在中国东北地区的两万多侨民陆续迁回苏联外高加索、西伯利亚等地区进行垦荒。大批俄罗斯侨民从中国东北各地经边城出境返回苏联，生活在边城的俄罗斯侨民也加快了归国的脚步。俄罗斯老妈妈和"洋娃娃"伊琳娜也在那批归国侨民之列。沈琴、孙艳霞和边城海关的同志们都舍不得俄罗斯老妈妈和"洋娃娃"回国。周东晓和陆小勇更是舍不得伊琳娜走，几年间，异国小伙伴之间建立了深深的友谊，尤其是周东晓，那阵子正和伊琳娜学俄语呢。侨民回国的那天，沈琴和孙艳霞带着周东晓和陆小勇早早地来到俄罗斯老妈妈家，人们都沉默着帮忙收拾东西。中国政府在财政极为困难的情况下，对即将归国的侨民给予大力的帮助，购买了他们不能携带回国的不动产和其他财产，还为每个苏联侨民发放了回国补助费。周振邦让边城海关的那辆车送她们一起去苏联驻边城领事馆指定的地方，迎接侨民归国的几辆苏联汽车已经等在那里了。

从东北其他地方来的准备归国的侨民已经等在那里，居住在边城准备回国的侨民也陆陆续续来到了出发地，他们大包小包，神情各异。这些苏联侨民在中国生活时间长短不一，但都与当地的中国人结下了深厚的情谊，如今要离开中国回到自己的祖国，很多人都恋恋不舍。送行的人很多，有的是侨民的中国朋友，还有的是和当地中国人结了婚不准备回国的，人们三三两两地聚在一起眼含热泪依依惜别。沈琴和孙艳霞拉着"洋娃娃"的手，搀扶着满头白发的俄罗斯老妈妈，都在默默地流泪。看到跑来送行的周东晓和陆小勇，伊琳娜第一个大哭了起来，她跑过去紧紧拥抱自己的中国小伙伴，周东晓也哭了，边哭边说着："'洋娃娃'妹妹，你不要走，你答应教我俄语的，我还没完全学会呢……"

"姐姐，你早点儿回来，我想和你玩儿……"陆小勇拉着伊琳娜的手喊着。

伊琳娜流着泪不住地点头。

"До свидания ."

"再见。"

"До свидания ！"

"再见！"

在人们浸透着泪水的道别声中，俄罗斯老妈妈和她的小孙女伊琳娜与她们的同胞一起，离开了中国边城，汽车卷起的烟尘慢慢消散在空旷的国境线上……

# 55

陈永胜结婚了。他的爱人就是从大连海关来支援边城海关工作的刘敏。刘敏响应大连海关的号召来边城海关支援工作，本来是有期限的，三个月，三个月结束时，刘敏向组织申请又延长了三个月，半年过去，正赶上边城口岸出现堵塞，抢运抗美援朝军用物资，刘敏再次留了下来。

又过了半年，眼看着寒冷的冬季要来临了，边城口岸堵塞的状况有了很大的好转。刘敏犹豫了一番，向主管领导陈永胜递交了返回大连海关工作的申请。

陈永胜接过刘敏的申请书，关切地问："真的决定回大连了？"

"是，我可不想再过上一个冬天了，太冷了，我……我从小就怕冷……”刘敏不好意思地说。

"好吧，过两天我就把申请交给周关长。感谢你不计个人得失，两次延长支援工作的时间。我想组织上会同意的，虽然我们都很舍不得你走。"陈永胜说。

"谢谢首长！"刘敏心里很乱，真的决定要离开边城海关了，她忽然对这片土地充满了留恋，她感觉到自己在这里的每一天都是那样有意义。

陈永胜还没来得及将刘敏的申请书交给周振邦，海关总署的一份紧急通知就到了边城海关。通知上说，我国第二条国际铁路联运通道即将修通，这条铁路南接京包铁路，从集宁北上跨越中蒙边境，贯穿蒙古国并与东欧社会主义国家相联结。为了早日开通这条新的国际贸易通道，外贸部和海关总署从全国各地海关抽调了几十人，决定在边城海关成立集宁海关筹备处，由边城海关负责举办学习班，对抽调筹建集宁海关的同志进行海关业务培训。

周振邦召集边城海关的几个负责人开了会，他认真地宣读了海关总署的通知，大家都既感到激动振奋，也感到很大的压力，周振邦说："同志们，我的心情和你们一样激动而不安，筹建集宁海关，是新中国海关建立之后的一件大事，外贸部和海关总署将筹备处设在距离新的国际贸易口岸几千里之外的边城海关，将培训任务也全部委托给边城海关，这是国家对我们边城海关的极大信任，这是让人激动振奋的。不安的是，我们没有组织过这样大规模的培训，缺乏这方面的经验，而且我们还面临着繁忙的海关工作，苏联援助我国社会主义建设的大宗物资进口最近达到高峰期，发电机组设备、生产线设备，有一些还是大型军工制造设备，这些都耽误不得啊，我们既要快速验放，做好承担的工作，又要按照上级的要求做好集宁海关的筹建工作，为我们打破帝国主义的经济封锁，开辟新的国际贸易通道做贡献，我们肩上的担子重啊。"

经过讨论，决定由陈永胜负责集宁海关筹备处的全面工作。陈永胜一边忙着分管的工作，一边紧锣密鼓地忙碌起来。

刘敏递交申请一个星期了，还没有消息，刘敏一开始心里还觉得很纳闷，工作一忙起来，就把这事抛到脑后了。一天下班时，陈永胜将刘敏叫到了办公室，刘敏这才想起了要回大连的事，心里禁不住怦怦直跳。

"你递交的申请被我压下了，还在我这里呢，你怎么不着急呢？"陈永胜说着，从上衣口袋里掏出刘敏递交的申请放在桌子上。

刘敏惊讶地望着陈永胜，一时不知说什么好。

"刘敏同志，我真的从心里感谢你出色的工作，你是一个优秀的革命同志，现在，虽然我们胜利完成了转运抗美援朝军用物资的任务，可是转运苏联援助我国156项工程设备的任务更加光荣艰巨。而且我们刚刚接到海关总署的紧急通知，要求我们为在新的国际贸易口岸筹建海关做大量的工作，你难道不愿意和我们一起战斗吗？"陈永胜说。

"我……我想家了，我在这里没有亲人……"刘敏说。

陈永胜沉默了一会儿，说："刘敏，我了解你的情况，你不是逃婚离家了吗？你就是回到大连也未必能回家去，我希望你能再留下一段时间，我想将一个艰巨的任务交给你，就是由你负责集宁海关筹备处的海关监管业务培训。"

"让我负责培训？我行吗？"刘敏瞪圆了眼睛。

"有什么不行的？你虽然年轻，可已经是老海关了，而且在大连海关、边城海关两个海关工作过，积累了大量的海关工作经验，我考虑了几天，觉得你是最佳人选。这份申请先放我这儿，等我们顺利完成对集宁海关筹备处工作人员的培训后，你想回大连海关我决不拦你。"

"让我再考虑考虑……"刘敏低着头小声说。

"不用考虑了，我和周关长商量过了，从货运监管科和验估征税科临时抽调几名业务骨干，组成海关业务培训小组，由你任负责人，负责海关监管业务的培训课程；由沈琴负责海关商品检验业务培训。"

"那我服从组织安排。"刘敏说。不知怎么的，听说自己暂时不能回大连海关的消息，刘敏心里反而有了一种轻松愉快的感觉。

## 56

在陈永胜精心组织下，对筹建集宁海关人员进行培训的方案很快就完成并报海关总署同意。刘敏、沈琴、孙艳霞等骨干授课人员更是加班加点，根据陆路海关的监管业务特点，精心准备了培训教程。几天的时间里，海关总署从营口、天津、大连、汉口、长春等全国各地海关抽调的几十名工作人员迅速集中到了边城，为了保证培训质量，陈永胜将培训学员分成两个组，再将每个组的学员分配在边城海关的各个监管查验现场和科室，集中授课培训时他们是学员，培训一结束他们就回到各自的工作岗位上，与边城海关工作人员一起查验、征税、放行。这种理论与实践紧密结合的业务培训取得了良好的效果。四个多月的培训，来自全国各地海关的骨干人员在边城海关边学习边实践，迅速掌握了海关专业知识、工作流程和业务技能，他们后来都成了创建集宁海关的主要力量，其中很多人后来还走上了领导岗位，成为全国各地海关的中坚力量。

培训班结束后的一天，陈永胜来到了刘敏的宿舍。

面对陈永胜，刘敏忽然感到手足无措起来，陈永胜也一时不知说什么好。

"陈副关长，您和周关长交给我的任务已经完成了，我是不是该回大连海关了？"刘敏终于镇定下来，小声问。

"你……你想回去吗？"陈永胜问。

刘敏低了头，不做声。

"你，你还是不要回大连海关了。"陈永胜说。

"又有工作任务了？"刘敏吃惊地问。

"不，不是，我就是觉得边城海关的工作更需要你。"陈永胜说。

"陈副关长你放心，无论在哪里我都会把革命工作做好。"刘敏说。

"其实……其实还有一个原因，就是我觉得，我觉得我们比较适合组建一个革命家庭，一起跟着毛主席，将革命进行到底！"陈永胜终于吞吞吐吐地说出了心里话。

刘敏愣了足有几秒钟，才明白了陈永胜的意思，脸一下子红到了耳根，慌乱得语无伦次："陈……首长，我……我没考虑过……"

陈永胜用伤残的手将刘敏的申请折叠好，小心地装进衣兜里，轻声说："这样吧，我再给你三天时间考虑，如果你还是决定回去，我马上就签字交给周关长。"

三天的时间太快了，刘敏心里很乱。从她踏上边城土地的第一天起，她就在边城海关的办公楼里认识了陈永胜，她没有料到早有耳闻的陈永胜副关长这样相貌平平，但是随着时间的推移，她被陈永胜老成持重的气质和忘我的工作精神深深地吸引了，她忽然间想明白了，自己几次三番地推迟了返回大连的时间，似乎也跟陈永胜多多少少有一些关系，和他一起工作，她觉得快乐安心，可是，这难道就是自己这些年梦想中的爱情吗？刘敏陷入了一种甜蜜的苦恼之中。

三天过去了，刘敏心里很乱，上班的时候处处躲着陈永胜，下了班就逃一般跑回宿舍，躲在房间里发呆。这样一连几天，刘敏都对陈永胜视而不见，避而远之。

这天下午，苏联援助中国的成套发电设备在边城口岸办理交接手续，周振邦、陈永胜和刘敏等边城海关的同志看着这些庞然大物，都兴奋不已。陈永胜亲自登上列车细心地查看设备的状况，刘敏抓紧记录在海关查验记录本上。

下了班，刘敏和往常一样匆匆回到宿舍。不一会儿，走廊里响起了脚步声，女性的敏感让刘敏的心"怦怦"地跳了起来。脚步声在刘敏宿舍的门前停了下来，几秒钟的寂静之后，响起了敲门声。

刘敏打开房门，看见站在门口的陈永胜，禁不住脸红了。

"怎么样，刘敏，你考虑好了吗?"陈永胜进了房间，屁股还没坐稳就开门见山地问。

刘敏脸更红了："我……我还没考虑好……"

"这么说你是决定要回大连了。"陈永胜叹了口气。

刘敏面色绯红，低着头坐在床沿上不作声。

"那好吧，我走了，你累了一天，早点休息吧，明天我就将你的申请交给周关长。"陈永胜说着站起身，向门口走去。

刘敏忽然跳起身来，冲到门口，拦住了陈永胜的去路："不行，把申请给我，不能把它交给周关长!"

陈永胜诧异地望着刘敏："你不走了?"

"我是说我还没想好，或许……或许要想上好几年呢。"刘敏笑着说。

## 57

一个月后，陈永胜和刘敏举行了简朴的婚礼。周振邦做了他们的证婚人，当时已经确立了恋爱关系的李宝来和沈琴兴致勃勃

地为他们布置了新房。孙艳霞刚刚生了个儿子，孙学文乐得合不
拢嘴，哼着小曲亲自动手用石灰将陈永胜简陋的新房粉刷一新。
陈永胜在结婚的当天上午还在业务现场忙碌着，边城海关的同志
们纷纷赶来贺喜。一顿简单的婚宴、一个简单热烈的仪式，又一
个革命家庭诞生了。

第二年年初，海关总署的一纸调令传到了边城海关，命令陈
永胜携家属火速进京，有重要的任务，当时刘敏已经怀孕好几个
月了。陈永胜收拾了全部的家当，仅仅装了两个破旧的皮箱。周
振邦和边城海关的同志们都到车站为陈永胜夫妇送行。陈永胜眼
含热泪与当初一同来边城的周振邦、孙学文、李宝来紧紧握手
道别。

"振邦，你多保重，照顾好陆小勇，我走得匆忙，也没来得
及到陆勇坟前告个别……"陈永胜握着周振邦的手流下了眼泪。

"永胜，放心吧，给我们写信！"周振邦说。

平日里大大咧咧的孙学文也是眼圈发红，用粗大的拳头在陈
永胜肩上捶了几下，竟不知说什么好。

"老孙，我要是生了女孩儿，以后咱就做亲家！"陈永胜开
玩笑说。

"就不能再拖一阵子走？我和沈琴马上也要结婚了，本来打
算请你做证婚人呢……"李宝来遗憾地说。

"宝来，对不住了。我们海关人就是四海为家，听从组织安
排。"陈永胜说。

另一边，沈琴、孙艳霞流着泪一遍又一遍地叮嘱刘敏，路上

一定要注意安全，记住一定要写信，说了一遍又一遍……

马上就要开车了，陈永胜忽然想起了什么，从衣兜里掏出几节电池交到周振邦手里，急切地说："老周，你看我这记性，有一件重要的事差点忘了，上次我去城外牧点，把手电筒给了那对儿好心的蒙古牧民夫妇，后来一忙就把这事儿忘了，那手电筒的电池怕是早就没电了，前两天我才想起这事，买了电池，还没来得及送去，得麻烦你了！"

周振邦接过那几节电池，含着眼泪使劲点了点头。

汽笛声响彻傍晚的天空，陈永胜搀扶着哭成了泪人的刘敏登上火车。列车慢慢地启动了，驶出繁忙的边城车站，慢慢消失在东方的暮色里，人们都站在站台上久久不愿散去。

陈永胜就这样离开了边城，搀扶着身怀六甲的妻子，经过两天一夜的行程到了北京，到了海关总署才知道自己还要回内蒙古，不过不是位于东北地区的边城，而是西部锡林郭勒盟的额伦诺尔地区。那里已经修通了新中国第二条国际铁路联运通道，这条铁路南接京包铁路，向北在额伦诺尔地区跨越中蒙边境，可通过蒙古国联结东欧。集宁海关成立后，海关总署决定在额伦诺尔地区设立海关，从全国几个关抽调干部十多人，任命陈永胜任分关长筹建额伦诺尔海关。

额伦诺尔地区本来是内蒙古西部地区的荒漠戈壁，常年干旱少雨，风沙肆虐，大风一起，昏天暗地，飞沙走石，狼群出没，杳无人迹。陈永胜带领几十名海关干部克服了没有水吃，没有房住等各种困难，硬是在荒无人烟的戈壁滩上建起了新中国海关。

如今额伦诺尔地区已经是内蒙古西部全国闻名的口岸城市，漫步街头，肆市繁华，商贾云集，可是除了海关的同志，很少有人知道这里是先建立了海关，随后才有了这座城市的。

陈永胜在海关总署接到去内蒙古西部筹建海关的通知时，知道肩上的担子很重，打了加急电报让在烟台的姐姐来北京，将即将生产的妻子接回烟台老家休养。额伦诺尔地区没有邮局、电话，甚至当时连政府都没有，陈永胜是两年多以后才收到姐姐、刘敏辗转寄来的七八封信，激动万分的陈永胜拆开第一封信，是姐姐写来告诉他父亲因病去世的消息，陈永胜流着眼泪拆开第二封信，却是父亲写给自己的亲笔信，信中说自己身体尚好，叮嘱儿子安心工作……陈永胜面对两封信，泪流满面，恍如隔世。他将余下没有拆封的信件先按照邮戳的日期排好顺序，再一封封读下去，知道自己有了儿子了，儿子会爬了，儿子会走了，儿子会说话了，会对着照片喊爸爸了……读完了，这个走南闯北的海关干部泪如泉涌，悲喜交集……

组织上安排刘敏到烟台海关工作，有老家的亲属照顾妻儿，陈永胜将他的全部心血和精力都投入到海关事业中。当额伦诺尔海关创建起来，一切都走上正轨后，海关总署又一纸调令任陈永胜为西南地区某海关筹备组主任，就这样，陈永胜在十多年间足迹从北到南，筹备创建了三个海关及支关，多年的奔波劳累加上艰苦的环境让原本健壮的他疾病缠身，总署后来安排他在南方港城海关工作并将刘敏调到港城，陈永胜一家三口终于团聚。二十世纪八十年代中期陈永胜在港城海关关长岗位上离休，开始了平淡幸福的离休生活。

　　陈永胜和爷爷一直保持着书信联系，一直到"文化大革命"期间才彼此失去了联系。多年以后，我在搜集素材的过程中看到陈永胜在《额伦诺尔海关志》上撰写的回忆录，加上爷爷手里的往来信件，才了解到陈永胜前辈的故事。

　　我参加工作的第二年，出差去港城海关参加海关总署举办的监管业务培训班，港城海关监管处一位陈姓副处长是授课老师之一。陈处长虽然相貌平平，但是讲起海关业务来诙谐幽默，深入浅出，深得培训班学员的欢迎。培训第二天，在课间休息时，陈处长拿着培训人员花名册问，哪位是边城海关的周宁同志。我慌里慌张地站起身来。陈处长笑眯眯地走过来，坐在我身边，说，我父母亲都曾在边城海关工作过，我虽然没有去过边城，可是一听说就感到亲切。我那时刚参加工作，很拘谨地与陈处长聊了几句边城和边城海关的情况，上课铃就响了。

　　第二天下午培训结束时，我忽然发现陈处长正站在教室门口冲我招手，我拘谨地走过去。陈处长说，周宁，晚上没事吧，跟我走吧，到我家里吃顿便饭，我父母亲听说有边城海关的同志在这里参加培训，一定要见一见，人老了，特恋旧。

我跟着陈处长来到位于港城海关后院的海关家属楼，一位头发雪白，戴着助听器的老人正拄着拐杖坐在楼前的花坛上，急切地张望着。看到我，吃惊地站起身来，揉了揉眼睛，问，小伙子，你贵姓？

我告诉老人说自己姓周。老人眼睛一亮，问，你认识周振邦吗？

我惊讶地说，那是我爷爷呀！

老人激动得有些手足无措："小伙子，快，快进屋……"他伸出一只手来轻轻抚了一下我的肩膀，我注意到了他伤残的手指，想起爷爷讲起过的往事，恍然大悟，原来面前的这位老人就是边城海关的初建者之一——陈永胜老前辈。

陈永胜和刘敏两位老前辈都已是古稀之年，常年的奔波和劳累让陈老前辈看起来很瘦弱，陈处长的爱人准备了丰盛的晚餐，但我们几乎顾不上吃饭，两位老人争先恐后向我问起曾经在边城海关工作的老战友的近况，回忆在边城海关的峥嵘岁月。

## 58

那一年春天，李宝来和沈琴结婚了。李宝来经过了三四年的追求，终于得到了沈琴的同意，据说是分分合合的，最终还是走到了一起，他们的恋爱起起落落，个中原因已无法探究。

沈琴在以后的生活中才感觉到周振邦的影子在自己的心中越来越清晰深刻，这也不能全怨沈琴自己。李宝来对沈琴与周振邦的感情一直耿耿于怀，两人的每一次激烈的争吵差不多都与沈琴的那段感情有关，李宝来是边城海关初建时期知识分子之一，是边城海关初建者之一，但他偏执多疑的性格缺陷毁了他和沈琴的婚姻，最终他们的婚姻走到了尽头。后来，沈琴落实政策分配到边城商检局工作，但不久就被诊断患了癌症，没几年就去世了。

周振邦、孙学文等关领导都没能参加上李宝来、沈琴的婚礼，那时的边城边关已不像前些年那样忙碌。中苏的分歧已经日益公开化。那天正赶上苏联驻边城商务代表处和苏联驻边城领事馆人员全部从中国撤离，张越书记在市政府小礼堂召开了一个简单的茶话会，算是为即将离开中国边城的苏联同志设宴饯行，边城海关、外运等联检联运部门的领导都应邀参加。张越书记代表市委市政府对苏联同志对新中国建设的无私支援表示感谢，他真诚的话语感动了在座的每一个人。彼得洛夫上校代表苏方人员致了答谢词，感谢中国方面对苏联同志们的关怀和照顾，并祝愿中国的社会主义事业兴旺发达，他低沉的话语中饱含着真诚和惜别之情。在随后的饯行晚宴上，气氛伤感而热烈，双方都频频举杯，共同回忆起在中国边城的日日夜夜。

彼得洛夫上校举着酒杯对张越和周振邦说："张书记，周将军，我在中国真是想念在苏联的妻子和孩子，想念那喝不完的伏特加和伏尔加河上纤夫的号子声，如今我真的要回去了，却这样舍不得离开，在中国的经历是让人难忘的，愉快的。"

高大粗壮的彼得洛夫上校眼睛里闪烁着泪光。

"彼得洛夫上校同志，我相信中苏两国会世代友好下去，两个同样伟大的社会主义国家不能友好相处是没有道理的。"张越动情地说。

"彼得洛夫将军，您终于能在伏尔加河岸边散步了，我欠了你很多人情，一直没有机会回报，给你准备了几箱好酒，走时别忘了带上。"周振邦说。

"噢，那太好了，来，我们再干上一杯。"彼得洛夫上校高兴得鼻子都红了。

谢辽沙心情显得沉重，一改往日里夸夸其谈的风格，几杯酒下去，满脸通红直打晃，他拉着周振邦的手，眼泪禁不住流下来："周，在中国这几年是我最有价值的岁月，是的，最有意义，和这几年相比，我以前的那些成绩或许不值一提。我很遗憾，这样的日子结束了……"

周振邦也禁不住鼻子一酸，几乎流下泪来，这位苏联商务贸易代表虽然最初让自己很不快，但这几年的交往让他改变了对这位苏联人的看法："谢辽沙同志，我们都舍不得您离开，感谢您为我们两国贸易做的工作，我本人更是受益匪浅，您和所有苏联同志都是我的老师。"周振邦用俄语深情地说。

"周，您过奖了，请原谅我在我们刚认识时说的那些话，你和你的同志们用事实证明，你们都是管理国际贸易的天才，在这里真正学到东西的是我们苏联人！"谢辽沙真诚地说。

"我们不会忘记苏联同志对我们的帮助，我本人更是这样，在苏联有我美好的回忆，在边城有我们共同合作的难忘岁月。"周振邦动情地说。

谢辽沙笑了："我很遗憾不能为你和柯兹洛捷卡娅同志做信使了，我上次回国开会她专程去看我，问起的都是关于你的事情，她一直在关注着你。"

周振邦心里一阵难受："谢辽沙同志，见到柯兹洛捷卡娅，请转达我的问候和美好祝愿，我和边城海关同志都随时欢迎你们有机会来中国做客。"

在晚宴的最后，人们伴着手风琴的演奏合唱了一曲《莫斯科郊外的晚上》，优美伤感的歌声让在场的很多人都泪流满面。周振邦默默地走出了饭厅，春寒料峭，夜凉如冰，高远的夜空中繁星满天，又一曲伤感的俄罗斯民歌舒缓的曲调隐隐传来，如水一般在夜色中忧伤地流淌，周振邦的泪水禁不住又涌了上来，他已隐隐感觉到和苏联朋友们已经到了曲终人散的时刻。回想起自己在苏联时的那段美好岁月，回想起在边城这几年与苏联朋友们的点点滴滴，真是光阴似箭，恍如隔世，他的耳畔似乎又响起了柯兹洛捷卡娅临别时的话语：Я люблю Китай навсегда！（我永远爱中国！）Люблю тебя навсегда ……（永远爱你……）

## 59

边城海关的监管业务量迅速减少了，车站转运换装各种货物的繁忙景象很少看到了。周振邦和同事们都很不习惯，大人中唯一感到高兴的是秀芬，看见丈夫终于不用没黑没夜地忙，能够正点下班回家，她感到很是幸福。中午和晚上，每当海关楼顶的大钟飘出悠扬的俄罗斯民歌曲调时，她已经将虽然简单但热气腾腾的饭菜摆在嘎吱作响的餐桌上了，陆小勇、周东晓坐在餐桌旁边，眼巴巴地等着他们的父亲下班回来……

那一年，海关在办公楼后面不远处建了两趟平房，海关干部不分职务高低，每人分了相同面积的住宅，构成了边城海关最早的宿舍区。

如今，那最早的两趟平房早已不见了踪影。经过几次拆迁改造，那里已经变成了边城一处设施齐全的小区。小区里楼宇相望，绿草如茵，早已看不出当年的影子。我记得曾经向父亲周东晓问起过平房的具体位置。他仔细瞅了半天也就能指出个大概方位来。他感慨地说："变化太大了，那个时候真值得回忆！"

是啊，那是父亲他们那一代人无忧无虑的时光，他们的童年和少年都是在那两趟平房里度过的。据说陆小勇伯伯是当时的孩子王，领着一大群孩子满院子里疯跑，淘得就差上房揭瓦了。那时留到现在的影像记忆是爷爷周振邦用那架照相机照的一张照片，一群孩子按大小个规规矩矩地站在镜头前，都显得很拘束，同样的打满补丁的衣裤，同样的紧张得有些发呆的神情。

那个年代更是爷爷他们那一代海关人最难忘的峥嵘

岁月，为了支援全国解放，他们从各地来到边城，建立起人民海关，克服了艰苦恶劣的自然条件，战胜敌特的破坏，把一腔热血和青春年华奉献给了边关，一年年在国境线上坚守，无怨无悔，无私奉献，用青春、热血和生命锻造出国境线上一座座界碑。

# 尾声

　　转眼之间，爷爷周振邦已经去世多年了。在他人生的最后两年里，衰老和疾病损害了他的记忆力，他甚至连五分钟以前发生的事情都想不起来，但让人吃惊的是，他对十几年、几十年以前的往事竟然记得完整清晰，说起来绘声绘色滔滔不绝，似乎那些事就发生在昨天。

　　我一直想写一篇文字讲述他老人家的故事，算是一个年轻的海关关员对老一辈边关人的纪念。我将爷爷留下的那些记事本翻看了无数遍，还有那些珍贵的老照片，那些已经泛黄的往来信件，我沉浸其间，感知那隐藏在历史深处的难忘的边关岁月。就这样，我越来越感觉到自己应该把那段岁月写下来，虽然我对我的文字功底还很不自信。

　　我的叙述是在一个星期六开始的。那天上午，我在家里对着爷爷留下的那些遗物沉思良久，之后我下了楼，坐上公交车来到边城海关大楼。口岸的繁荣已经让边城发生了翻天覆地的变化，边城海关已搬入崭新的办公大楼。我坐在办公桌前，窗外能望见国境线，那里矗立着巍巍国门和界碑。

我打开电脑，面对着电脑屏幕沉思，明亮的阳光从宽大的窗子照进来，窗外副楼上"扎根边疆，建设边关，把关服务，无私奉献"金色大字在阳光下闪闪发光。忽然之间，我觉得时光似乎倒流了，无数的人和事慢慢聚拢到我的指端，让我感慨万千，我的手不由自主地伸向键盘，在屏幕上打出了这部小说的第一行文字："从呼伦城出发，天气奇寒，两辆火车头烧着木柴和豆饼，又跑了一整天，才终于到达我们的目的地——边城……"

（全书完）